JN141399

Ronso Kaigai
MYSTERY
215

死の実況放送をお茶の間へ

Death in a Million Living Rooms
Pat McGerr

パット・マガー
青柳伸子［訳］

論創社

Death in a Million Living Rooms

1951

by Pat McGerr

目次

主要登場人物

メリッサ・コルヴィン……………〈エンタープライズ〉誌の調査係
デイヴ・ジャクソン………………ポッジが出演する番組のアナウンサー。メリッサの大学時代の同級生
ポッジ・オニール…………………コメディアン
サラ・スコット……………………通称スコッティ。ポッジの相方、元妻
ベス…………………………………旧姓エリザベス・コッター。ポッジの妻。スコッティの秘書
ヴィヴィアン・チェイス…………歌手
アル・ウェイマー…………………ヴィヴィアンのマネージャー
グレイ・デュルシュタイン………オーケストラの指揮者
ヴィクター・ギングリッチ………プロデューサー
バズ…………………………………ディレクター
メリル姉妹…………………………ダンサー。ギングリッチの友人
リッグズ警部………………………殺人捜査課の警部
バウワーズ警部補…………………リッグズの部下
アップルビー巡査部長……………殺人捜査課の警官
ジューン……………………………メリッサのルームメイト

死の実況放送をお茶の間へ

第一章

わたしがジャーナリズム学部生だったころ、説明に役立つ逸話を好んで用いる教授がいた。教授お気に入りの逸話は、社交界の盛大な結婚式から戻ってくるなり、花婿が現われなかったので書くことがないと言った駆け出し記者の話だった。今年になって、今風の話がそれに加わったそうで、教授のクラスでは、テレビ番組の取材に行ったのに、番組の最中にスターが毒殺されてしまい、記事にするネタがないと戻ってきた女性についての話を楽しんでいるらしい。この新しい逸話は時流に乗っているだけでなく、真実でもあるという利点がある。それは、わたし自身が遭遇した出来事なのだ。

教育のために恐ろしい事例として引き合いに出されるのは仕方ないが、実は、状況を詳しく説明したら教授の意図を台無しにしてしまう。というのも、わたしの雑誌に関するかぎり、本当にネタがなかったのだ。わたしは、ある典型的なテレビ番組とその出演者に関する取材を任されたが、殺してやりたいと思うだけなら——番組を運営する側も視聴者の側も——それなりによくあることだろうが、実際の殺人となれば、ただごとではない。だから、出演者の一人が二カメの前で死んだので、うちの編集者たちの関心もなくなった。新聞社か、せめて一般雑誌の記者だったら、事情も変わっていただろう。だが、〈エンタープライズ〉は、何事につけ独特な視点に立つ雑誌なのだ。その取材を任された日、わたしは、ポッジ・オニールの熱烈なファンであるルームメイトに、そのことを納得させるのに苦労した。

「えーっ、メリッサ！」彼女の憧れの人にわたしが近づけることに、大げさな祝福の言葉をこれでもかと浴びせてから、彼女は言った。「今朝から、ずいぶんと出世したんでしょうね。あんたんところの雑誌は、ポッジみたいな大スターとのインタビューにチビのパッとしない調査係を送り込んだりしないもの。編集長にでもなったの？」

　わたしは否定した。相変わらずそのチビのパッとしない調査係には違いないが、〈エンタープライズ〉の観点からすれば、ポッジにはそれで充分だった。

「ふん！」彼女は、むっとした。「そりゃ、彼の視聴率は、ゴドフリーやバールほど高くないかもしれないわよ――言っとくけどね、視聴率の計算方法をあたしは重視してないの――だって、どの番組を見てたか、このあたしが電話で聞かれたことがないんだから。だけどさ、彼の視聴率が今トップじゃなくても、今に見てらっしゃい。週を追うごとに腕を上げていて、面白くなってきてるから、来年にはテレビの大物になってるわ。ポッジには、そういう大物として編集者のインタビューを受ける権利があるのよ」

　そう感情的にならないでと、わたしは言った。ゴドフリーもバールも、インタビューを受ける予定はなかった。

「だけど、テレビについて丸一冊割くって言ったじゃないの。人気番組を扱わないで、どうやってそんなことができるのよ？」

　そこで、わたしは説明した。〈エンタープライズ〉のような雑誌にとって、テレビは産業であって娯楽ではない。編集の取り組み方は、銀行業や住宅業など、これまでに特集号を組まれるに値した産業に対するのと変わらない。読者が関心を寄せるのは、総資本、原価、所得であって、登場するテレビタレントではない。出版社が、テレビに重点的に取り組もうと決定すると、編集主任たちが、ワシントンやハリウッド、さらにはロンドンにまで急遽出向いた。大手のテレビ局には、共同編集者が殺到した。編集補佐が、広告代理店を隈なく当たった。そして、二人組の編集助手がマンハッタンのバーを回って歩き、視聴者の反応を調査した——とはいえ、その行動が、明確な任務を帯びていたのか、自主的だったのかはまったく明らかにされなかった。

しかし、上層部は、カメラの前の出演者が、小さいながらも不可欠な要素であると確実に認識していた。そこで、包括的な特集号にするため、番組の舞台裏を探ることにしたのだ。ポッジの番組は、トップ五には入っていなかったが、あとわずかでチャート入りしそうであり、生粋のテレビ番組だった。スターの大半は、ラジオや映画、あるいはナイトクラブで名を上げ、活躍の場を移動してきたにすぎない。だが、ポッジのコメディはテレビで誕生し、テレビで育った。だからこそ、ポッジを〈エンタープライズ〉にうってつけの取材対象としたのだ。

わたしに任されたのは、自由度の高い仕事だった。ポッジや彼の一座と話をし、どのように番組が始まり、まとめられ、成功を収めたかを探ることになっていた。取材を終えれば、何千語にもおよぶわたしのメモは、雑誌の裏表紙近くの一ページを埋めるに足るわずか数百語に編集されていただろう。だが、わたしは、それについて愚痴をこぼしはしなかった。ポッジ・オニールの記事が、ほかと比べて重要でないと思われていなかったなら、調査係にまで仕事は回ってこなかっただろうから。調査係の女性なら誰でも、そういう機会を得たいと思ったに違いない。ポッジに会えると思っただけでワクワクするとか、図書館通いとファイリングばかりの日常業務から解放されるなんて願ってもないことだとか、理由はさまざまだっただろうが。わたしが、ほかの誰よりもその仕事をしたかったのには、その仕事がわたしに与えられた理由と密接に関わるきわめて個人的な理由があった。番組担当アナウンサーのデイヴ・ジャクソンが、ジャーナリズム学部生時代の同級生だと調査主任に話したところ、主任も、学閥意識は情報収集に好都合だと同意してくれたのだ。主任にはもちろん言わなかったが、ジャーナリズム学部生時代から、わたしはデイヴに不満を抱いており、今度の取材が彼に仕返しをする絶好のチャンスのように思われた。

誰かに説明できるはずもない話だった。自分でも、あんなくだらないことに四年も傷つき、腹を立てているなど子どもじみていると認めざるをえなかった。当時でさえ、本当に些細なことだった。デイヴは、自分の住んでいる男子寮で開かれたパーティーにわたしを招待してくれた。女学生なら誰でもそうだろうが、わたしは有頂天になってあれこれ計画したのに、何もかもうまくいかなかった。どういうわけか、二人とも話題に窮してしまった。デイヴが、二、三人の友だちをダンスのパートナーにと連れてきてくれたが、間が持たなかった。ほとんどデイヴが、わたしの面倒を押しつけられ、二人でパティオを歩き回り、ダンスフロアの隅に腰かけて話をしようとした。あまり達成感のある夕べではなかった――それでも、曲がりなりにもつづいた。それなのに、十時を少し回ると、デイヴがいきなり言い放ったのだ。明日の朝、オールバニー行きの早い列車に乗らなければならないので、さっさと荷造りをして早く寝られるように、これから家に送っていってもいいかと。

それだけのことで、これほど理にかなった話はなかっただろう。それでも、四年の歳月をもってしても、夜会の途中で家に送り届けられた者にしかわからない、屈辱感と挫折感を和らげられなかった。デイヴからデートに誘われ、みんなの羨望の的になっていたので、その悔しさもひとしおだった。それは、彼が、たくさんの勲章を授与された退役軍人だったからだけではない。あの年、男子同級生の大半は軍役経験があり、その何人かはちょっとした英雄だった。だが、デイヴのパープルハート勲章（戦闘中または敵の攻撃の直接の結果として受けた名誉の負傷に対して与えられるハート形の勲章）は、ひときわ目立っていた。というのも、それが、彼の動作をあまり妨げない程度の膝関節拘縮の証だったからだ。そのせいで彼は、女学生がうっとり見とれるような足を引きずった歩き方をしていた。デイヴは、ちっともハンサムではなかった——骨張った、頬のこけた長い顔をしていた——それでも、わたしたちは、彼のくぼんだ目を「魅力的」、鰓の張った顎を「威厳がある」と言っていた。だが、本当に興味をそそられたのは、彼の超然とした雰囲気だったのではなかろうか。彼に関するかぎり、同級生とのつき合いがなく、ただ一つの目的のため——技能を習得するため——にクラスに出席し、暇さえあれば、フリーランスの執筆をしていた。どの女の子にも興味を示さなかったので、なおさら彼にとても興味をそそられた。

そんなわけで、学部の報道教官が、共同課題のためにわたしたちを送り出してくれた日、わたしはとても幸運だと思った。そして、課題を終えてコーヒーを飲みに立ち寄った店で、デイヴが、自分の希望や計画、野心を少し打ち明けてくれたので、二人のあいだに友情が芽生えたとほんわかした気分になった。まして最後に、その夜のデートに誘ってくれたものだから、わたしは家に飛んで帰り、勝ち誇ったように同居人たちを眺めた。そして、「振られた」のがはっきり見て取れる顔でこそこそ帰ると、同居人たちも人間だから、いい気味だと言わんばかりの目で見返された。その学期、わたしは彼を避けた——彼が相手なので、難しくはなかった——そして、自分に言い聞かせた。いつか絶対に立場を逆転させてやる。そしたら、あらぬ希望を抱かせてから、「オールバニー行きの早い列車に乗らなければならないので」と同じくらい見え透いた言い訳をして、その希望を踏みにじってやると。

それは、心の傷を癒すためにときおり人が抱く儚い夢で、行動に移そうなどとは思ってもみなかった。それなのに、〈エンタープライズ〉のテレビ特集号の話が舞い込んだ途端、その夢が蘇り、貴重な宣伝効果を彼に提供できる立場にある有力誌の代表としてデイヴに自己紹介できるそのチャンスに飛びついた。彼をうまく誘って自分自身について話させてから、申し訳ないが、あなたの話は雑誌のいいネタにはなりそうもないと偉そうに言ってやれたら復讐できると思ったのだ。

復讐とは、メロドラマ的な言葉だ。ある種の小説で、一人の女性が一人の男性を憎んでいる、あるいはその男性に復讐する決意だと主張すれば、それは読者にとって、その女性がその男性を心から愛しており、憎しみを口にすることで自分をごまかしているにすぎないという確固たる証拠となる。だが、わたしの場合はそうではなかった。自分をごまかしてなどいなかった。学生時代にデイヴにお熱を上げ、卒業後は二人の人生行路が交わることはなかったが、毎週のようにテレビをちらっと見ては、その思いを募らせてきたという事実を直視した。水曜の夜は人と会う約束をせず、毎週のようにテレビの前に座り、デイヴが画面に登場し、人を追い払うお馴染みの仕草をして、「よし、みんな、あまり近寄らないでくれよ。椅子をちょっと後ろに押しやるんだ。ポッジとスコッティのために、スペースをゆったり取るんだ」とまくし立てるのを見ていた。

コマーシャルを暗唱する以外、デイヴが番組に登場するのはほとんどそれだけで、彼のオープニングは毎週同じだった。それでも、それが繰り返されるのを見るたびに、新たな気持ちの高揚を感じ、番組の放送時間に何らかの事情でアパートにいられないと、必ず妙な喪失感を覚えた。だから、怒りと期待の入り混じった精神状態で、彼にインタビューを申し込もうと受話器を上げた。すると、目論みどおりランチでもどうかと言ってくれたので、四年前にあれほどぞんざいに鼻をへし折られてしまったくせに、見境もなくまた同じように湧き起こる胸の高まりを感じてしまった。だが、今回は、死刑を言い渡すのはこっちよ、と心に誓っていた。

わたしの不気味な意図にもかかわらず、ランチはかなりうまくいった。「ねえ、覚えている」とか「その後、どうなったの」とか言いながら四年の溝を埋めるのは、楽しかった。わたしが携わっているのは実録タイプのジャーナリズムだが、あなたは、くだらないことを言って人を笑わせているだけだと強調して、ことさら満足感を覚えた。

「テレビのお笑い番組ほど、大真面目なものはないんだぜ」彼は、きっぱり否定した。「準備中の番組を見たら、そう確信するよ」

「その言葉、引用させてもらってもいいかしら?」わたしは、小さな青いメモ帳を取り出してめくった。「思い出に耽るのはほどほどにして、事実を手に入れないとね。そのために会っているんだから」

「さては」彼は、わたしが構えた鉛筆を訝しげに見つめた。「鉛筆と紙は、インタビュー相手を照れくさがらせるというピットマン教授の警告を忘れたな」

「ちゃんと覚えているわよ」わたしは、言い返した。「ノート取りは、誤って引用されるのではないかという被害者の恐怖心を和らげ、偉くなった気分にさせるというガーシュタイン教授の裁定に従っているだけよ。さあ、あなた自身について何もかも教えてちょうだい」

「番組について何もかも、という意味だね」彼は訂正した。「何から話してほしい? ポッジとスコッティが、どのようにコンビを組むようになったかという話から始める?」

「そんなことを聞いたんじゃないわ。あなた自身について知りたいの——テレビ業界に入る前と入ってからのこと。あなたの経歴は、とてもいい記事になると思うのよね」

「本気かい？」目を細めて作り笑いをするその懐かしい仕草は、いまだにわたしの心をときめかせる。「それなら、専門家の助言がいるよ。アナウンサーなど、美化された大道商人にすぎない。美化された、と誇りを持って言っているのは、もちろんわかってくれるね。そうやってメモ帳を開かれたって、ちっとも偉くなった気がしない。ぼくの話なんか、〈エンタープライズ〉のわずかな紙幅にしか値しないとわかっている」

「判断はこっちに任せたらどうなの。あなたは、記事にする価値があると信じているの」

わたしの言葉が堅苦しく聞こえたのなら、それは、自分の話の内容に対する情熱をすでに失ってしまっていたからだ。わたしが望んだところで、〈エンタープライズ〉で彼を報道するなど到底できないとわかっていたし、彼をまんまと失望させられたとしても、どれだけ満足感が得られるのだろうと思いはじめてもいた。それでも、頑なに最後までやり通そうとした。

「トップニュースにはならないと思うけどね」彼は折れた。「最初の質問は？」

こちらのありきたりな質問に、彼は、従順に答えてくれた。彼は、ニューススライティング、つまりニュース原稿を書く側としてラジオの道に進み、レギュラーのニュースキャスターの代役として臨時にラジオに出演して特別イベントのアナウンサーになったが、その声に営業向きの資質があると思った人物がいたことから、コマーシャルのアナウンサーになったのだそうだ。彼がラジオで宣伝していた缶詰スープとジュースのメーカーが、ポッジとスコッティの番組のスポンサーになると、ラジオの仕事をつづけながらではあったが、デイヴがテレビに活動の場を移行したのは必然的な流れだった。

「それで、あなたはそれを望んでいたの？」彼の話を聞いているうちに、わたしは、個人的な感情を交えないインタビューでなければならないのを忘れてしまっていた。「もちろん、わたしには関係ないわよ。でも、つい考えてしまうのよね——そのう、あなたは大いに成功したわ。この数年でずいぶんと出世した。思い描いていたところまで来たってこと？　そして、それがあなたの進みたかった方向なの？」

「それに対しては、いくつかの返事が考えられるな」彼は肩をすくめた。「金銭的には、予定より早く達成できた。それに、本来の進路からは大きく逸れてしまったとはいえ、ぼくはアナウンサーの仕事が好きだ。つい最近まで、ずいぶん早くここまで来られたものだと思っていた。ところが困ったことに、今ではかなり減速してしまったので、後退しだす日がいつ来てもおかしくない」

「あら、どうして？　テレビ業界は、年々拡大していて、影響力も大きくなってきているわ。それに、あなたは、まさにトップに登り詰めていると誰もが認める番組に出ているのよ。だから、それに乗っかっているだけでいい。たとえ自分はじっとしていても、前進していられる」

「この商売では、そうはいかないのさ。スタジオでぐずぐずしていたら、あっという間に踏みつけられてしまう。だが、きみの言葉は、一つだけ正しい。ぼくの番組の前途は明るいから、その一翼を本当に担っているのなら、ぼくの前途も明るいのにな」

「本当に担っているのならって——わからないわ」

「番組を見たことはあるの？」

　わたしは、うなずいた。

「それなら、ぼくのことも見たはずだ——始まってすぐにチャンネルを合わせたのならね。だが、例のアカデミー賞でももらえそうなオープニングには、もううんざりしている。三十分番組の残りの部分では、ぼくは透明人間——視聴者が気にも留めない背景雑音のようなものさ。ぼくがエンドウ豆のスープの話をしているとき、視聴者は、缶詰工程の映像を見ている。ぼくがパイナップルジュースを一生懸命売り込んでいるときは、フルーツバーでの型どおりのロマンスの映像を見ている」

「まあ、当然、どの番組でもそんな感じよね。つまり、常に動きがなければならない、視覚的に何かが進行していなければならないんじゃないの？　あなたが、商品を売り込んでいるあいだは、あなたにカメラを向けられないというだけ」

「そのとおりさ。だが、売り込みが、無表情な演技である必要はない。コマーシャルをからかうのは、初期のジャック・ベニー（米国のコメディアン）に遡るラジオの古い考え方さ。しかも、動きを入れられるから、コマーシャルにはラジオよりもテレビが向いている。あれこれ考えてみたんだ。いくつかの演技を練り上げさえしたんだよ。ポッジが、ぼくの宣伝文句に割って入り、製品を引ったくるといったようなのをね――とても低俗なコメディだとは認めるが、ちょっとした笑いを取れるし、ブランド名を大いに強調できる。ポッジは、その役にもろ手を上げて賛成し、広告代理店のやつらも、潰瘍でもできたみたいに乗り気になって、広告主からゴーサインまでもらってくれたんだ」

「おめでとう。それなら、あなたがもっと画面に映るようになるから――」

「お悔やみの言葉のほうが適当かな。その案は没になった。ぼくは、これからも声は聞いてもらえるが、姿は見てもらえない――それは、テレビでは、死んだも同然さ」

「でも、みんなが気に入ったのなら――」

「みんな」彼は、苦々しそうに訂正した。「公爵夫人以外はね。この話を聞いた途端、スコッティがキレてね。攻撃演説を延々と聞かされた。要約すると、彼女とポッジが、番組のコメディをすべて取り仕切っているんだから、ごますりアナウンサーの分際で、ずうずうしく役に加わる余地はないんだそうだ。怒り心頭に発したよ。だが、あの台本に全力投球して、いい出来だとわかっていた。紙くず同然に捨てられるぐらいならと思って、一芝居打った。自分を登場人物から消すので、その演技をポッジ一人でやってくれと申し出たんだ。彼らは、ぼくをカメラの前に立たせはしないかもしれないが、製品の販売には貢献してくれるだろうからね――そうすれば、とどのつまり、ぼくらはテレビに出つづけられる」

「だけど、不公平よ！　あなたがさんざん苦労したのに、ポッジがそれを横取りするなんて間違っているし――」

「心配いらないよ」彼は、口をへの字にして笑った。「誰にも横取りはされていない。台本は、きちんと弔った。スコッティは、規則を定めてもいるのさ。自分が書いた台本でなければ、ポッジに演じさせない。それに従うしかないのさ」

「でも、どうしてなの、デイヴ？　ポッジが、あなたの案を気に入ったって言ったじゃないの。それで充分なはずよ。何せ、彼はトップスターなんだから」

「きみにとっては、そうかもしれないね。そして、茶の間の視聴者にとっても。きみたちは、ポッジ・オニールの番組と呼ぶよね。だが、スタジオのどこを探しても、その言葉を耳にすることはない。ぼくらは、ポッジとスコッティのショーの話はするが、頭の片隅では、スコッティの独擅場だとわかっている。ポッジは、いいやつだ。彼には、何も反感を抱いていない。だが、仕事となると、スコッティの紐につながれた男でしかない」

「でも、ポッジは、誰もが褒めちぎる人でしょう。それなのに、どうやって彼女は――」

「テレビと同じさ」彼は、当てこすりを言った。「スコッティは、自分が信じられていると見せかける必要があるのさ。明日、リハーサルを見にきたらどう？　使える秘密情報が手に入るかもしれないぞ」

「ぜひ見せて」

「よし。時間と場所を書いてあげよう」彼は、わたしのメモ帳に手を伸ばし、自分の鉛筆を取り出した。「あまりメモを取っていないじゃないか」と鋭く指摘し、白紙に近いページから目を上げた。「この記事は、ショートショートになりそうだ」

「聞き入っていたのよ」わたしは弁解した。「でもね、オフィスに戻ったら、みんな書き留めるわ」

「ぼくの繰り言をみんな入れたら、本当にお涙ちょうだいの記事になるぞ。前にもこんなことがあったね？　信じてくれよな、これが習慣じゃないんだぜ。だけど、きみの向かいに座ると、いつもなら鏡に向かってしか言わないことまで、ついしゃべってしまう。大勢の人に対してそういう効果があるんだとしたら、さぞかし退屈な人生だろうね。それでも、記者としては悪い才能じゃない。ときには、書き留める価値のある情報を手に入れられるかもしれないからね」

「あなたの話は、全部頭に入っているから」わたしは、きっぱり言った。「戻ったらすぐ文字に起こして――」

「なあ、それはいい考えかもしれないぞ」彼は、考え込むように言った。「きみなら、うちの連中の何人かを打ち解けた気分にさせて、隠された陰謀を引き出せるかもしれない。明日は、メモ帳を隠しておいて、撮影現場を見たがっているぼくの古い友だちだと紹介してはどうかな。広告代理店は、きみが来るのを事前に知らせなかったと少し騒ぎ立てるかもしれないが、ぼくがあとで説明する。とにかく誰も、ぼくらが嘘をついたとは言えない。だって、きみは、本当にぼくの古い友だちだろう？」

「とても古い」わたしは、ばかばかしいことを言い、頬がぱっと赤く染まった自分が嫌になった。

「よし。それなら、二時ごろに来てくれ。ポッジとスコッティのやり方を見たときのきみの様子が見ものだな。ほかにどう呼ぼうが、ありきたりではないんでね」

第二章

オフィスに戻ると、調査部の同僚が、ポッジ・オニールのファイル整理に大わらわだった。だが、わたしは、切り抜きに目を通す前に、まずデイヴへのインタヴュー内容を詳細にメモした。何としても細大漏らさずに記録してやると躍起になっていたので、話の記載漏れをまたしても見破られるような真似はしたくなかった。こうして、その点については完璧な記録を作成してはじめて、ポッジに関する背景情報の入手に取りかかれた。

切り抜きは、時系列にきちんと整理されていた。一番上にあったのはスポーツ記事で、大学のスポーツ選手としての優れた能力について書かれていた。次が、三年前の業界紙の短い記述で、ワシントンのラジオ局で毎日五分のスポーツ批評をしているとあった。その数か月後、同じ業界紙が、ポッジと彼のスポーツキャストを、ニュース、音楽、バラエティーショーと盛りだくさんの三十分のテレビ番組に試験的に編入すると報じていた。その後長いあいだ——少なくとも、うちの部が入手できた記事によれば——どうやら世間の注目を集めなかったようで、次の切り抜きは二年前の記事で、ナイトクラブやボードビル界ではスコッティとしてよく知られているサラ・スコットとの結婚発表に関するものだった。ポッジは当時二十三歳。花嫁は、あたりさわりのない報道表現を慎重に選びつつも、「二十九歳として年齢を提供していた」。

その後はずっと、切り抜きの日付の間隔が狭くなっている。数々の活字によると、ポッジとスコッティは、ニューヨークを本拠とするいくつものネットワーク番組にゲスト出演し、撮影審査でハリウッドへ飛び、自分たちのテレビ番組のオーディションのために飛行機で戻り、スポンサーを獲得し、契約書にサインし、着実に人気を伸ばしていった。話は見事に連綿とつづき、オニール夫妻の牧歌的な家庭生活をクローズアップした記事がファン雑誌の二月号に掲載されたが、結果として、その記事は夫妻の離婚を報じる一月十日付の新聞のあとにファイルされていた。数週間後、ポッジは、エリザベス・コッターとの再婚により、新たな牧歌的生活に乗り出した。ポッジとスコッティは、ハリウッドの伝統の上手を行き、友人関係のみならずコンビも継続した。

こうして夕方には、週を追うごとのポッジの出世をかなり把握できたと感じた。だが、彼の番組に登場するほかの人物についてはは何もわからず、ポッジに関する記事に、ついでに述べられているに留まった。だから、切り抜きをしてくれた女性——一番若い新人の調査係——がひょいと頭を上げて、ファイルはそれでいいかと聞いても、「とりあえずはね」と不機嫌に答えた。

「あなたは、お茶の間の視聴者と同じね」わたしは、デイヴの請け売りをした。「ポッジを一人芝居だと思っている。でもね、彼には、スコッティという共演スターがいるのよ。ヴィヴィアン・チェイスという歌手や、グレイ・デュルシュタイン率いるオーケストラ、デイヴ・ジャクソンというアナウンサーもいるの。その人たちについての切り抜きもあって当然でしょう。ファイルは完璧でなければ、あまりいいとは言えないわよ」

彼女が、とてもがっかりした顔をしたので、辛辣すぎたといささか恥ずかしくなったが、徹底した調査を知れば彼女のためになると自分に言い聞かせ、態度を和らげようとはしなかった。ところが、翌朝出社して彼女が夜遅くまで残業したに違いないと知り、自分の人使いの荒さを痛感した。わたしの机の上に、切り抜きが新たにきちんと積み重ねてあったのだ。当然の報いだった。出し物のほかの関係者についての記事に目を通しながら、そのうちの三つしかデイヴについての記事はないとわかったからだ。しかも、すべてが事実上まったくもって専門的で、デイヴがすでに提供してくれた情報を繰り返しているにすぎなかった。喉から手が出るほどほしかった情報――所帯持ちの男性ジャクソン、あるいは独身男性ジャクソンというファン雑誌の人物紹介――はなかった。わたしの助手がそれを見落としたのか、はたまた活字になったことがないのか。いずれにせよ、さらに突っ込んだ調査を求めるなどできなかった。

かまうもんですか、わたしは、心のなかでそう怒鳴り散らした。彼の私生活になんてこれっぽっちも興味がないの。邪険にされた仕返しをしたら、彼のことなんか永久に忘れてしまう、ただそれだけのつもりしかないの。そうよ――わたしは、避けがたい率直な気持ちから締めくくっていた――わたしの八つ当たりに騙されるのなんて、おバカくらいなものよ。切り抜きをしてくれた女性に、この自分への説教の邪魔をされて嬉しかった。わたしは、物言いたげな顔で通りかかった彼女に、これぞ、まさにわたしが必要としていた情報だと請け合い、徹底した仕事ぶりを褒めてあげた。それから、そろそろリハーサルの時間だったので、切り抜きを脇へ押しやってメモ帳と鉛筆を数本ハンドバッグに突っ込み、デイヴが教えてくれた住所に向かう前に軽く昼食を食べようとオフィスを出た。

行ってみると、北部の四二丁目西側のかなり荒れ果てた古い建物だった。おんぼろのエレベーターで六階まで行き、オペレーターの指差した廊下を抜けて、がらんとした広い部屋に入っていった。硬い椅子が数脚、部屋の中央に乱雑に置かれ、ほかにも十数脚が畳んだまま、床から天井まである大きな三つの窓を囲む向こう端の壁に立てかけてあった。一方の端の小さな舞台の上にピアノがあった。スツールに腰かけた一人の男性が、鍵をぼんやりと指でもてあそび、ほかの二人――プロデューサーとディレクターだとあとでわかった――が身を乗り出して打ち合わせをしていた。舞台の向かい側の奥に、小部屋へ通じる開いたドアがあった。このみすぼらしい雰囲気とテレビの魅力を結びつけようとしながら、怪訝な顔で戸口に立っていると、ずんぐりした男性が、口をくちゃくちゃさせながら奥の部屋から出てきた。

「マンハッタン・ガールズ・エヴァーレディ・フレンドシップ・クラブを探しているのなら」興味津々のわたしの面持ちに、男性が答えた。「二日遅かったね。だが、ヨーグルト、小麦の胚芽、糖蜜についての講演を聞きたいのなら、明日まで待ってもらうしかない。きみは、通りのどっち側？」

「あの、わたしは――」男性の言葉は意味不明だったが、台詞を覚えている俳優かもしれないと思った。「テレビのリハーサルを見にきたんです。ジャクソンさんは――」

「ほーっ！」男性は首をかしげ、なるほどという目つきでわたしの頭のてっぺんからつま先までじろじろ眺めた。「なるほど、ジャクソン好みだ。エヴァーレディの人間じゃないと、わかってもよさそうなもんだった。会えて嬉しいよ。アル・アレンだ。これからは、アレンを省略してアルと呼んでくれ。知り合いになれたんだから、名前を使ってくれ」

「はじめまして。メリッサ・コルヴィンです。ジャクソンさんのお話ですと――」

「すべて承知してるよ」男性は、手を上げて言葉を遮った。「ジャクソンは、少し遅れるんで、友だちが来ることになっているとギングリッチに言ったんだが、そのニュースがバーレスク（十九世紀後半から二十世紀初期にかけてはやった短い風刺劇や猥褻〔わいせつ〕な歌やヌードダンスなどが呼び物の通俗音楽喜劇）のダンサーの腰よりも速く知れ渡っちまってね。一匹オオカミの彼女を一目見ようと、みんなが虎視眈々としてる」

「一匹オオカミ？」

「そうさ」男性は、顎を激しく上げ下げした。「荷物を持たずに出かければ、最速の旅ができる。荷物は女。わかるかい？　デイヴは、女を断ってるともっぱらの評判でね。だから、責めないでくれよ。そんなあいつが、帽子からガールフレンドをひょいと出したら、俺たちが目を丸くして当然だろう。彼の帽子職人は、何を隠そう俺なんだ」

「でも、そんなんじゃないんですよ、アレンさん」わたしは、男性のあとから部屋を横切り、彼が椅子を二脚開いたので二人で座った。「デイヴとは昔馴染みなんです。そのう、テレビ番組がどんなふうに作られるのか見たかっただけなんですよ」

「わかった、わかった」男性は、なだめるように言った。「テレビに興味がある女性は、ごまんといる。だが、デイヴに招待させたのは、あんたがはじめてだ。心配しなくていいよ、あんたも友だちの一人なんだよな。それから、アレンさんとは呼ばないでくれないかい。個人的にどうということはないんだが、俺の名前じゃないんでね」

「でも、ご自分で――」

「令状送達者と元妻たちにはね。本名は、ウェイマーさ」彼は説明した。「ほかのみんなには、アルと呼ばれている。俺が言ったのは、ほんのギャク。カメラの後ろにだっていいコメディはあるんだと見せるようなもんさ」

「コメディアンなんですか？　あなたは――」

「チベットのすべてのラマにかけて、違う！」彼は、いきり立った。「舞台に立って、観客のためにバカな真似をするってか？　あんたの友だちアルシーはしない。俺は、訓練されたアシカに観客が投げた魚を集める人間さ。そして、俺が運べるかぎり、家に持ち帰れる利益はバケツ何杯にもなる。人前じゃ、鼻をつままないようにしてる。だが、俺をコメディアンと呼んだりして、お人好しの友だちを侮辱するんじゃない」

「では、広告代理店の方ですか？」

「マネージャーさ、契約書にはそう書いてある。そのほうが、大物が釣れるんでね。この番組での俺の釣り具はヴィヴィアン・チェイス、寝室の声を持ったダンスホールの歌手さ。さてと、お互い、どうしてここにいるのかわかったところで、ガムを一枚つき合ってくれ」

彼は、包みごと差し出して親指で一枚押し出したが、わたしが断ると、包装を剝がし、すでに忙しく動かしていた自分の口にひょいと入れた。

「それで」彼は、上機嫌で言った。「この作りをどう思う？」

「あのう、わたしは――」ぶしつけな答え方はしたくなかった。「驚いています。舞台装置が据えられれば、違って見えるのでしょうけれど」

「ずいぶんと無邪気なテレビ愛好家だね」彼は、笑いを堪えて身震いした。「ここは、俺たちがショーをする場所じゃないんだよ。エヴァーレディとキープ・ヘルシーについてのさっきの話は、冗談じゃないんだ。月曜と火曜を除いて、この殿堂は、自己改善と親睦専用でね。だが、週に二日だけ、俺たちがリハーサルに使っているのさ。スタジオは数も少なくて、値の張る物件だからね、ショーの当日までスタジオをずっと押さえておくゆとりはないんだ。明日まで見学を待つべきだったな。これは単なる予行演習――技術的な仕かけは何もない。だが明日なら、大道具やカメラも入って、衣装もつけた正規の芝居をする——見る価値があるんじゃないかな」

「明日、出直せるかもしれません」

「いい子だ」彼は、満足げにわたしの膝を叩いた。「デイヴを追い回していたら、あいつも、そのうちあんたに慣れてくるさ。さて、暴走族(ヘルズエンジェル)といえば——」彼は、慌てて部屋に入ってきたデイヴを肩越しに振り返った。「やあ、おまえのかわい子ちゃんに、円熟した忠告をしていたところなんだ」

「待たせてしまったかな、メリッサ?」デイヴは、彼を無視した。「もっと早く着くつもりだったんだが、代理店に寄らなくちゃならなくて、あそこはいつも長引くんだ」

「今来たところよ。それに——」

「そして、ここは、アルこと、常に気の利くやつが、ガムを噛みながら先約について話し、さっさとディゾルヴ(一つの画面に溶明のショットと溶暗のショットを重ねて、ときの経過や場面の交代を示す技法)するのさ」わたしの新しい友人は、よいこらしょと立ち上がった。「恋の虫は、二人きりになりたいんだろう。用があったら、口笛を吹いてくれ」

「いいかい、メリッサ」アルが、部屋を横切って別の部屋へ向かうと、デイヴが言った。「ぼくは、別に——」

「大事なことを言い忘れた」太った男性は振り返った。「糖蜜(マラッシズ)ちゃんは、明日も俺たちに会いにくるそうだ。それはいい考えだと、言っておいたぜ。だが、ふと疑問に思ってね。これは本当に献身愛なのか? それとも、あんたらも、ポッジと同じ道をまっしぐらに進んでいるのか? 俺がおまえなら、ジャクソン、そいつを確かめるぜ。男ってのは、そうやって何人もの女を失いかねないんだ」

「面白くも何ともない、ウェイマー」デイヴが、唸り声で言った。

「そうか? まあ、金を貰っての演技じゃないんでね」彼は、くちゃくちゃ音を立ててガムを噛みながら出ていった。

「いいかい、メリッサ」デイヴが、また言った。「大変な思いをさせてしまったね。あのがさつ者に言い寄られていたのなら、もうわかっていると思う。きみを、記者としてではなく、友人として招き入れる提案をする前に気づくべきだった。ユーモアのセンスがひねくれているここの連中なら、大はしゃぎするだろうとわかりそうなものだった。だが、昨日は、そこまで気が回らなくてね。みんなはもう、きみをぼくの恋人だと思い込んでいるから、手の打ちようがない」

「手遅れよね」わたしは、すぐさま言った。「つまり、仕事は大切よね？　いいネタを手に入れるためなら、少しぐらいからかわれても平気よ」

「わかってくれると思っていた」心配そうに寄せていたしわが、彼の額から消えた。「悪意はないんだが、慣れていないと、連中のヤジは、少しばかりがさつに感じるかもしれない。でも、じきに何の意味もないとわかるようになる」

彼が、また立ち上がり、わたしは、彼の微笑みにどうにか答えようとした。

「プロデューサーと、話があるんだ」彼は説明した。「九十秒の映像で流す二分の台本を渡されてしまってね。何一つ、映像と同期していない。でも、すぐに戻ってきて、きみをみんなに紹介して、ちゃんと理解できるようにするから」

「わかったわ」わたしは、遠ざかる彼の背中に顔をしかめて思った。「誰が何と言おうと、何の意味もないとわかるようになる。そうでしょうとも。もうすぐポッジに会えるんだから、あなたのことなんて気になるもんですか」

ところが、紹介を始めたのはアル・ウェイマーだった。デイヴが、舞台上の打ち合わせに加わってしばらくすると、ウェイマーは、眠そうな目をした、背の高い、ダークブラウンの髪の女性を呼び寄せた。

「さあ、彼女のお出ましだ」彼は、サーカスの客引きさながらの抑揚で知らせた。「電話が音を伝えるようになって以来、もっとも輝かしい将来を約束された小柄な女性。ラジオの時代には、歌手に必要なのは肺だけだった。今じゃ、肺を包んでいる包装紙が物を言う。ヴィヴは、いい包装紙を持っているだろう、ベイビー？　俺が、どうやっておまえをスタッフォード・アンド・ショアに売り込んでいるかを、マラッシズに教えていたのさ」

「どうだか？」ヴィヴィアンは、疑わしげにふっくらした赤い唇を曲げた。「あたしをこの番組に出すのが、あんたの手腕の見せどころなら、トラックに押されるほうがましだわ。誰かさんが決定権を握ってるかぎり、ここでは、あたしの出番なんてないもの」

「今は、放送中じゃないだよ、かわい子ちゃん」アルは、彼女に言った。「本名を使っていい。とにかく、そういう顔をしているときは、スコッティのことを言っているんだとすぐにわかる。そうさ、彼女は、おまえにナイフを突きつけているが、そのナイフを彼女の心臓に向けさせる方法を俺たちが見つける。すべてアルおじさんに任せておけばいい。あの手の女とはいやと言うほどやり合ってきたんだから、正直な話、逃げ場を求めて走るのは、あいつらのほうさ」

「どうだか？」彼女は、また言った。「スコッティが、逃げ出す気配なんて全然ないじゃないの。この番組に出て十か月になるけど、まだ番組一回につき二曲しか歌わせてもらってないんだよ。早口の口上であたしをのし上げてくれるっていう大風呂敷を敷いたままじゃないの。もううんざり。もう、こうしてやりたいくらい」と、人差し指で喉に線を引く仕草をした。

「腰かけたらどうだ」わたしの隣の椅子に彼女を手招きしてから、アルは、自分の言葉に従ってもう一脚開いてこちら向きにまたがり、背もたれに置いた腕に顎を乗せた。「そんな言い方をしたら、俺が、この業界で最高のずんぐりむっくりマネージャーじゃないっていう印象をマラッシズが受けてしまうだろう。特売場にいたおまえを、ダイヤモンドを産出する庭に引き上げてやったのは誰だ?」

「はいはい、アル、忘れてないわよ」彼女は、口調を和らげた。「それに、いつも愚痴ってるつもりもないけど。毎週毎週出てきては、ろくでもない歌を二曲歌って、オーケストラが演奏してないときは、一度も口を開かせてもらえないんで腹立たしいったらないだけよ。でも、できるだけのことをしてくれてるのはわかってるわ。スコッティが、あんたには手ごわすぎるだけなのよ」

「確かに、手ごわい相手さ」彼は折れた。「だが、この世に、手ごわすぎて俺の歯が立たん女などない。いずれ身の程を思い知らせてやる。それには、ちょいと時間がかかるんだ。そんなに焦るなよ、ヴィヴ。十か月が何だ?」

「ほぼ一年よ。それに、この業界じゃ、女は足踏みしてるゆとりなんてないの。あたしの将来が、あんたの想像に留まらないようなどこかへ移ったらどうかな? どこかほかの番組へ——」

「腰を据えてだな、ベイビー、考えさせてくれよ。この十か月は無駄じゃなかったし、よそへ移ってまたゼロから始めるつもりはない。歌っているときしか人目に触れる機会がないから、俺たちが進歩していないと思ってるんだろうが、ずいぶんと成功したじゃないか」彼は、ずんぐりした指で成功を数え上げた。「おまえとポッジが壁紙のようにしっくりいく出し物が閃いたんで、そいつを二度ばかりざっと説明するのに充分な時間、ポッジを先生からどうにか引き離した。そして、あいつが必要としているのは俺たちのギャグなのかもしれないという思いをポッジの心に沸き返らせた」

「だけど、それが何の役に立ったっていうの?」彼女が詰め寄った。「そうやってポッジを納得させる――それでどうなるのよ? 結局、彼に決心させるのはいつだってスコッティで、彼女は、あたしを見ようともしない。どうして石の壁に頭をぶち当てつづけるの?」

「まあ聞けって」彼は唇を突き出し、物知り顔でうなずいた。「石の壁の扱い方は一つじゃないんだ。おまえは、壁を叩き壊そうとするから、脳みそが飛び出しちまうだけなんだ。だがな、ときには壁を迂回しろ。スコッティと呼ばれる壁だって、いつかは目を覚まして、もう誰も使っていない道を塞いでいるのに気づくかもしれん。彼女は、たった一人、のけ者にされることになる」

「それが何になるの?」

「要するにだな、ベイビー、ポッジがスコッティの言いなりにならんようにするのさ。とにかく、何で彼女は、ポッジを縛りつけとかなきゃならんのだ? 今のポッジがあるのは、彼女のおかげだし、ポッジはそれを感謝しているかもしれん。謝礼金の相場は、今、どのぐらいだ? いろいろだよな」

「でも、彼のネタは、みんな彼女が書いてるのよ」ヴィヴィアンが指摘した。「そして、それが彼を大スターにしたの。だから、彼女とのコンビを解消したら――」

「もっと大きくなれる」アルが言葉を継いだ。「俺たちなら、あいつに、今より価値のあるコメディを提供できる。スコッティは、尻もちとへんてこりんな帽子しかわかっちゃいない。ポッジは、もっとましなことをやれるんだから、あいつにそれを証明してやる。その考えをもうあいつに植えつけておいたんで、そいつを大事に育てればいい。スコッティは、ポッジの前に自分が立ちはだかって、来る者を寄せつけずにいると思っている。だが、いずれ振り返ったら、自分の後ろにあいつがもういないのに気づくだろう。あいつは、おまえと俺といっしょに角を曲がってるだろうよ」

「見てみたいもんだわ」ヴィヴィアンが言った。「あたしの何の得にもならないにしたって、ポッジに船から落とされる彼女の顔を見ていたいわ。ここで女王のようにふんぞり返って、みんなの首を踏みつけてきたんだから、彼女が置き去りにされるのを見る拝観料は、さぞかし高いでしょうね」

「見せてやるとも」彼は請け合った。「簡単だとは言わないよ。スポンサー、広告代理店、放送局に根回しをしなきゃならんから、なかなか大変だ。だが、俺は、適切な相手に適切なことを言うベテランだ。それに、みんなも、スコッティには頭を悩ませている。俺が目指してるのは、ボードビルショー。おまえとポッジが組んで、独自の現代的なショーをするのさ。そうなりゃ、スコッティの出る幕はない。なあ、そんなショーを売り込めるかな！　スコッティ抜きのポッジと聞いたら魅力を感じる大物が大勢いるぞ。俺たちのチームにあいつを引き入れたら、十五分としないうちに素晴らしい契約を結べる運びになるだろう」

「ポッジを引き入れてからでしょ」彼女は、疑わしげに言った。「できたらの話だけど」

「また慌ててるぞ。だが、そう長くは待たせせん。あの男を半ば納得させたじゃないか。あいつは、こっちのネタを気に入ってくれた。二週間ほど前、あいつが、そのネタの一部を番組で使いたがったのに、スコッティがダメの一点張りだったんで、一日中不機嫌だったたのを覚えてるだろう。あいつを突っつきつづけたら、じきに将来の計画を立てられるようになるって」

「できるかな、アル？」彼女は、真面目に聞いた。「ほんとにできると思う？」

「俺は、できると思っているのか？」彼は、からかうように言葉を足した。そして、首をすくめて彼女を見上げた。「このごろ、いい兆候が見えてるだろう、ヴィヴ？　俺が当てにしてるのは、自分の売り込みの手腕だけじゃないんだよ。ポッジのこともよく見てきたが、おまえがあいつと舞台に上がったときに、おまえの襟足を見下ろしているのは、目に見えない大勢の視聴者だけじゃないんだ。俺が、ビジネス面に対処して、おまえが――そのう――つき合いに対処すれば、夏の番組編成までにはポッジが針に引っかかるさ。だから、少しは信用してくれよ」

「そうするわ、アル」彼女は、彼に微笑んだ。「そして、我慢してみる――もうちょっと」

「それでこそ、俺のかわい子ちゃんだ」彼は認めてから、視線をこちらに向けた。「今の話、みんなわかってくれたね、マラッシズ。アルに計画があると、あんたのジャクソンに伝えてくれ。あいつは、いいアナウンサーで、いくつか素晴らしい考えを持っている。ああいう若者の出番ならいつだって用意する。それに、あいつが、スコッティに言い寄っているのを見たことがない。だから、いざとなったら、こっちにつきたがるかもしれん。俺のために取りもってくれないかな。そうすりゃ、ときが来たら、あいつと条件を話し合える」

「でも、わたしには――」

「どうすればいいかは教えてやるよ」彼は言った。「かわいいヴィヴ、奥の部屋にロダンの箱がある。カメラからレンズが飛び出しちまうようなドレスを注文した。それを着たおまえが見たい」

「優しいのね、アル」彼女は、素直に立ち上がった。「だから、ついつい好きになっちゃうのよね」

彼も立ち上がり、腰を振りながらドアに歩いていく彼女をそのまましばし見つめてから、彼女が座っていた椅子に深く腰かけた。

「芸能人ときたら！」彼は、軽蔑したように言った。「あの手この手で巧みに扱わにゃならん。何で誠実な仕事に就かなかったんだろうな。食料雑貨商とかさ。仕入れて、売って、儲ける。それなのに、俺の商品は、そいつに分別があるかのようにいつも扱わにゃならん。気持ちがあって、気性があって、機嫌がころころ変わる。そして、俺は、そいつを常に喜ばせておかにゃならん男。しょうがないか」と、諦めきったようにため息をついた。「ヴィヴは、まんざら悪くない。ほとんど普通に振る舞うこともあるんだよ。ここの口うるさいやつら何人かに会わせてやりたいよ。あら探し屋め！　そしたら、俺が、すべての局を個人的に所有しているのに、それを隠しておこうと企んでいると思うだろう」

「チェイスさんは、とてもお綺麗です」わたしは言った。

「彼女は受けがいい」彼も認めた。「しかも、歌える。俺たちは、上向きだ。それに、あんたの友だちのデイヴを引き込めるかもしれん。俺と契約するのが賢明な手だと伝えてくれ」

「あら、彼に助言なんてできませんよ」わたしは言った。「つまり、テレビのことは何も知りませんし——」

「教えられなくても、ポッジがいい投資だとわかるさ」彼は、口を挟んだ。「テレビで超大物になれる——適切に扱われさえすればね。今は、スコッティが与えてくれるドタバタ喜劇をうまくこなしてるんで、たぶんあと数年はそれをつづけていける。だが、それだけじゃ足りないんだ——消えずにいたいならね。ポッジのようなタイプなら、もっと掘り下げられる。そして、俺には、あいつを釣る針があるんだ。俺が見るかぎり、ポッジは憧れの的だ。あんたは女だ、マラッシズ。教えてくれ。あいつの番組にチャンネルを合わせるのは、単なる笑いのためかい？　それとも、あの懐かしい気分になるからかい？」

「わたしは違いますが、ルームメイトは——」

「すまん」彼は頭を下げた。「デイヴィに心を捧げてるのを忘れてた。だが、そのルームメイトってのは——女、そうだね？　彼女について、いろいろ教えてくれ」

「彼女は、ポッジを素晴らしいと思っています。そして、わたしの職場の女性の多くも、そう思っています。わたしが、得たと——そのう、ここに来る機会を得たと——知ったら、みんなは、わたしが彼に会えるのを大喜びしたはずだと思いました。つまり、あなたのお言葉を裏づけているようなものです」

「嬉しいことを言ってくれるね」彼は答えた。「世論調査を始めたら、必ずあんたのルームメイトにも質問するよ。つまり、俺の方向は間違っていない。俺がやりたいのは、新生ポッジを作り上げること。もちろん、コメディはつづける——昔からの視聴者を失いたくないんでね——だが、この女性の憧れからとことん利益を得るためのいくつかの新しい特徴を加えるんだ。ポッジだって、転換を選ぶさ。説得するのに大して手間取らないと思うよ。スコッティから渡された柔らかい靴を履いてたって、それにゃ関心はない。みんなの理想の男になりたがってるのさ」

「いいお考えのようですね」わたしは、礼儀正しく言った。

「いいどころじゃない」彼は訂正した。「抜群の考えだ」

このとき、デイヴが舞台を下りて、こちらに向かってきた。

「ほら」アルが、彼を見つめながら言った。「不在所有者だったジャクソンが、愛想のいいホスト役を務める準備ができたようだよ。それなら、機会があったら、俺の提案を面白く聞かせてやってくれ。俺は、ずるいやつでね。男のポケットに入り込むには、ご婦人を通してという理論に従って、いつも動いてるんだ。久しぶりだな、ジャクソン」彼は、デイヴに挨拶した。「このお嬢ちゃんと結婚しているに違いないと思いそうになってた。こんなに長く、置いてきぼりにしておくもんだからさ」

「そのうちに、アル」デイヴが、激怒して言葉を発した。「おまえは——」彼は、肩をすくめてやり過ごし、歪んだ笑顔をこちらに向けた。「問題なし——当面は」彼は、中指と人差し指を十字に交差させた。「それから、今週の台本のコピーを手に入れた——どういう仕組みなのか、見たいだろうと思ってね。廊下の向こうに、多少なりともプライバシーを保てる場所がある」

「まだ台本か」アルが、非難がましく首を横に振った。「この目新しい考え方には、どうも馴染めん。俺の時代にゃ、銅板印刷だったってのに」

デイヴと廊下を横切りながら、今終えたばかりの会話をかいつまんで伝えた。わたしが、彼に何らかの影響力を持っているかもしれないとアルが思っているとは、もちろん言わなかった。

「うーん」わたしが話し終えると、デイヴは言った。「そんなことを考えているんじゃないかと薄々気づいてはいたが、まさかスコッティをバッサリ切り捨てるつもりだったとは」

彼は、ドアを押し開けてわたしを先に通してから、片肘がテーブルになった椅子が何列も並んだ教室のような部屋に入った。

「夜、誰かがここで市民権について教えているんだと思うよ」彼は説明した。「だが、昼間は、ぼくらが自由に使っていいことになっている」

わたしたちは座り、彼が、二人のあいだの椅子の肘掛けに台本を置いた。

「確かに、彼の言うとおりさ」デイヴはつづけた。「スコッティとは、商売ができない。アルが、ポッジのマネージャーになって、自分のボードビルショーの一員にしたいのなら、まず彼女を排除するしかない。すんなり行かないとわかると思うがね」

「どうして？　夫婦関係よりもコンビを解消するほうが、簡単だと思うけれど。それに、ポッジは、彼女と実際に離婚しているのよ」

「ああ、そうだよ、離婚した」彼は、天真爛漫だねとでも言わんばかりに優しく微笑んだ。「それについては、いずれ教えてあげる。だからって、アルが、計画をすんなり進められる証拠にはならない。だが、彼は、あの手この手を使っている。彼には、役に立つヴィヴがいる。そして、どうやら、ぼくも使えると思っているようだ」

「彼に協力するつもり？」

「考えてみる。熱した石炭の上にスコッティを置くことを意味するなら、むしろ悪魔の義兄に協力することを考える。それに、仲間も大勢いるんでね。きみも、あの女がどんな人間かわかれば――だが、戦闘中の彼女の言動をすぐ目の当たりにできるから、自分なりの意見をまとめたらいい」

彼は台本をめくり、急に話題を変えた。

「独特な業界用語があってね。とはいえ、大半は映画からの盗用だと思うよ。たとえば」――彼は、人差し指で活字を一行なぞった――「ここの指示は、ディゾルヴを求めている。これは、つまりカメラが――」彼は、じれったそうな仕草で台本を閉じ、椅子の背にもたれた。「こんな専門的なことについては心配していないんだろう？」

「まあ、もちろん、とても興味はあるわよ。でも、実際に書くのは、人物についてなの」

「人物ねえ」彼は、皮肉っぽく口を歪めた。「ごまんといる。みんなが、衝突し合い、こすれ合っている。卑劣な業界なのさ、メリッサ。どいつもこいつも、足元をすくい、騙し、隙あらばナイフを突き立てようと相手が背を向けるのを待っている。この業界に入って長いから、ぼくはもう慣れたし、それがぼくの一部にもなっている。それでも、きみのような外部の人間が来ると、知らない人の目にどう映っているかが見えてくるんだ」

「どの業界にも、ある程度は駆け引きがあると思うわ」

「この業界とは違う」彼は、強く言い返した。「だが、この業界でも、みんなが、ぼくがしようとしていたことほど落ちぶれているわけじゃない。ぼくは、アルの話に乗ってみる。あっちが、ぼくを利用しようとしていると思うんでね。だが、少なくとも、ぼくらは同じ船に乗っている。彼が勝てば、ぼくも得をする。だが、ぼくの頭にあったことには、そういう言い訳すらないんだ。昨日、きみが電話をくれてから、ぼくは、きみを利用する算段をしていたんだ」

「わたしを？　どうやって、わたしを――」

「メディアの持つ力さ」彼は説明した。「個人的な知名度を気にしているんじゃない。少なくとも今は、もっとほしいものがあるんでね。きみの雑誌の暴露記事、物事の内情を明らかにする姿勢は知っているし、それこそが、この番組で起きてくれるのをぼくが見たいと望んでいることなんだ。ポッジは、世界有数の偉人ではない。ぼくが、何かを言えば、彼は信じる。だが、逆のことを言った次の人間も信じるんだ。そして、スコッティは、もっとも頻繁に彼に話を聞いてもらえるから、自分は、彼にとってかけがえのない人間なんだと、彼に信じ込ませておける。だが、彼女も、活字とは張り合えないと思うんだよ。ポッジが、〈エンタープライズ〉に掲載された何かを目にすれば、そうに違いないと思うだろう」

「それで、わたしなら、スコッティに反対する記事を書けるんじゃないかと思ったの？」

「反対するのとはちょっと違う。彼が活動の場を広げる機会を、彼女がことごとく握りつぶしているという事実を明らかにする記事さ。きみをここに一人にして、アルやヴィヴ、不満を抱いているほかの人間二人くらいと話をさせて、まあ言ってみれば、状況を歪曲させる心づもりだったのさ。ポッジに――そしてスポンサーにも――スコッティが、彼の邪魔をしているという考えを吹き込むような記事を、きみが書くようにね」

「そして、もしそういう記事を書いたら、あなたの役に立ったの?」

「わかりっこないだろう」彼は、手で額をこすり、ほつれ毛をかき上げた。「きみが、誰かに腹を立てる――スコッティは、本当に人の気持ちを傷つける人間なんだ――そうすれば、悪いのは彼女だけだと思うようになる。とにかく、彼女との戦いでぼくはここまでしか進撃できない。それに気がついたんだ。きみをだしに使えると思ったんだよ、メリッサ。でもできない」

「だけど、もし本当に、スコッティがポッジの――」

「真実は、たくさんある」彼は、ぐったりとした。「たとえば、彼をスターにしたのは彼女で、彼女がいなければ、彼は、すぐにまた忘れ去られてしまうという真実。この真実は、きみの記事に書かずにおいてほしかった。だが、きみの雑誌は、個人の小競り合いに弾薬を供給するために、きみを派遣したんじゃない。きみは、ごまかしのない記事を書くためにここにいるのだから、これからは、捻じ曲げられていない真実を摑めるように協力するよ。ぼくは、きみを引き込まずに、スコッティとの戦いに勝てる方法を探す」

「わたしも、打ち明けなければならないことがあるの」わたしは言った。彼が、きみの記事と言うたびに、わたしは、どんどん肩身が狭くなっていった。彼が、自分の企みを率直に話してくれたせいで、自分のほうがもっとひどいペテン師だと思えてきた。だから、自分が調査係にすぎず、〈エンタープライズ〉に掲載される記事については自由にならないのだと認めるべきだと悟った。「あのね、本当はわたし――」

だが、彼は、わたしの話など聞いていなかった。人が動く音と声のするドアのほうに頭を傾けていた。

「お出ましだ」彼は言った。「さあ、メリッサ。ポッジとスコッティに紹介するよ」

第三章

新たに到着した二人は、舞台近くの入り口から稽古場に入り、奥のドアから入ったわたしたちのほうへやってきた。わたしは、本物の彼らをはじめて目の前で見て妙に気分が高揚した。ポッジは、テレビ画面に映っているときとまったく変わらなかった。大柄で——一八〇センチ以上に違いない——肩幅が広かった。フットボールの花形選手だったと昨日はじめて知ったが、こうして見ていると、気づいてもよさそうなものだった。彼なら、ヒーローが、残り一分でタッチダウンを決める場面を描いた雑誌のモデルになれただろう。だが、その体格のよさにもかかわらず、カールした豊かな黒髪の下のあまりハンサムとは言えない顔は、迷子の雰囲気があり、それが、女性への強い訴求力になっているのだろう。逆説的に聞こえるかもしれないが、鼻の格好がもう少しよかったら、テレビ映りがよく、アル・ウェイマーが言う〝憧れの的〟にはなれなかったかもしれない。

彼の脇にいる金髪の小柄な女性が、一人でまくし立てていた。よく知られていた、くっきりした目鼻立ちと鳥のように素早い仕草がなければ、誰なのか容易には気づかなかっただろう。とはいえ、衣装——思春期前の子がするような短いエプロンとお下げ髪が普通だった——を着けたスコッティを見慣れていたので、オーダーメイドのスーツとひっつめにした赤毛は、妙にそぐわないように思われた。わたしたちが近づくと、彼女は、数歩後ろからついてきていた色白の綺麗な女性を振り返った。その声が、また驚きだった――放送中に使っている子どもっぽさを誇張したソプラノとは対照的に――しゃがれ声に近かった。

「もう！」と、彼女は言っていた。「わたしが、何もかも覚えていなくちゃならないの？」

女性が何やらぼそぼそ言うと、スコッティは遮った。

「もちろん、あんたを取りに行かせるわけにはいかないわよ」スコッティは、きつく言い返した。「ここにいてもらわないと。ただし、ガレージに電話をして、ウィルソンが入ってきたらすぐにここへ戻るように伝えさせなさい。ただし、飲み歩いているんでなければね。その可能性が高いけど。わかったわよ、謝ってばかりいなさんな。みんなで謝っていたって、わたしのスケート靴は戻ってこないのよ。さっさと電話をしにいきなさい」

女性が、詫びるように微笑んで背を向け、そそくさと廊下へ引き返していったちょうどそのとき、わたしたちは、スコッティと話ができる距離に来ていた。

「出演者に会って、ぼくらの仕事を見たがっている友だちを連れてきたんだ」デイヴが説明した。

「こちらは、メリッサ・コルヴィン」

「あら、結構なことで」スコッティの軽蔑の眼差しに、微笑みかけていたわたしの顔も強張ってしまった。「一日を締めくくるのにわたしたちが必要としているのは、それだけ。ご近所さんや親戚で稽古場を満たし、べとべとした顔の子どもたちに部屋中を走り回らせなさいよ。友だちを楽しませつづけられさえすれば、番組をまとめられなくてもいいんでしょうからね」

「友だち一人だけじゃないか」デイヴが、唇を引き締めた。「それに、リハーサルの邪魔はしないと思うがね」

「スコッティは、動転しているんだよ」ポッジが、打ち明けた。「ベスが、ローラースケートを車に置き忘れてしまったものだから、俺たちは危機的状況に陥っていてね」

「聞き分けがないのはわたしだって言いたいんでしょう」スコッティが、ぴしゃりと言った。「スケートは、明日の番組でするつもりの、かなり複雑な脚さばきを練習するのに必要なだけなんだから。カメラが回る前に練習しておいたほうがいいと思えたのよ。でも、今となっては——ベスは、一度に五分と自分の仕事に専念できないんだから——こっちが、できるだけ冷静に振る舞わざるをえなくなるわ。そんなちっぽけなことで、誰が動転するもんですか」

「ベスが、取り戻してくれるよ」ポッジが、穏やかに言った。「探し物の名人なんだから」

「ウィルソンのことだから、梯子(はしご)しているわ」彼女は言い返した。「天才でもなければ、見つけられっこない。ベスが適任とは思えないわね。いいえ、わたしのスケート靴が戻ってくるのは何時間も先よ」

「きみの靴に潤滑油を塗ったらどうかな」ポッジが提案した。「おんなじ効果がある、まるで——」

彼は言葉を切った。戻ってきたブロンドの女性が、こちらに突進してきたからだ。片手に小さな茶色いボストンバッグを持ち、もう片方の手で、ローラースケートを誇らしげに掲げて振っていた。

「ありましたよ、スコッティ！」女性は、息を弾ませながら叫んだ。「取り戻しました。角を曲がった途端、ウィルソンが気づいて引き返してくれて、わたしが、ガレージに電話連絡しようとしているあいだに入ってきて——」

「もういいわ」スコッティが、意気揚々と説明していた女性を遮った。「あんたの不注意のせいで、ずいぶん時間を無駄にしてしまったわ。そのスケート靴は奥の部屋に置いておきなさい。こっちの準備ができたら、また見つけられるようにね。さあ、仕事に取りかかるわよ」スコッティは、女性が出ていくのを見つめてから、鋭い視線をこちらに戻した。「観客がいるので、わたしたちも、やる気が増すはずよ。それに、ジャクソンは、格別に素晴らしいショーを見せたいでしょうからね」彼女は、デイヴに視線を移した。「このお友だちを喜ばせるために、あのちょっとしたギャグをいくつかまた練り上げたんでしょう。うってつけの場所じゃないの——リハーサルは」

「いや」デイヴは、顎が固まってしまったかのような口調だった。「今日はない。座ってもらったほうがよさそうだね、メリッサ。そろそろ始まるから」

考えすぎかもしれなかったが、二人で椅子に向かって歩きながら、デイヴが、負傷したほうの脚をいつもより引きずっているように感じられた。わたしが座ると、ベスがまた現れた。

「書類はどうしたの?」スコッティが聞いた。

「あっ」彼女は、ピシャリと口に手を当て、またしても自分の忘れっぽさを認めた。「電話ボックスに忘れました」

「取りにいきなさい」スコッティが、ぶっきらぼうに指図した。「それから、近くに腰かけて。このリハーサルを細かく記録してほしいの」

「俺のも頼むよ」ポッジが言った。「いくつかアドリブが出かかっているような気がするんでね」

デイヴが席を離れたかと思ったら、アルが飛んできた。

「どうだった?」彼は、待っていましたとばかりに聞いた。「ジャクソンに話してくれたね?」

「おっしゃったことは伝えました」

「よし」彼は、満足そうに揉み手をした。「で、あいつは何と?」

「考えてみると言っていました」

「ふうむ」彼は、音を立てずにガムをしばらく噛みながら、一物ありげにわたしをじろじろ見た。「俺に賛成だと言ってくれたのかい、マラッシズ？　俺に味方して、影響力をおよぼしてくれたのかい？」

「申し上げましたでしょう」わたしは説明しようとした。「わたしは、彼に影響力なんてないんです」

「いい提案だと、確信していないってことだ」彼は誤解した。「ジャクソンを納得させようとしない、俺が、あんたを納得させていないからなんだね。なるほど、あんたにとことんはっきりさせる機会をくれ、何を提供できるかを示して——」

「そうではないんです」わたしは、きっぱり言った。「正直なところ、ウェイマーさん、デイヴのことをほとんど知らないんです。同じ学部に通っていたので、電話をして、リハーサルを見られるように手配してもらいました。でも、何年も会っていませんでしたから、わたしの意見など、彼には通用しないはずです。ですから、まったく無駄なんですよ、あなたの——」

「率直に打ち明けてくれているみたいだね、あんた。本当に、ジャクソンとは関係なさそうだ。だが、な、俺の目は節穴じゃない。俺が、根も葉もないことを言っていると思ってるんだろうね。だが、年の離れた、あんたの友だちアルにかぎってそんなことはない。俺は、常にまず下見をする。あんたを見るデイヴィの目に気づいたし、あんたのことを嘲るときにあいつが強張るのを見た。だから、あんたをジャクソンへの直接ルートだと言うからには、自分が何を言っているのかわかっているのさ」

「そうだとよろしいですけれど」わたしは、大胆にも言い放った。「でも、間違っていらっしゃいます。わたしは、これっぽっちも——」

「ふうん、なるほど」彼は、同情したように首をかしげて舌打ちした。「それなら、互助会を作ればいい。あんたは、俺のためにジャクソンの心を摑み、俺は、あんたのためにあいつの心を摑む——もちろん、やり方は違うがね。あんたらに必要なのは、少しばかりの勇気づけだけ。そして、俺が、それにはもってこいのデブっちょキューピッドだとわかって——」

「やめてください！」わたしは、いきり立った。「そんなつもりは——つまりその、わたしが言ったのは、あれはほんの雑談だったんです。お願いです、ウェイマーさん、そんなふうに考えないでください——」

「わかった、わかった」彼は、安心させるようにわたしの手を叩いた。「あんたが、ゴーサインを出すまでは、何もしないよ。だが、助けが必要になったら、いつでもこの方面に協力者がいるのを忘れないでくれ」

「ありがとうございます。お気持ちだけで結構です」

わたしは、ベスを見つめた。大きな書類ばさみを小脇に抱え、廊下から入ってきたところだった。話題を変える格好の口実のように思えた。

「あの方は、ポッジさんとスコッティさんの秘書ですよね？」

「スコッティの秘書だ」アルは訂正した。「ポッジの女房でもある」

「まさか」

「おかしいと思ってるな？」彼は、片方の眉を上げた。「いいや、娘さん、これは信頼できる内部情報さ。ベスは、ポッジ・オニール氏の二人目の女房だ」

「ですが、スコッティさんの態度は——」

「スコッティの人の扱い方は、独特でね」彼は、肩をすくめた。「しかも、ベスは、彼女の秘書になってまだ一年、ポッジの女房になってまだ数か月でしかない。だから、虐げられるのに慣れるのにまだまだ時間がいる。慣れればの話だがね。ベスは、おじけやすいタイプだからな。だが、優しい子だ。気に入ると思うよ」彼は、声を張り上げて手招きした。「おい、ベス、こっちに来てつき合えよ」

彼女は、こちらを見ておずおずと手を振って近づいてきた。

「初対面だね?」アルが、愛想よく聞いた。「それなら、音頭を取らせてもらおう。マラッシズ、ベスと握手してくれ」

「はじめまして」彼女は、恥ずかしそうな笑みを浮かべた。「本当にマラッシズなんですか、それとも――」

「それとも、アルのやつが、いつもの手に出たかって?」彼は、面白がっているように含み笑いした。

「もちろん、マラッシズさ。一月生まれなんだ」

「やっぱり、またからかっているのね」彼女は、優しく叱るような目をして、わたしの向かい側に座った。「はじめのころは、アルの言葉を鵜呑みにしたんですよ」彼女は打ち明けた。「彼の言ったとおりにしてしまったこともいくつかあって――そんなおバカな人間がいるなんて信じられないでしょうね。いつもみんなに笑われていました。だから今では、彼が何を言おうと、ほかの誰かにも言われるまで待つことにしているんです。あなたも、そうしたほうがいいですよ」

「裏切り者は、どこにでもいるもんだな」彼は、大げさにため息をついた。「親友だと思ってたやつに、自分を牽制するようなことを触れ回られたら、男はどうすりゃいいんだ? 思ったこともないよ――」

「何のリハーサルをしているのか知りませんけどね、ウェイマー」スコッティが、部屋の向こうから大声で言った。「今度の番組と無関係なのはわかるわ。無理な相談でなければ、こっちが仕事をしているあいだは、もう少し静かにしてくれない」

「きみのためなら、たとえ火のなか水のなか」彼は、ふざけて敬礼し、「何でもござれ。静粛に！」と、牛の大きな鳴き声のような声を張り上げて後ろの誰もいない空間に向かって命令した。「静粛に、後ろの諸君！　スコッティが、静粛をご所望だ！」

彼は振り返り、丸ぽちゃの愛らしい笑顔をスコッティに向けて唇に指を当て、椅子にゆったりと腰かけた。スコッティは、怒りで顔を赤らめ、彼にではなく、わたしの隣の女性に話しかけた。

「ちゃんと聞いてなさい、ベス」彼女は、つっけんどんに言った。「こっちが終わったら、少しは筋が通ったメモを見せてほしいものね」

返事を待たず、スコッティは、さっと向きを変えてポッジに手招きした。ベスは、言われたとおり書類ばさみを開いて鉛筆と紙を取り出し、少し前かがみに座って指示に備えた。彼女を見ていて、ふと、アルの言葉の信憑性についての彼女の警告は、ポッジの妻としての彼女の身分にも当てはまるのかしらと思った。だが、静かにしていろというスコッティの要求に従わずに、デイヴの評判をさらに落とすような真似はしたくなかったので、質問は心のなかだけに留めた。反逆の意を態度で示したあと、アルも静かにしていた。そして、もちろんベスは、自分の仕事に専念した。

驚いたことに、彼らは、リハーサルに舞台を使わず、その下で作業をした。まだ紹介されていない若い男性が、てきぱきと椅子を移動して作業スペースを作っているあいだに、プロデューサーが、アルに近づいてきて質問し、簡単にわたしに紹介された。疲れ切った年よりくさい顔をした、まだまだ若いその眼鏡の男性は、ヴィクター・ギングリッチという名前で、丁寧とはいえ、心ここにあらずといった感じの会釈をした。ディレクターは、バズと呼ばれていた。本名はおろか、彼については何も知らされなかった。すぐにリハーサルが始まり、長いあいだ会話は交わされなかった。電話でずっと席を外していたデイヴが戻ってきて、街外れまでまた行かなければならなくなったと言った。わたしは、彼がいなくても充分楽しいから大丈夫だと心から請け合った。

部外者のわたしは、リハーサルの進行に興味をそそられた。葬儀にでも参列しているような面持ちのギングリッチは、リハーサルの大半を椅子にぐったり座っていて、バズのほうは、革表紙の台本を手に歩き回り、可能なすべての角度から演技を吟味していた。機敏な若者は、アシスタントディレクターだとわかったが、舞台の端にちょこんと腰かけていた。彼のおもな役目は、家具の移動のほかに、番組のすべての部分の時間をストップウォッチで計ることのようだった。

一分程度の短い演技のあとでさえ、ときどきリハーサルが中断され、一つの台詞や小さな事柄について長々と協議が行なわれた。とはいえ、スコッティに関するかぎり、プロデューサーも、ディレクターも、アシスタントディレクターも、実はいらないように思われた。ポッジについても、彼女自身についても、彼女が指図を受け入れるのは、カメラアングルや、それと同じくらい技術的な事柄に関係する場合だけだった――しかも、それはほとんどなかった。

コメディの基本的な場面は、ローラースケート競争を中心に設定されていた。台本によれば、スコッティは競争参加者で、番組中ずっとスケート靴を履いている。ポッジは、スケートについての一連のギャグを言うが、そのいくつかは、興味をかき立てられるほどお馴染みのもので、そういえば最初に乗馬の場面で使われたのを聞いた覚えがあった。中心テーマは、スコッティのチームメイトとして次の競争に参加させてくれるよう、ポッジがスコッティを説得したいという思いだった。そして視覚的な滑稽さが、大柄な彼と小柄な彼女の対比によって大いに強調される。山場で、スコッティが、スピーディで、見たところ危なっかしい滑走を披露し、今にも転倒するのではないかと視聴者をハラハラさせることになっている。だが、もちろん、最後に床にドスンと転ぶのは、スケート靴を履いていないが、ぎこちない足取りでスコッティに遅れずについていこうとしていたポッジなのだろう。そして、全国のお茶の間の視聴者は、おそらくこの時点で抱腹絶倒する。

とはいえ、動作は、リハーサルの初期段階で提案されただけだった。まず、会話部に専念し、スコッティが、しばしば言い回しを変更し、台詞を辛辣にし、会話をそっくり削除し、新しい会話に置き換えることさえあった。変更のたびに、スコッティはベスに声をかけ、改訂版を記録させた。台詞が、だいたいまとまると立ち稽古が始まったが、演技の各段階におけるカメラアングルと、演技者のもっともよい立ち位置について徹底的な協議が行なわれたので、かなり退屈だった。スコッティの登場場面の計画に、三十分は費やしたに違いない。登場するや、スコッティを舞台の反対端近く、つまり適切なカメラワークによって、実際には各家庭のお茶の間にいる人々の膝元まで迅速に移動させてから、彼女がクイックターンしてポッジに激突する場面だ。何時間にもおよぶリハーサルのあとも、スコッティは、まだスケート靴を履いていなかった。靴はまだ奥の部屋に置いたままで、今すぐどうしても必要だというさっきの要求は何だったのだろうと思った。

スコッティの登場場面についての話し合いの最中に、グレイ・デュルシュタインが到着した。ひょろりと背の高い、このオーケストラの指揮者は、写真で見るよりも直に見たほうが気難しそうだった。舞台に上がってピアノの男性と短い言葉を交わしてから、彼が舞台を下りてベスのところに来ると、ベスがわたしに紹介してくれた。彼は、丁寧に「はじめまして」と言い、アルの「やあ、デュルシュタイン」という言葉にぞんざいにうなずいてから、廊下を歩かないかとベスを誘った。彼女は、訝るようにスコッティをちらっと見たが、ギングリッチとバズとまだしゃがんで図面を見ていたので立ち上がった。

「ポッジに新しい歌を見せたかい？」遠ざかりながら、デュルシュタインが聞いていた。

「ええ。気に入ってくれています。わたしも、とてもいい歌だと思うんですよ。それなのに、スコッティが――」

「スコッティだと！」彼は叫んだ。「何でもかんでも、スコッティを通さなければならんのか？　ポッジは子どもじゃないんだ。いいかい、ベス――」デュルシュタインは、話のつづきを聞こえないようにした。

　ヴィヴィアンも小休止を利用して、新しいドレスを着て現れた。襟ぐりが非常に深い、真紅のサテンのドレスで、スパンコールを散りばめた細い紐が右肩にかかっていたが、左肩は露出していた。後ろの裾は床に引きずるほど長かったが、前は、膝がかろうじて隠れる程度で短かった。彼女は、片手を軽くヒップに当てて裾を引きながら舞台に上がり、堂々と横切った。ピアノ奏者が、「ディライトフル、デリシャス、ディラヴリー」（『楽しい、美味しい、とってもかわいい』の意）の出だしを練習すると、ポッジが、称賛の拍手を送った。スコッティが、威(おど)すような顔で図面から目を上げて舞台に近づくと、演奏がやんだ。

「知らなかったわ」スコッティは、ヴィヴィアンに冷ややかに言い放った。「今日、ドレスリハーサル（本番と同じ衣装、装置、照明の下で行なうリハーサル）をすることになっていたとはね」

「リハーサルをしているんじゃないわ」ヴィヴィアンが頭をのけ反らせたので、かなり高いところからスコッティを見下ろしているような感じだった。「新しいドレスを着てみたので、アルの意見が聞きたいの」

「素敵だわ」スコッティが、猫なで声で言った。「持ち衣装に関心を持ってくれる人がいて。でもね、モデルごっこは営業時間外にしたらどうなの。とにかく、わたしの営業時間外にね。今この部屋は、ほかのことで塞がっているの。どこかよそにマネージャーを招待して、じっくりと、もっと個人的に見てもらったらいいじゃない」

「あんたの指図は、もう聞き飽きたわ」ヴィヴィアンは怒りに唇を歪め、舞台から駆け下りた。「みんなをいじめて、何さまだと思ってんの？　たかが時代遅れの、落ちぶれへっぽこ寄席芸人じゃないの」

「それ以上言ったら」アルがぼそぼそ言った。「ぶっ飛ばされちまう」

彼は、よろよろ立ち上がって前へ急いだ。

「自分を大物だと思ってるんでしょうよ」ヴィヴィアンの怒りは収まらなかった。「スターを見つけて、あんたが必要なんだと言いくるめたんだもんね。まあ、ほかの誰かが、きっと彼をそこから抜け出すように説得できるわ。彼の活躍に便乗してずっとうまい汁を吸っていけるとでも思ってるみたいだけど、大間違いよ。彼は、あんたっていうお荷物にうんざりして、そのうち気づくはずよ、ほかの人が自分に――」

「出ていきなさい」スコッティが、どすの利いた声で言った。「失せろ、そして二度と――」

「威勢のいいこった！」アルは、女性二人のあいだに割って入り、おどけて人差し指を振りながら、陽気に作り笑いした。「二人ともいい加減にしないと、男性群が恐れをなしてしまうだろう。心配いらないよ、みんな」と、振り返ってほかの人たちを安心させようと手を振った。「二人は仲よしなんだが、ときどき鬱憤を晴らさないとね。こういうちょっとした盛り上がりがなけりゃ芝居とは言えん」彼は、ヴィヴィアンの腰に腕を回し、彼女を引っ張るようにしてドアへ向かい、「今のは素晴らしい演技だったよ、スコッティ」と、振り返った。「お見事。スケート靴を履いてやったら、みんなが笑い転げる」

ヴィヴィアンの怒りも収まり、まだ抵抗してはいたが、アルに連れられて部屋から出ていった。スコッティは、肩を怒らせて両手を握り締め、二人が出ていくのを見つめていたが、振り返ってポッジに近づいた。ちょうどそのとき、ベスが戻ってきてわたしのところへ来た。

「ヴィヴィアンて綺麗でしょう?」彼女は、すんでのところで見逃してしまったさっきの修羅場を知らずに尋ねた。「それに、いつもとても素敵な服を着ているわ」

「とても綺麗ですね」わたしも同感だった。「そういえば――自己紹介をやり直させていただくわ。少し混乱してしまったので――メリッサ・コルヴィンといいます。それから、みなさんがベスと呼んでいるのは聞きましたが、あなたの苗字はわかりません」

「今は、オニールよ」彼女は答えた。「ポッジと結婚したんです」

「あら」わたしは言った。アルがいなくてよかったと思った。いたら、自分の言葉が疑われ、確認されたのを聞いてさぞ満足したことだろう。「あなたがいてくれて、彼は大助かりでしょうね」と、速記のメモで埋め尽くされた紙面を指差した。

「努力しています」彼女は、さり気なく言った。「そもそも、そのために来たんですもの。秘書的な仕事のために。初仕事だったので、あまりきちんとできなかったと思います。でも、今は上達しました。それに、とにかく」――彼女は、嬉しそうに笑って目尻にしわを寄せた――「首になるのをもう心配しなくていいですからね」

スコッティに言いたいだけ言わせてから、ポッジは、眉を上げて彼女にニヤッと笑って肩をすくめ、わたしたちの座っているところへ戻ってきた。

「フー！」彼は手で額を拭い、汗を払い落とすふりをした。「今日の彼女ときたら、本当に条件を次から次へ取り消している。女子どもは、逃げたほうがいい」

「あなたと揉めたからよ」ベスが言った。

「車のなかで急にいざこざになったこと？　こっちは、ほとんど熱くなっちゃいなかったんだ」

「うーん、あなたが反対すると、彼女は動揺するの。わたしも動揺するわ。だから、スケート靴を忘れてしまったのよ。あなたにとって何がベストなのか、彼女にはわかっていないんじゃないかしら」

「そうかもしれないし」ポッジは言った。「そうでないかもしれない」

「それに、あなたに反対されると、ほかのみんなに八つ当たりするの」

「俺にも八つ当たりするぜ」彼は、ベスの膝の上の書類の山を悲しそうに見た。「彼女は、本当に台本をばらばらにしたんだ。夜中まで寝ないで新しい台本を覚えないとな」

「それに、黒あざ、青あざだらけになるわ」ベスがクスクス笑った。「あのすってんころりんを練習し終えるころにはね」

「そのうえ、まだ消えていない先週こさえたあざもある。正直なところ、ベス、あのネタは面白いと思うか？」

「そうね」彼女は、自信なさそうだった。「視聴者は気に入っていたわ。先週、あなたが、サンドバッグにぶちのめされたら、視聴者がはしゃぎまくったでしょう」

「わからないよなあ」彼は、首を横に振った。「でも、ちょうどここに視聴者が一人いるから、はっきりさせられるかもしれない」と、愛想よくわたしに微笑みかけた。「スコッティのスケート靴をめぐる口論で、挨拶どころじゃなくなってしまったが、ジャクソンの彼女だってのはわかっているし、俺はポッジだから、そこから話をつづけよう。テレビで俺を見たことはある？」

「毎週のように」

「よし。それなら、大切なことを教えてもらえるかもしれないな。俺が、自分の足につまずいたり、近くにある何かでぼこぼこにされたりすると、きみは笑う――大笑いする？」

「えっ、ええ」本当は笑わなかったが、ポッジのファンでないと認めるのは、あまりに気が利かないように思われた。「大笑いしますよ、もちろん」

「どうして？」彼は、わたしの前にしゃがみ、眉をひそめて集中しようとした。「俺にとっては、何もかもとても耐えられないと思える――見ている側も耐えられないってこと。何が面白いのか教えてくれない？」

「あなたのやり方ですよ、きっと」わたしは、そわそわした。「生まれながらのコメディアンもいらっしゃいますから」

「ポッジは、本気で知りたがっているの」ベスが、わたしに請け合った。「褒め言葉を誘い出しているんじゃないのよ。彼は、テレビでは最高に面白い男なのに、それをどうやるのか、全然わかっていないの。それって変でしょう？」

「あながち変でもない」彼が言った。「スコッティが、ギャグを考え出す。俺は、それを演じるだけ。

それがどういう意味なのか知っている必要はないのさ」

「一番面白いギャグが、必ずしもスコッティの発案とはかぎらないわ」ベスが反論した。「あなたが咄嗟に閃いたところが、番組で一番面白いということもあるでしょう。ポッジが、アドリブでとても有名だというのはご存じでしょう」彼女は振り返って、わたしをじっと見つめた。「番組の最中によく、彼があることを思いついて、それを言ったり、したりすると、番組がストップするの。一度なんて、劇場にいた視聴者を黙らせるのに二分もかかってしまって、最後のコマーシャルをカットしなくてはならなくなったので、スポンサーがひどくやきもきしたんですよ。そしたら、あとでポッジが、わたしに何と言ったと思います？　何がそんなにおかしかったんだ、ですって。彼は、何かが閃いても、それがどうして視聴者を笑わせるのかわかっていないの」

「俺は、オツムがあまりよろしくないんでね」ポッジが言った。

「違うわ」ベスが、やり返した。「メリッサが言ったでしょう。あなたは、生まれながらのコメディアンなのよ。だからね、あなたが自然なことをすると、それは、誰にでもできるわけじゃない最高に面白いことなの」

「そうか、おまえ」彼は立ち上がって手を伸ばし、彼女の髪の毛をぼさぼさにした。「誰が一番なのかを俺が知っているみたいに接してくれるのは、この町でおまえだけだから、それが間違っていると証明しようとするのはよすよ。さっさとここを出て、少しタイプでもしたらどう？　スコッティが、自分のスケート演技のときの音楽についてグレイと密談している。これをおおよそ読める形にするにはもってこいのチャンスだ」

「わかったわ」彼女は、書類ばさみを閉じた。「スコッティが、わたしに用事があるようなら、奥の部屋にいるわ」

「かわいいだろう?」彼は、立ち去る彼女を見つめていたが、わたしの脇に座った。「きみの恋人はどこ?」

「デイヴでしたら、広告代理店に戻らなければならなくなったとかで」わたしは説明した。「コマーシャルについて、何か問題があるみたいで」

「いつもそうなんだ」彼は言った。「宣伝時間が、トータルでどのくらいか知ってる? 三十分のうちのたった六分。それでも、番組の残りを一か所たりとも端折らずに予定どおりまとめているのに、問題を起こすのはいつもコマーシャルなんだから。この計算をどう思う? 頭痛の種の三分の二が、番組の五分の一の部分にあるって」

「数字に強いねえ、こいつ」アルが、わたしたちの後ろにひょっこり現れ、わたしの椅子とポッジの椅子のあいだに頭を突き出した。「だが、忘れるなよ。高くつく三十分が、その六分間の瓶と缶から支払われているってのを。こりゃ、興味深い計算でもある」

「肝に銘じておくよ」ポッジは言った。「だけど、そいつは、何時間もぶっ通しでデイヴにほったらかしにされているメリッサの慰めになるかい?」

「おまえが、マラッシズを慰めてやれるかもしれんぞ」アルが、いたずらっぽく笑い、「だが、今はやめとけ。デイヴが戻ってきた」と戸口を身振りで示すと、デイヴが、プロデューサーに何やら説明していた。「落ち着くんだ、マラッシズ。本部からの最新情報をギングリッチにかいつまんで話したら、ジャクソンは、またすぐ手を握りに来てくれるって。あいつはどうだ?」彼は、肘でポッジを小突き、わたしに親指を立てた。「素質があると思わんか?」

「ここに座るたびに、彼の評価が上がっている」ポッジが真剣に答えた。「自分の仕事に、あれほど真摯に取り組んでいたとは思ってもみなかったよ」

わたしは、瞼まで赤くなるのを感じた。だが、言うことは何もなさそうだったので、二人からの集中攻撃は無視しようとした。それでも、正直なところ、悪い気はしなかった。何分待ってもわたしが答えないと、彼らは軽妙な返答を諦め、ポッジが、ヴィヴィアンについて尋ねた。

「爆発寸前だ」アルが言った。「少しばかり落ち着かせたんで、今日のところは噴火させずに乗り切れるかもしれん。ああ、芸能人の売り込みを始めたばかりのころに、俺を撃ち殺してくれるやつがいたら、そいつは真の友だちだっただろうな」

「たぶん、きみは、いわゆる芸能人になったほうがいい」ポッジが、むっつりして言った。「そうすれば——」

「そうすりゃ、ピストル自殺してたさ。自覚してるんでね——」アルは言葉を切り、優しく口笛を吹いた。「やあ、やあ、ヴィヴが戻ってきてくれた」

イヴニングドレスを、元のセーターとスカートに着替えたヴィヴィアンが、わたしたちの小さなグループに足早に近づいてきた。

「あたしの曲の稽古をすぐにできるわ」彼女はアルに伝えた。「グレイにそう伝えて」

「わかった、わかった」アルも同意した。「まあ座ってゆっくりしろよ。グレイとスコッティが、顔のしわを伸ばしてもらったら、思う存分声を出せるから」

「すぐにできると言ったのよ」彼女は、横柄に顔を上げた。

「そして、俺は、座ったらどうだと言ったんだ」アルは、ことさら強勢を置かずに言ったのだが、彼女は顎を下げ、その目つきから鋼のような強さがなくなった。「どうしておとなしくしてなきゃならんのか、口を酸っぱくして言ったのに無駄だったのか？　まあ、落ち着け。今日は、スコッティとこれ以上揉め事を起こすんじゃない」

彼女は、ポッジの隣の椅子に移動し、ふてくされた顔でこぼした。「稽古したいだけなのにさ。グレイは、ここであたしを待ってるのよ。どっちみち音楽は、スコッティに関係ないってのに」

「それが、今週はさ」ポッジが説明した。「彼女、スケート靴を履いてダンスをするんで特別の伴奏がいるんだとさ」

「ええっ？　何分かかるの？」

「五分」

「五分ですって！」彼女はキレた。「呆れたわ、ポッジ。あんた、まさか彼女に持ち逃げさせるつもりじゃないわよね？」

「何かを持ち逃げされるのか？」

「持ち逃げじゃないの――いい、ポッジ」彼女は、ポッジにまともに向き直った。「コマーシャルを短くして、音楽を短くして、この番組であんたたちったらどれだけの時間を確保してるの？　十五分よ――あんたたちのコメディのためだけにね。それなのに、スコッティは、そのうちの五分を自分のスケートを見せびらかすために分捕ろうとしてる。あんた、この番組のスターなの？　それとも、ただの引き立て役？」

「スコッティもスターだよ」彼は、穏やかに答えた。「それに、今回は、彼女のために五分割いてもいいと思う。彼女は、以前このスケートの出し物をナイトクラブでの芝居でやっていたんだ。なかなかうまいんだぜ」

「そうでしょうよ」彼女は、冷ややかに言った。「ナイトクラブで、さぞかしたくさんのことをお上手になさったんでしょうから。何年もかけて、こつこつ練り上げたんだものね。だから今週は、スケート靴をいきなり持ち出した。来週は自転車で、再来週は綱渡りの綱だったりして。何がつづくかわからないの、ポッジ？　彼女、あんたに取って代わろうとしてるのよ。みんなが見たがってるのは、あんたなの。あんたがいなけりゃ、彼女は成功しなかった」

「その逆も言えるよ」ポッジが言った。

「かもね」彼女も、しぶしぶ認めた。「あんたが、世に出るのを助けてくれたかもしれないわ。あんたが視聴者に受けるってわかってたから、あんたを利用して契約を結んで、大勢の視聴者を手に入れたの。そして、もう乗っ取る準備ができたってこと。まあ、あんたをしっかり摑んで離さずに、あんたのファンが興味を失わない程度のことはさせておくでしょうけど、少しずつ自分が中心になるように出し物を作り上げてって、あんたはただの積荷監督人みたいになっちゃうでしょうよ」

「とんでもない勘違いをしているよ、ヴィヴ。スコッティは、俺に抜群のギャクをみんな提供してくれている。それに、スケートの出し物だけど――あれは、ショーにちょっと変化を添えるためでしかない。来週は、またいつものに戻る」

「なら、あたしの話は気にしないで」彼女は肩をすくめた。「ゆっくり自分の目で確かめたらいいわ。使い物にならなくなって捨てられる前に、わかってくれることだけを祈るわ」

「うーん」彼は半信半疑だった。「俺は、嫌だな――」

「ポッジ！」スコッティが呼んだ。「ベスはどこ？」

「奥で」彼は答えた。「タイプしてる」

「呼んできて」彼女は指図した。「新しい台本のどこにオーケストラを編入するのか、デュルシュタインに見せたいの」

「使いをやればいいだろ」彼は言い返した。「俺は、ここで寛いでるんでね」

「ええっ」彼女は目を細めて下唇を嚙みしめ、「自分で行くわ」と何歩か歩きだしたが、気が進まなかった。「それより、タイプを終えさせてやったほうがいいかもしれないわね。ヴィヴィアンが、稽古を待っているみたいだし」彼女は、ニコリともせずに視線をヴィヴィアンの顔に据えた。「デュルシュタインとピアノを使っていいわよ」

「どうも」ヴィヴィアンは、ぶっきらぼうに言った。「でも、別に——」

「始めるんだ」アルが、彼女の後ろで言った。「立って歌え。言い争いはするな」

「わかったわよ」ヴィヴィアンは、ためらいがちの微笑みをポッジに向け、舞台に近づいた。

「やあ、ヴィヴ」グレイ・デュルシュタインが、彼女を迎えた。「さっきは、洒落た服を着ていたが、あれは、明日の夜のためかい?」

「ええ」彼女は認めた。「気に入った?」

「わたしの個人的な意見については、あとでじっくりと」彼は、ヴィヴィアンの肩に腕を回した。

「今は、うちのやつらが心配でね。やつらに目隠しをしようか? それとも、調子っぱずれの音を出させてみるか?」

　彼女の返事は、ピアノからの大きな不協和音にかき消された。

「怒ってるの?」スコッティが、ポッジの真ん前に立って訝しそうに笑った。

「いや」彼は答えた。「使い走りをする気になれないだけさ」

「無理もないわ」彼女は同情した。「さんざんな午後だったものね。ベスが奥でどうしているか見にいかない？　ペプシとサンドイッチの出前を頼んで、一息入れましょう」

「よっしゃ」彼は、スコッティが差し出した手を取って、椅子からよいこらしょと立ち上がり、「じゃ、のちほど」と、アルとわたしに手を上げて挨拶した。

「その手はスコッティに上げろよな」アルの顎は、わたしの肩にくっつきそうだった。「彼女は、ポッジに無理強いしないほうがいいときと場合をわきまえてる。俺も、ヴィヴにあれだけの手腕があればな。今日だって三十分もかけて、どうしてスコッティとまともにやり合っちゃならんかを言い含めたってのに、どうなったかは見てのとおり」

「ですが、あなたは、スコッティさんとの関係を断ちたがっていらしたでしょう」

「機が熟したらってことさ」彼は、辛抱強く説明した。「まずは、ポッジと契約をしっかり結んでからだ。あいつを味方に引き入れるまでは、スコッティ閣下と角突き合わせてるゆとりはない。ヴィヴを雇うも首にするも、スコッティ次第。今日は、あいにく首すれすれだった。彼女が斧を振り下ろせば、俺たちなんぞイチコロさ。ポッジに話をすることも、近づくことさえもできなくなっちまう」

「スコッティさんがショーを乗っ取ろうとしていると、ヴィヴィアンさんからポッジさんに言わせたのはあなただったのでは？　彼に不満を抱かせたがっていたでしょう、そして――」

「俺じゃない」彼は否定した。「あいつが思いついた、ちょっとした計画でね。下手の考え休むに似たりと何度も言ったのに。あいつは女性を武器にして、俺が陰で操ることになっていたんだ。そしたら、どうなる？　あいつは、機会を捉えてポッジと過ごす時間をちいと持ち、ペチャクチャしゃべくり、ポッジが、もっと大事なことではなくあいつの言葉ばかりを聞くようにさせられる。シーッ——ジャクソンのご帰還だ。二人きりにしてほしいかい？」

「とんでもない」

「今日はつき合いが悪くてすまないね」デイヴが謝った。「とはいえ、きみが会いにきたのは、本当はぼくじゃなかっただろう、メリッサ？　いろいろ参考になった？」

「大いに」

「秘密情報をすべて提供した」アルが請け合った。「おまえに代わっていろいろと説明しておいた。実はさ、ほかの点でもおまえの代役をしてもかまわないんだが、試してはみなかった。二人はそれはそれはしっくりいってるんで、試しても無駄だという印象をマラッシズから受けたんでね」

「やめてください！」わたしは、叫ばずにはいられなかった。

「俺との約束は忘れてくれ！」アルは、しまったという素振りで手を口にしっかり当てたが、もっと始末に負えなかった。「これ以上は何も言わない。償いのしるしに、二人をドラッグストアへ連れていっておごるよ。たっぷり注文したほうがいいぞ。この乱痴気騒ぎが終わるまでは、それしかご馳走にありつけそうもないからな」

「でも、今出かけるわけにはいきませんよ」わたしは、歌いはじめようとしているヴィヴィアンを顎で示した。「そのう、ここにいるべきじゃないかと、ああして——」

「出かけるには、絶好のタイミングだよ」アルは自信満々だった。「俺を信じろ、見ないほうがいいもんはわかってるんでね。それに、あいつがちょうど歌い終えるころあいを見はからって帰ってくるからさ。俺は場数を踏んでるんでね」

「でも、オーケストラはどこなんですか?」わたしは不思議だった。「オーケストラも練習が必要なのではありませんか?」

「必要だとも」アルが、鋭く言い返した。「だが、彼らは最低賃金で働いてるし、俺たちは予算に縛られてるんでね。だから、明日にならないと参加しない。今日いるのは、デュルシュタインとピアニストだけだ。それが、テレビ業界の慣例なのさ」

わたしたちは、角のドラッグストアまで三人で歩いていき、着いてからは、ほとんど仕事の話ばかりだった。アルが、ためらいがちに言った。「マラッシズから、俺の提案は聞いてると思うが」だが、デイヴは、突っ込んだ話をさせようとしなかった。スタジオの方針についてさっき非難したあとで、わたしの前ではそういう話をしないほうがいいと思っているのだと、わたしは勝手に思い込んだ。彼が、わたしの意見を気にしていると思うと嬉しかった。そしてアルは、デイヴが気持ちよく受け入れてくれないと察し、その話題を打ち切った。だから食事中、デイヴは、コマーシャルの問題をわたしたちに話し、アルは、デイヴがリハーサルを離れていたあいだの出来事についての最新情報を提供した。アルの時間の読みは、言葉どおり正確だった。ヴィヴィアンが歌い終えるかっきり三分前に、わたしたちは稽古場に戻り、歌い終わった途端、彼は舞台に跳び乗った。

「ブラボー、ベイビー」彼は、勝利のしるしとして組んだ両手を高く掲げた。「低音にずいぶん磨きがかかったぞ。明日もその調子でやれば、視聴者が、犬みたいにお座りしておねだりする」彼は、ヴィヴィアンの向こうにいたグレイを見てうなずいた。デュルシュタインは、ピアノを引き継いでいた。

「いいぞ、デュルシュタイン。練習をつづければ、まだ贅沢な暮らしをしていられる」

「どうも」指揮者は言葉を省略し、アルに冷ややかな笑みを向けた。「いっしょに五分休憩しないか、ヴィヴ?」彼は、ヴィヴィアンに言った。

「仕事が先だ」アルは、愛想よく作り笑いした。「ヴィヴと打ち合わせがあるんでね。歌の最後の部分についていいことが閃いたんだ。さあ外で、教えてやるよ」

「どうやらグレイは、アルの提案には入っていないようだね」デイヴが、指揮者のいないところへヴィヴィアンを連れていくアルを見つめながら言った。

「彼は、スコッティさんの側なのかもね?」わたしは、それとなく言った。

「グレイが?　とんでもない。彼も、ポッジのために曲を書いているんだよ」デイヴは、自嘲するように唇を曲げた。「みんなのお気に入りの屋内スポーツなのさ。ポッジを有利な投資だと思って、配当金を得ようとしているんだ。グレイの財産は音楽だよ、もちろん。斬新な曲、それをポッジに広めてほしがっている」

「そのことを、あのとき彼は、ベスさんに話していたの。スコッティさんが、彼の発言を撥ねつけたんだと思ったわ」

「みんなが、同じ鉄のカーテンに直面しているんだ。彼女とグレイは、今日の午後、その件で口論になったんだが、彼には分がなかった。だからアルが、ポッジとスコッティのあいだに亀裂を入れるためにぼくを使いたいと思うのなら、グレイについても同じように考えるべきだ。それなのに、寄ると触ると喧嘩腰になるんだよな」

「それって、ヴィヴィアンと関係があるんじゃないの——そのう、二人がお互いに嫌っているのは?」

「かもね」彼は、吹き出した。「〈エンタープライズ〉の業界調査で、こんなことはほかにもあった?」

　後ろで足音がしたので、振り返るとポッジで、スコッティが腕に縋りついていた。ベスが、書類ばさみを持ったまま二人についてきていた。リハーサルエリアまで来ると、スコッティが、振り返って手を差し出した。ベスが、書類ばさみを開けて黄色い紙の束を渡してから自分の椅子に戻った。

「さあ、デュルシュタイン、そろそろ仕事にかかれるわよ」スコッティが、指揮者に言った。「わたしが登場する音楽は、わかっているようね。それについては変更なし。スケート靴を履いて入ってくるわ、猛スピードでね。だから、あなたのファンファーレに何か目いっぱい気迫がほしいの。それから、わたしがここまで来たら」――彼女は、窓から約三十センチのところを示した――「ポッジのほうへ急カーブを切る。ポッジにぶつかったときに、ドラムの連打がほしいの。わかった?」

「ファンファーレ。ドラム」デュルシュタインは、一語ずつ言葉を切って考えた。「実に独創的なアレンジだ。だが、何とかできると思う」

「それから、ポッジとわたしが早口にしゃべる」スコッティは、指揮者の皮肉を無視した。「この部分は、台本をかなり変更したけれど、心配しなくていいわ。BGMはないから。合図(キュー)だけわかっていればいいわ。つまり――」彼女は、黄色い紙面をめくり、その箇所を見つけた。「そう、前とほぼ同じ。わたしが、『あなたは、スケートのチャンピオンかもしれないけど、あたしにぴったりついてこれる?』と言ったら、音楽スタート。この台詞だけ覚えておいて」

「むしろ、こうしてくれたらわかりやすいんだが」グレイは、礼を失しないようにして言った。「合図に、ハンカチを落としてくれたらね。だが、うちの演奏者たちには、精一杯意識を集中しろと言っておくから、何人かは、適切なタイミングで必ず演奏を始める」

「それじゃあ、リハーサルの準備ができたわ、ベス」彼女は呼びかけた。「スケート靴を持ってきて。それから、ポッジ、ここに立って。明日は、あなたが間違えないように、床にチョークでしるしをつけておくわ。こっち向きよ」彼女は、ポッジを引っ張って向きを変えさせた。「そして、覚悟して待ってね。猛スピードでここに突っ込んできて、あなたを突き飛ばすといけないから」

「出だしに、俺が、二人の転倒についてアドリブを入れる」ポッジが、不機嫌そうに言った。

「奇をてらおうとしないで」彼女は撥ねつけた。「わたしが正確にやるから、あなたには、適切なタイミングで適切な場所にいてもらわないと」と、入り口を示すために椅子が二脚置いてあるところへ移動した。「ぐずぐずしないで、ベス」

ベスは、スケート靴を持ってそそくさと駆け寄り、ひざまずいてスコッティに履かせた。デイヴとわたしは、よく見えるように舞台に近づいた。

「いくわよ、デュルシュタイン」スコッティは、スケート靴を履いてバランスを取り、位置に着いた走者さながら前傾姿勢を取った。「動かないで、ポッジ」

グレイが両腕を上げてから下ろし、ピアノの鍵盤を激しく打ち鳴らした。スコッティが、舞台を横切りはじめ、一歩ごとに速度を増していった。彼女は、右後方から左前方へと斜めに突っ切り、左端にいるポッジ目がけてそこでターンを切ることになっていた。それなのに、半分ほど行ったところでポッジが動いた。

「おい！」彼は言った。

「ポッジったら、もうっ――」スコッティは口走った。そして止まろうと、ターンを切りかけたが、つんのめった。音楽が調子外れにやみ、いろいろな声が飛び交った。一瞬、冗談かと思った――転倒こそ最高級のコメディだという理論を長いこと当たり前だと思ってきた人たちにとっては、当然そうだっただろう。

「俺の十八番を盗むなよ、スコッティ」ポッジが、文句を言いながら彼女に近づいた。「俺が、ここらじゅうで転びまくることになってるんだぞ」

「一流のスケーターが聞いて呆れるわ」ヴィヴィアンが、戸口から辛辣に言った。「二分と立っていられないんだから」

そして、ピアノが昔懐かしい「アイ・フォール・ダウン・アンド・ゴー・ブーム」（「ドスンと倒れる、転ぶ」の意）を演奏した。

だが、曲が始まった途端、誰もが笑いごとではないと気づいた。スコッティは動かず、片脚が、体の下で不自然な格好に捻じくれていた。沈黙が流れるなか、ポッジが、彼女の脇に片膝をついた。

「怪我でもしたのか、スコッティ？　どうしたんだ？」ポッジは、彼女の頭を上げてやってから、力なく見上げた。「誰か、医者を呼んでくれ。意識がない」

第四章

それから数分間は、てんやわんやだった。ベスは電話に駆けていき、デイヴとオーケストラの指揮者は、ポッジを手伝ってスコッティを奥の部屋へ運んだ。彼らが持ち上げると、スコッティは弱々しく呻く程度になっていた。ヴィヴィアンとわたしは、女手がいるといけないので、すぐ後ろからついていった。だが、できることはあまりなさそうだった。彼らは、椅子を三脚並べてそこに彼女を寝かせ、できるだけ楽にさせてあげようとした。それまでに意識をすっかり回復した彼女は、痛さのあまり顔面蒼白だった。

「脚が」スコッティは、力ない声で言った。「折れているみたい」

「俺がいけなかったんだ」ポッジがつぶやいた。「きみを怒鳴ったりして」

「違うわ」スコッティは、喰いしばった口元をほころばせようとした。「あなたのせいじゃない。スケート靴の調子がおかしくなっちゃったのよ」

「靴紐が切れている」デイヴが、寝かせる前に脱がせた靴の片方を持ち上げた。「いきなり止まった力に持ちこたえられなかったんだね」

「ああ」彼女は、額に手をやって一瞬目をつぶった。「どうして声をかけたの、ポッジ？」

「大事なことを思い出したんだ」彼は、照れ笑いを浮かべた。「明日は、いつもの田舎者の服を着る予定だったから、裸足だろう。それで、ふと思ってね。そんな重たい靴で突進してこられたら怪我をしそうだから、計画を変更するべきだと。だけど、俺の叫び声で、きみが、あんなに動転するとは思わなかった」

「運がよかったのかもしれないわ」彼女は、ゆっくりと言った。「紐は、いずれにしても切れたでしょうからね。弱かったのよ。あそこで止まろうとしていなければ、最初に大きな力が加わるのは、ターンを切ったときだったでしょう。そうなっていたら、窓にまともに突っ込んで、すっぱり切れていたかもしれない。あのスピードなら、窓から飛び出しかねなかったわ。そして、きっと――」彼女は、思わず身震いした。そして「何てこと、ポッジ、あなたが止めてくれなければ、死んでいたかもしれない」と乾いた唇を舐め、目をつぶってクッションにもたれた。

ちょうどそのときベスが戻ってきて、医者がこちらに向かっていると伝えた。車をこちらに回すようにも手配したそうだ。できることは何もなさそうだったので、ポッジとベスだけをスコッティの傍に残した。間もなく医者が到着し、診察の結果は、まずまずだった。

「膝の捻挫」結果を聞きにいっていたデイヴが、教えてくれた。「それから、頭のこぶ。医者が、痛み止めの注射を打って、脚に包帯を巻いた。数分したら、家につき添ってくれるそうだ。後遺症は残らないって。もちろん、数日は安静にしていなければならないだろうけどね」

「それから、明日の夜の番組も休まないとな」デュルシュタインは、喜びを隠そうともしなかった。「「ホパロン・キャシディ」（粋な架空のカウボーイのキャシディを主人公とする小説で、映画や連続テレビドラマ化もされた）に穴埋めされたくなかったら、こっちで大仕事をしないとな」

「さっさと急場凌ぎをしないと」デイヴも、緊急事態にくじけていなかった。「ポッジは、スコッティ抜きで演技をしたことがないが、彼ならきっと乗り切れる」

しばらくして医者とベスが、スコッティを連れて現場を離れたので、緊張感が漂った。痛みと怪我のせいで求められていた、いささか陰鬱な雰囲気に、大急ぎで計画を進めなければならないという熱狂が取って代わった。自分のアパートで筋立ての打ち合わせをしようとポッジが申し出ると、みんなが受け入れた。

「やり通すつもり、メリッサ？」デイヴが聞いた。「テレビスターの私生活を知るチャンスだぞ」

当然ながらわたしは、やり通すつもりだと答え、二人でタクシーに乗り込んだ。

「よかったよ」運転手に行先を告げてから、デイヴが言った。「スコッティが、首の骨を折らずに、膝を捻挫しただけでさ。こっちが大喜びしても、あまり後ろめたさを感じないですむ。このちょっとした不可抗力がもたらしたチャンスを物にしようと、みんなが、虎視眈々と狙っているのがわかっただろう」

「まあ、みなさんが、スコッティさんのことをどう感じているかを思えば、彼女の怪我を気の毒がったら偽善者よね」

「それに、偽善者ぶっている暇などない。番組制作に、二十四時間もないんだよ。それなのに、きみは、ぼくらが気の毒がっていないなどと、今年でもっとも控えめな表現を使っている。みんなが、クリスマス・イヴ気分なんだ――サンタクロースが、十四分という特別のプレゼントを持ってやってくるんだから」

「十四分？」

「番組のうちで、ポッジとスコッティに割り当てられている時間さ。きみには、大して長く感じられないだろうけど、放送時間としては相当長いから、スコッティが画面から消えるとなったら、ぼくらの出番だ」

「それなら、ポッジさんのためにあなたが書いた出し物を使えるわね？」

「一つは入れられるんじゃないのかな。今回の一コマをめぐる混乱のおかげで、またとない幸運を摑んだんだからね。コマーシャルは、普段ならもうとっくに設定されていて、さっさと話をつけないと土壇場の変更などできないんだ。でもね、今週は誰かがどじを踏んだんで、ポッジとの早口の口上を押し込むのにうってつけの時間ができた」

「嬉しいわ。あなたが、丸十四分を使えるの？」

「何人か殺さないと無理だな」彼は笑った。「いや、そんなにがめつくないよ。余分に三分貰えたら御の字さ。徐々に大衆に浸透していきたいんだ。新しい設定に期待しているのさ。ありきたりの、つまらない宣伝文句——スコッティという監視の目を一度は搔い潜った言葉——なんかよりずっとよくて、彼女が、二度と邪魔できないようなものにね」

「でも、まだあと十一分あるんじゃない？」

「町を今突っ切っているタクシーに乗っているのは、ぼくたちだけじゃないんだよ」デイヴは念を押した。「アルとヴィヴが、ヴィヴが歌う別の歌をもう選び出していると思って間違いない。それに、おそらくグレイが、ポッジにヒットさせて欲しい曲を口ずさんでいる。空いた放送時間への入札者が大勢いるのが、そのうちわかるよ」

なるほど、彼の言うとおりだった。ポッジの居間に到着すると、リハーサルにいた全員——どうやら、まったく反感も抱いていないピアニスト以外——と、広告代理店の二人の男性がいた。トランプ用のテーブルに鉛筆と紙が取り出され、着席するかしないうちにみんなが一斉に話しだした。十四分を埋めるために、みんながみんな、三時間にも匹敵する娯楽のアイディアを持っていたに違いない。誰もが、スコッティの事故を、自らの目的遂行のための願ってもないチャンスと見ていた。この件について一物もないかに見える唯一の人物は、ポッジだった。

「きみが、俺のアパートを見たがっていると、デイヴは思っているようだから」ポッジが、わたしに話しかけた。「案内するよ」

「でも、お忙しいのですから」わたしは、きっぱり言った。「別にわたしは――」

「俺なんか、いてもいなくても同じさ。検討中は、余計者オニール、厳密に言えば、頭脳部門の控え選手として知られているんでね。さあ、おいで」

〈エンタープライズ〉は、インテリアになどあまり興味はないと思ったが、部屋から部屋へと案内してもらいながら、わたしは、家具や、全体的に贅沢な雰囲気を心に刻んだ。

「腹はすいてる?」とてもモダンな台所に着くと、ポッジが尋ねた。

「あまり」

「そのうちすくよ」ポッジは、先を見越した。「それに、あそこにいる貪欲な連中もね。ベーコンエッグをご馳走すると約束したんで、みんな家に来たんだ。それなのに、今は、料理する人間がいない。ベスは、たぶん夜中まで上でスコッティにつき添っているだろうからね」

「上で?」

「ああ」ポッジは、わたしがクロゼットだとばかり思っていたドアを開けてから、満足そうにニヤッとした。上へとつづく梯子のような階段があるとわかり、わたしが驚いたからだ。「ほらね。天井が落とし戸になっているんだ。上っていくと、スコッティの台所がある。彼女は、すぐ上のアパートに住んでいるんだ」

「あら」わたしは、変な作りだと思っているのを気取られないようにした。「それは、とても――便利でしょうね」

「ああ」ポッジも認めた。「普段はね。だけど今夜は、二人は、北のブロンクスにいるも同然かもしれない。ベスは、俺たちのためを思ってしてくれているのはわかるけどね。医者が、スコッティの腕に何を注射してくれたのやら、数時間しか利かないそうだ。目を覚ましたら飲ませろと、朝まで眠らせておく薬を置いていった。ベスに、下りてきて夕飯を作ってからまた戻ればいいじゃないかと言ったんだけど、スコッティが一人で目を覚ますといけないからってね。傍にいて、またすぐに眠らせてやりたいんだとさ。だから、みんなが、飯を食わせろと言いだしたら困ってしまうよ」

「お料理ならできますよ」わたしは申し出た。「よろしければ、わたしが――」

「そう言ってくれる気がしたんだ」彼は、ニコッとした。「うまく持ちかけさえすればね。必要な材料は、ほとんどそこに入っているはずだ」と冷蔵庫を指差した。「足りない物があれば、上に行ってスコッティに借りてくるよ。彼女が、たくさん持っているわけじゃないけどね。ほとんど、ここで食ってるから。ベスの料理は、なかなかなんだよ」

わたしは、箱に入っていた玉子とベーコン、そしてサラダ用の生野菜を見つけて、ピカピカの白いテーブルに並べた。食器棚にコーヒーもあったので、電気パーコレーター（濾過〔ろか〕装置つきコーヒー沸かし）にスプーンで入れた。

「そんなに急がなくてもいいよ」野菜を刻みはじめたわたしに、ポッジが言った。「彼らが、それなりの仕事を終えるまでは、食い物で中断させても無駄だ。座って話でもしよう」と、流しの近くにあった背の高いスツールに腰かけた。

「ほかの方たちとごいっしょなさらなくてもよろしいんですか？　やはり、あなたの番組なのですから。ご自分で台本を書かれないにしても、みなさんが、あなたのために計画なさっていることを常に知っていたほうがいいですよ。みなさんが、書き終えたあとで、気に入らなかったらどうなさるんです？」

「気に入らなかったらどうしようか」ポッジは、どうしようもない、とでも言うように両方の手のひらを上に向けて広げた。「何も変わらない。番組が終わるまでは、何がよくて、何がよくないのか、俺にはわからない。それなのに、打ち合わせに参加して、どうなるんだい？」

「でも、それなりのお考えがおありでしょうから——」

「俺に、いい考えがある」彼は、ゆっくりと言った。「明日、俺がまったく姿を見せられないというのはどうだろう。病気だってことにして、二人ほどゲストを呼んだらいい」

「まあ、どうなさったんですか？　ご気分でも悪いのですか？」

「舞台負けしたことはある、メリッサ？」ポッジは、険しい顔でわたしの目を見つめた。「俺はないから、どんな感じなのかわからないけどね、今のような気持ちなんだろうな。明日の夜は一人なんだと、いきなり実感した。今までは常に、支えてくれるスコッティがいた。彼女は、ただ台本を書くのではなく、それぞれの台詞をどう読むのかを教えてくれ、それぞれの場面をどう演じるかを教えてくれた。彼女なしでは、舞台には立てそうもない」

「立てますとも」わたしは、もちろんポッジに自信を与えたかったが、ポッジに命運がかかっているデイヴのことも考えていた。「ちょっと落ち込んでいるだけですよ。無理もありません。スコッティさんの事故があったうえに、今度は番組全体が土壇場で変更になるんですもの。根無し草になったような気分になって当然です。でも、みなさんがいいネタをくださいますよ」

「どうして、俺が人気者なのかわかる?」ポッジが、藪から棒に聞いた。「テレビ視聴者が、操り人形をめちゃくちゃ好きだからさ。そう、俺は、その操り人形なのさ。スコッティが糸を引いたら、跳びはね、表情を作り、台本どおりに何でもする。スコッティが傍にいないのなら、ほかの誰かが、俺の口から何かをしゃべらせてくれるのを待つしかない。そして、そういう人間が誰もいないのなら、何の役にも立たない棒切れのように隅っこに転がっているしかない。一人じゃ、まったくのでくの坊なのさ」

「あらあら」わたしは、ポッジに微笑みかけた。「今夜は、すっかり落ち込んでいらっしゃるんですよ。それに、脚本家でないからというだけでしょう。それは、少しも恥ずかしいことではありません。書かれたあとで台詞に迫力を添えられるのは、大切なことですよ。そして、ポッジさんは、それ以上のことをなさっている。ベスさんは、あなたの最高のコメディは、あなた自身が思いついたものだと、ただひいき目でおっしゃっているのではありません。真実なんです。あなたは、テレビのトップ即興芸人です。あなたのファンは、そう言っていますし、テレビ番組にあなたが出演なさるたびに、それを期待しているんです。コメディアンはどなたも、ギャグ作者を抱えていますが、あなたは、台本を投げ捨ててこそ最大の笑いを取れる数少ないコメディアンの一人です」

「即興芸人だって!」その言葉が、彼に火をつけたようだった。ポッジは、スツールから飛び下りて部屋の端までいきなり歩いていったかと思うと、こちらに戻ってきてわたしを見下ろした。「そう呼ばれるのに俺がうんざりしていると、ベスは知らないんだ！　いいことを教えてやろう、メリッサ。いずれ、勇気をふりしぼってみんなにも打ち明けてしまうかもしれない。大嘘つきでいるのがつくづく嫌になった男のことをね。だけど、まずきみに教えてやる。俺は、一語たりともアドリブで言ったことはないんだ」

「でも、おっしゃってきたではありませんか」わたしは言い返した。「見ましたよ、何度も」

「ああいう自然に出たジェスチャー、唐突なギャグは」ポッジは、きっぱり言った。「番組のなかでも慎重に練られ、充分に稽古された部分だったんだ。俺が、即興芸人としての評判を得たのだとしたら、それは、スコッティが、こつこつと築き上げてきたんだ。ジョークが間違えて挿入されたんだと、聞いた人に聞こえるときは必ず受ける、そうスコッティは言っている。ジョークを常に突拍子もなくさせておきたいから、彼女は、どの番組にも通用するようなジョークは計画しない。だが、何度も繰り返し挿入するんだ――視聴者が、常に口にできるようにね」

「そうかもしれませんね。今は、彼女が、あなたのために捻出してくれているのかもしれません。ですが、少なくともはじめのうちは、あなたご自身でとても面白いことを考え出していらしたわ」

「はじめのうちねえ」ポッジは、考え込んだ。「たとえば、スコッティと組んだはじめての番組のようなこと？　下手くそなコメディアンになろうとは思ってもいなかった、非常にうまいスポーツアナウンサーだったころ」

「あのはじめての番組のようなことです。それについて読んだのを覚えています」

その話は、実は、前の日に読んだファン雑誌の人物紹介欄の大半に目立つ形で取り上げられていたので、ポッジとスコッティがコンビを組むにいたった経緯をはっきり覚えていた。スコッティは、ワシントンのナイトクラブと契約しており、ポッジがスポーツキャスターを務めるヴァラエティーショーにゲスト出演した。しかし、スコッティは、ゲストスターと司会者との従来のやり取りをするのではなく、ポッジをからかうことにした。ポッジが、さまざまなスポーツ大会について述べているあいだ、スコッティは、テーブルにいっぱい載っている小道具を使ってその内容を演じた。ポッジが、野球の話をすると、スコッティは、特大サイズのバットを振ってひっくり返りそうになった。競馬の話に進めば、箒にまたがって部屋中をゆっくり走り回った。ポッジは、コメディにはまったく参加せず、彼女を無視して報道に専念しようとした。どうこう言っても、彼には、スポーツニュースに真面目な関心を寄せている何百人ものファンがいた。そういうファンたちは、スコッティの妨害に対する募る苛立ちをポッジと共有していたに違いなく、彼が、ついに行動に出たので溜飲が下がったはずだ。堪忍袋の緒が切れたポッジは、スコッティの小道具が載っているテーブルにつかつか歩いていくと、フットボールのヘルメットを手にした。

「これからレッドスキンズについて話すので」ポッジは、スコッティの頭上にそそり立ち、片手にそのヘルメットをバランスよく載せ、「これをかぶりたいんじゃないのか」

すかさずポッジは、ヘルメットを彼女の頭にひょいと載せ——顔が隠れるように前後逆に——顎紐を首筋で縛った。喜んだ視聴者は、画面から消える直前のスコッティの驚いた表情をちらっと見た。それからポッジは、元の場所に戻って報道をつづけた。

「レッドスキンズにとっては、いい年のようです」ポッジが真顔で言うと、カメラが、覆面状態のスコッティを最後に一瞬捉えた。そして——邪魔されることなく真面目に——ポッジは、チームのラインアップと今シーズンの予想について論評をつづけた。

なぜかしら、これが大衆に受けた。ひょっとすると、女性コメディアンがアナウンサーに負けるシーンに、特別な訴求力があったのかもしれない。あるいは、ポッジが、数々の鬱憤を晴らしてくれたのかもしれない。いずれにせよ、これによってポッジに手紙が殺到し、どの新聞にも報道された。そして、〈ウィ・ザ・ピープル〉での共演依頼が舞い込み、その番組でポッジの次なる〝唐突なギャグ〟が、国民の半数を大笑いさせた。あとは、知ってのとおりだった。

「ヘルメットを使ったあの所作は、あなたの発案だったはずです。あの番組に出演するまで、スコッティさんのことは知りもしなかった。少なくとも、雑誌にはそう書いてありました」

「そこまでは、本当さ。彼女にはじめて会ったのは、リハーサルのときでね。彼女がプロデューサーに話したらしく、プロデューサーから、俺が話す予定のスポーツと結びつく運動用機材を一式持ち込むよう頼まれていたんだ。何で必要なのかはわからなかったが、とにかく用意した。リハーサルになって、その理由がやっとわかったんだ」

「面白いと思われたんですか？」

「安っぽいアイディアだと思ったよ」ポッジは、痛烈に言った。「だが、どうしようもなかった。当時は、俺になんか誰も関心がなかったからね」

「あら、それでしたらなぜ――」

「午後、リハーサルをして、番組前に夕食休憩を取ったんだ。スコッティに、外で飯でも食おうと頼まれたんで、そうした。彼女は、番組について話したかったんだが、彼女の最初の言葉をほぼ正確に覚えているよ――晴天の霹靂（へきれき）だったからね。彼女は言ったんだ。『ねえ、ポッジ、出番のあいだずっと雷雲のように険しい目つきであそこに立っているあのやり方は、素晴らしいわ。あなたって、コメディの抜群のセンスがあるわよ』とね。俺がどう答えたのかも覚えている。『はあ?』だった。すると彼女は、俺がいらいらすればするほど、彼女の面白味が増すと説明し、あの夜、番組のあいだずっとその線を貫いてほしいと言ったんだ」

「だから、あなたはそのとおりになさった」わたしは、彼を元気づけようとした。「そして、彼女の提案を改良までなさった」

「スコッティの案を改良できるやつなどいない」彼は言い返した。「俺は、ひたすら食い、彼女はひたすら話した。彼女は、自分の演技は悪くはないが、盛り上がりに欠けると言った。山場、最後の爆笑がいるんだとね。それから、彼女が、ヘルメットを思いついた。俺がパイを食い終えるのを待ってもくれなかった。二人でスタジオに戻り、誰も使っていないオフィスの一室を借りきって、彼女は俺に稽古をつけたんだ」

「何もかも前もって計画されていたとおっしゃるの?」

「計画されていただけじゃない。眠っていてもできるくらい何度も練習した。どんなふうに彼女を見るか、どんなふうにヘルメットを扱うか。彼女にどう話しかけ、どのように元の場所に戻って、何事もなかったかのようにレッドスキンズについて話すか。それまで巻き込まれたことのない奇怪極まりない状況だと思ったが、俺のスポーツレヴューはもう台無しにされていると判断したんで、彼女に調子を合わせたほうがましだった。そして、それが、偉大な即興芸人ポッジ・オニールのはじまりだったのさ」

「そして、全部が、そんな感じだったのですか? あなたの有名な即興すべてが?」

わたしは、ポッジに心から同情したが、自分が得ている情報に興奮せずにはいられなかった。スコッティの事故によって感情が高ぶり、彼女抜きで芝居をしなければならないと思うと怖くてならず、ポッジは饒舌だった。まるで、親しい人たちにも秘密にしてきた真相を見ず知らずのわたしに打ち明けなければならないという強迫観念に襲われているかのように。いずれそのことを後悔し、内密にしてくれと頼むはずだ。だが、そうしないかもしれない。それは明らかに、彼が、相当思い悩んできたことだった。彼が午後、自分の即興について冗談めかして言っていたのを思い出し、わたしは、あのときはうぬぼれが強いと感じられたその言及が、スコッティにしか理解できないかなり痛烈な自嘲だったのだとようやく気がついた。欺瞞から逃れたいという切羽詰まった思いの表出だったのかもしれない。思い切ってわたしに打ち明け、世間に知ってほしいと望んでいたのかもしれない。もしそうだとすれば、特ダネを摑んだわけで、〈エンタープライズ〉は、わたしに記事を書かせてさえくれるかもしれなかった。もう見出しを思い浮かべられた――〝ユーモアのセンスのまったくないコメディアン〟、あるいは〝偽りの即興事件〟。

「常にそんな具合だった」ポッジは、わたしの質問に答えた。「一度以外はね。四週間前だった。台詞を一から十までスコッティに指図されるのが、つくづく嫌になってね。突拍子もないから即興が面白いのなら、誰も予想しないようなことを言ってやろうと思った。とにかく、とてもいいと思われるギャグを考えた――どれにも劣らないようなのをね――そして、番組の最中にいきなり言おうと待ち構えていた」

「それで、うまくいったんですか?」

「いかなかったんだ」ポッジの目は、不満そうだった。「きみも、その番組を見たかもしれない。俺が言葉に詰まって、台詞を忘れてしまったみたいに四苦八苦していた番組だ。スコッティに指図されなくて途方に暮れたよ。彼女は、俺が何をするつもりなのか知らなかったが、台本どおりに戻るまで取り繕ってくれたので、視聴者は、あまり気がつかなかっただろうな。だが、俺は、大切なことを間違いなく証明した。俺という人間は、一人では何もできないんだとね」

「あなたには、あなたのコメディの台本を書いて、指図してくれる人が必要だと証明したんですよ」

わたしは訂正した。少年ぽさが、以前にも増して顕著だったので、頭を優しく撫でてやり、痛いの痛いの飛んでけと言ってやりたい衝動に駆られた。「それは、恥ずかしくも、珍しくもありませんよ。喜んであなたに台本を提供し、どう演じるのかを示してくれる人は常にいるでしょう。あなたは、作家やディレクターよりもずっと多くを台本に加味できるんですもの。ネタはあまり面白くなくても、あなたなら、面白そうに見せられる。そして、そのことのほうが、コメディの台詞を書けることよりも重要です。あなたは、タレントであって、芸能界では、ほかの何よりも価値があるんです」

「タレントねえ」その言葉は、彼にほとんど満足感を与えなかったようだ。「そうかもしれない。だけど、問題は——俺が、どの程度のタレントなのか、スコッティが、どれだけの物を考えて作り上げたか？　彼女が俺を管理しているのは、番組でだけじゃないんだよ。四六時中なんだ。意識を失って寝ているんでなければ、今だって、こんなふうにここできみと話してなんかいられなかっただろう。息をすること以外、何もかも彼女の言いなりなんだ。そして、今すぐにでも、きっと彼女は、俺を言いなりにする新しい方法を考え出すだろう。ベスと結婚したときだって——結婚式の記事を見たんじゃないの？」

「ええ」

「それなら、ベスが投げたブーケを受け止めたのが俺だったのも読んだ？　誰もが、あれは、咄嗟に出た悪戯だと思った。ところが、スコッティが、どうやって群衆を通り抜けて階段まで行くかを前もって考え、花嫁介添え人を突き飛ばしてでもブーケを掴み取れと言ったんだ。そうすれば大爆笑を買い、写真や見出しが躍るとね。そして、彼女の言ったとおりになった」

「とても面白かったに違いありませんね」わたしは、確信が持てぬままに言った。

「とてもがさつでもあった」彼は答えた。「バカみたいに思えた。バカみたいに見えもした。だが、多くの紙面を獲得し、それが、大切なんだと思われている」

「ベスさんは、気になさらなかったのですか？　そのう、自分の結婚式では、女性は、すべて慣習に従いたがる場合がありますから」

「ベスは、とても上がっていたから、何が起きているのか気にしてなんかいられなかった。俺がブーケ目がけて突進したのは、俺も上がっていて、まごついたか何かしたのだろうと思ったんだろうね。笑いを取るためだったと、彼女に話したことはない」

「では、彼女は、事前の計画には加わっていらっしゃらなかったんですか？」

「絶対に加わらない。今日の午後の彼女の言葉を聞いただろう。俺を、第一シードの即興芸人だと思っているんだよ。だから、何もかもでっち上げだと知らせる勇気は、俺にはない」

「知ったからって、きっと彼女にとっては少しも変わりはありませんよ」

「俺を誇りに思えないようになる、それだけのことさ。だけど、いつか、勇気を振り絞って打ち明けるつもりだ。彼女にも、みんなにもね。嘘八百はやめて、本当の自分に戻りたいからね。でっち上げの即興なしではコメディアンでいられなくなってもいい。抜群のスポーツアナウンサーだったんだから、復帰できるはずだ。だけど、みんな、俺を見たら笑う習慣が身についてしまっているからね。世間の人たちが、レスラーではなく、俺だけを見てしまわなければいいが」

わたしが、いつでもスポーツアナウンサーに復帰できるでしょうが、きっとその必要はありませんよと言おうとしたちょうどそのとき、デイヴが、スウィングドアから入ってきた。

「やあ」ポッジが挨拶した。「部屋を間違えてるぞ。メリッサの面倒は俺が見ているから、ギャグ製造工場に戻っていいよ」

「ぼくの部分は、もう終わった」デイヴが説明した。「案の定、コマーシャルの部分を最初に決めなくてはならなかったんでね。ジュース飲み競争についてぼくが書いた演技を使うことになったよ。覚えているだろう?」

「俺がフルーティーファイヴを飲み干して、いきなりチャールストンを踊りだすやつ?」

「それそれ。見せたなかで、きみがあれを一番気に入ってくれたから、あれにした」

「ほらね」ポッジが、眉をひそめてこちらを見た。「俺が意見を言って回り、みんなは、それを聞いているふりをする。まるで俺が――よう、ベス、お役御免になるところだったぞ。メリッサが、料理長としてのおまえの仕事を引き受けてくれていたんだ」

少し息を切らしながら、ベスは階段に通じるドアから入ってくると、大きな青い目で心配そうにポッジを見つめた。

「スコッティが目を覚ましたの」ベスは伝えた。「あなたに会いたがっているわ」

「忙しいんだ」ポッジは言い返した。「また眠らせろよ」

「まず、あなたを連れてくるようにと言われたの。あなたと話すまでは、鎮痛剤を飲もうとしなくて」

「会議中だと言えよ」ポッジは、強情に唇を尖らせた。「明日の夜のために、ギャグを全部書いているってね」

「そんなこと言えないってわかっているでしょう、ポッジ。お願いだから来て。彼女を待たせたくないの」

「言ってやればいいんだ。彼女は、どこへも行けやしないんだからさ。医者が、薬を飲ませろと言ったんだろ。ほら、そうしろ。彼女は、あれこれしゃべくってる場合じゃなく、眠ってなきゃならないんだ。見つからなかったとか何とか言え。そしたら、俺は来ないとわかるって」

「お願いよ、ポッジ」ベスは、泣きそうだった。「一人では戻れないわ。そんなことをさせないで。お願いだから」

「ああ、よしよし」ポッジは、しぶしぶ部屋を横切ってベスの脇に行った。「彼女をなだめにいくよ。だけど、ここには腹ぺこの男が大勢いるんで、おまえは、ここで夕飯を作ったほうがいい」

「そうかしら?」ベスは、疑わしげに彼からわたしへと視線を移した。「スコッティは戻ってきてほしがっているわ。それに、お医者さまから、あのお薬を飲ませるようにと言われているし。でも、もちろん、あなたのお客さまにご不自由を――」

「心配いらないよ」デイヴが口を挟んだ。「メリッサとぼくで、料理は何とかするから」と、テーブルの上の材料をちらっと見た。「ベーコンエッグは、得意料理なんだ」

ベスが、ありがたそうにデイヴに微笑んでから、問いかけるようにポッジを見ると、ポッジは肩をすくめた。「それに、おまえは、スコッティと言い争いをはじめないように、俺に張りついていたいんだよな。わかったよ、好きにしろ」そして、二人で台所から出ていった。

「もうっ」わたしは、いきり立った。「どうして、ベスは、黙って言いなりになってるの？　スコッティに指図されることないのに。わたしが彼女の立場なら、絶対に――」

「きみが、彼女の立場になるなんてことは絶対にないよ」デイヴが、冷静に言った。彼は、パラフィン紙に包んであるベーコンを手に取った。「これから取りかかろうか？」

わたしがうなずくと、デイヴは、それをコンロに持っていって大きなフライパン二つに薄切りベーコンを並べた。わたしは、ボウルに玉子を割り入れた。

「きみは利口すぎるから、スコッティの眼鏡にかなわない」デイヴはつづけた。「スコッティがベスを選んだのは、ベスなら扱いやすいとわかっていたからさ」

「スヽコヽッヽティがベスを選んだ？」わたしは、おうむ返しに言った。「まあ、秘書にでしょう？」

「最初は秘書に」彼は言い返した。「次に、ポッジの女房にね」

「そんなことできるはずないわ」わたしは言い張った。「そのう、ポッジは、あれこれ彼女の言いなりになっているかもしれないけれど、それだけは、まさかそのことまでは。とにかく、彼が、ベスを本当に好きなのは確かだもの」

「もちろん、そうさ。みんなが、ベスのことを好きだと思うよ。彼女は、誰もが優しいと言うような女性で、それ以上は突き詰めて考えない。だが、スコッティは、ポッジが彼女のことをじっくり考え、そこから何か生まれるように仕向けたんだ」

「だからって、なぜ？　新聞によると、ポッジは、離婚直後にベスと結婚したでしょう。それなら、つづいていたはずよ――ベスに対する興味が――スコッティとまだ夫婦だったあいだも。だから、あなたの言っていることが、よくわからないわ。スコッティが、どうしても別れたがっていたんじゃなければね。それが理由で──」

「まったく逆さ。彼女は、彼を繋ぎとめておこうと決意したんだ。そして、ベスは、彼女の最大の武器ってこと」

「わからないわ、どうやって──」

「スコッティは頭が切れる。それに、ポッジのことをよく理解している。ポッジは周囲を漫然と眺め、顔や見てくれのいい女性にすぐ引っかかるんだ。そして、女性が彼を放っておかない──それはもう大変なものさ。スコッティは、その点ではほぼ勝ち目がない。彼女は、年齢について話したがらないが、まあ、控えめに見積もってもポッジより十歳は上だろうね。それに、彼女は、美人には程遠い」

「そうね。そう思うわ」

「だから、遅かれ早かれ、結婚生活は破綻すると悟ったんだろう。彼女が、どれだけ気にしていたかはわからないよ。ポッジが彼女に飽きた可能性が大きいな。違ったかもしれないがね。とにかく、スコッティは、夫としてのポッジはいなくてもやっていけたが、仕事上の支配力は失いたくなかった。となると、ベスは、彼女の目的にうってつけなのさ」

「そうなの?」

「そうさ。ベスは、ポッジが妻に求め、スコッティでは彼に与えられなかったものをすべて持っている」デイヴは、コンロをフォークで叩いて自分の列挙する項目を強調した。「若くて、綺麗で、彼のことを素晴らしいと心から思っている。これらすべてと、頭の悪さ。それが、スコッティへの売りだった」

「それにしたって、彼と夫婦のままでいたほうがよかったんじゃない? スコッティが戦えば、きっとベスは弱くて――」

「スコッティは、ベスに味方してとことん戦ったんだぜ。あのころのポッジは、ヴィヴィアンに、少しばかり関心を寄せはじめていた。大したことはなくて、本気でもなかった。だがヴィヴが、ポッジの興味を惹こうと全力を尽くしたので、スコッティには先行きが見えたに違いない。それを、彼女はずっと恐れていたんじゃないのかな――ポッジが、頭の切れる女性と恋に落ちることをね。ヴィヴは、天才というわけではないが、野心家で、長いあいだプロとして働いてきた――それに、彼女には、彼女のことをあれこれ考えてくれるアルがいる。ヴィヴが、スコッティからポッジを奪えば、彼は本当に離れていってしまっただろう」

「わかるわ。ヴィヴィアンなら、ベスがしているようなことは、絶対に我慢できないでしょうね」

「我慢できる女性なんて、まずいないだろうな。だからこそ、ベスが、誂え向きだったのさ。ベスには、ポッジを満足させ、彼に楽しい家庭生活を送らせ、よそ見をしないようにしておくために欠かせない素質がある。しかも、彼女の頼りなさが、彼の忠誠心をことさら刺激する。男は、スコッティとは平気で手を切れるはずだが、ベスには後ろ髪を引かれるだろうな」

「そのとおりだわ。彼女は、すっかり頼り切っているみたい」

「二人をくっつけようとしたとき、スコッティは何もかも計算ずくだったはずさ。大して難しくはなかった。ベスは魅力的だし、ポッジは引っかかりやすい。スコッティは、二人を囃し立て、真実の愛を成就させてやるために自らは身を引くという大芝居を打つだけでよかったんだ。思惑どおりだった。スコッティにしてみたら、世界中で一番満足のいくお膳立てではなかったが、一番安全だった。彼女には、もっと危険なライヴァルに対抗するための保険のようなものとしてのベスがいるんだから」

「まあ、彼女がベスを選んだのなら、もっと優しくしてやってもよさそうなのにね」

「スコッティは、それなりに優しくしているのさ。第一夫人の座を交代させられたとしても、立場は決して逆転しないという、古い東洋の伝統を信じているのかもしれないな。立場上、彼女はいぜんとして第一夫人で、第二夫人が自分に仕えてくれると期待している。いや、ことによるとアメリカ的なのかもしれないな。よく耳にする嫁姑の関係にかなり似ている。だが、何にたとえようと、ベスが強くなるか、ポッジがスコッティから乳離れしないかぎり、この調子のままだろう」

ベーコンがパチパチ音を立てはじめたので、デイヴはひっくり返した。アルが入ってきて、鼻を鳴らして匂いを嗅いだ。

「上出来だ、あんたら」彼は手を叩いた。「ポッジはどうした?」

「上だよ」デイヴが答えた。「ベスが、呼びにきたんだ」

「彼女、てっきり部屋でおとなしく寝ていると思ったのに。しょうがないな」アルは、諦めきったように手を振った。「片脚を吊られてたら、ひどいことは大してできないだろうがね」そして、わたしが溶き玉子に牛乳を加えるのを、後ろから覗き込んだ。「じんとくる家庭的な光景の邪魔をしてすまないが、本当にここで料理をしているのか確かめたかったんだ。ここが、あんたらの台所だったらいいのにな、そうだろう、マラッシズ?」アルが、オオカミのように歯をむいて笑いながら肘で小突いたので、わたしは、牛乳をこぼしそうになった。

「番組はどうなってる?」デイヴが聞いた。彼は、こちらに背を向けたまま、ベーコンをせっせと焼いていた。

「刺激的だ」アルは、力強く答えた。「実に刺激的だ。ヴィヴが、「ユー・アー・ジャスト・イン・ラヴ」を歌うことになった。ポッジとの一分半の会話で、そこへ持っていくんだ。コメディ調のラヴシーンのようなものさ。ちょっとした台本が、たまたまポケットに入っていたんでね」と、恥ずかしげもなくわたしに目配せした。「あの公爵夫人が、俺に恩恵を施してくれるとは思いもしなかったが、ああしてすっ転んでくれて、本当に大助かりだ。俺のために転んでくれたんじゃないのかな。誰かが、コメディアンとして俺と契約を結ぼうとしてるんじゃないかと心配になる」

「そうだね」デイヴが言った。「これこそ、きみとヴィヴが待ち望んでいたチャンスだろう?」

「そっちこそ」アルが言い返した。「そう秘密主義になるなよ。コマーシャルの件でポッジに電話をしたくせに。グレイは、自分の曲を一作、あいつに売り込んだ。そして、余った時間に、ギングリッチが興味を持っているらしい女性ダンサー何人かで埋めるっていう話がある。笑える偶然だよな、こうしてみんながみんなポケットを漁って、何かしら自分を売り込む案件を取り出してるんだから。あのスケート靴の紐が切れて、みんなにとって棚からぼた餅だったのさ」

「スコッティ以外の人にとってですね」わたしは指摘した。

「そのとおりさ」アルは、愉快そうに揉み手をした。「明日の今ごろ、我らが女友だちは、空っぽの大きなかばんを持って置いてけぼりを食っているだろう。そして、ぎょぎょっ！　だが、自業自得ってこった！　膝の捻挫は、彼女に振りかかって当然の不運のはじまりにすぎない。そして、俺たちに訪れるべき幸運が、ついに近づいてきてるんだ。これぞ、俺がずっと待ち望んでいたことさ――あらゆる点で公正な取り引きさ」

「公正ってのは、どうかなあ」デイヴは、訝しげにフォークを眺めた。「ポッジと手を組めば、ぼくは大いに得をする。きみとヴィヴ、そしてグレイも同じように得をする。だが、スコッティよりも、ぼくらのほうがポッジを手に入れる権利があると証明するのは、ちょっと無理だろうな。彼をコメディアンに転身させ、テレビ局に売り込んだのは、ぼくらじゃない。彼を一から叩き上げ、ぼくらの躍進のために利用できるまでに鍛え上げたのは、きみでも、ぼくでも、グレイでもない。だから、きみが権利の話をしているのなら、それは、すべてスコッティの権利だ」

「はあ?」アルは、ぽかんとした顔でデイヴを見た。「まさか、敵に寝返ったなんて言うなよな、おまえ。それとも、膝が使い物にならんおばさんを蹴飛ばすべからずなんていう、ご立派な行動規範にかぶれちまったのか? おまえが、スコッティの権利を擁護するとは思ってもみなかった」

「何も擁護なんてしていない」デイヴが言い返した。「真実を言っているまでだ。きみが、受けて当然だの何だのと言いだしたんで、その言葉を継いだだけさ。スコッティにだって、彼女なりの考えがあるんだ」

「ポッジにもな」アルは言い張った。「一から叩き上げたのは彼女かもしれんが、もうそれも終わりで、今度はあいつをトップの座から引きずり降ろしているじゃないか。あいつは、スコッティより大きく育っちまったんだ。今のあいつに必要なのは俺たちで、俺たちなら、精一杯のことをしてやれる。みんなで一致団結して、あいつを超大物にして――」

「それが、ぼくらのいいところなんだよな、アル」デイヴは、皮肉っぽく笑った。「みんながみんな、太っ腹だ。ポッジのために何ができるかしか考えていない。なあ、ぼくは、言い争いを始めようとしているんじゃない。ぼくらは、同じ方向を目指しているんだ。だが、ぼくは、しっかり目を開けて進みたい。ポッジを助けたいとか、最後は当然の報いを受けるとかについてのごまかしはいらない。真実は、ぼくら全員に幸運が舞い込んだんで、みんなして、その幸運から得られるものを何もかも得ようと飛びついているってこと。そして、スコッティは、とことん運が悪かったのさ。ぼくらに良識があれば――ないけどね――彼女が寝込んでいる隙につけ込もうとするなど、少しは後ろめたく思うだろうな」

「あの意地悪ばばあに何をするか、いちいち気にしてたら、優しい良心がいくらあっても足りんわい」アルは言い切った。「それにな、マラッシズ、あいつは意地悪ばばあどころか、くそばばあ――魔女のように箒にまたがってるのさ」

「彼女は、受け入れがたい人だ」デイヴも認めた。「ぼくは、誰よりもそれをよく知っている。だが、彼女の状況は、性格と大いに関係しているんじゃないのかな。彼女は、みんなが自分を干そうとしていることも、ポッジに対する自分の影響力が週を追うごとに弱まっていることも察している。しかも、彼女は、彼のキャリアを中心に自分の人生を築いてしまっている。だから、彼に逃げられたら、もぬけの殻も同然だろうな。フロイト派ならさしずめ、彼女の精神状態は事故と関係があると言うだろう。本当かどうかは別として、彼女がとても不幸な女性で、そのせいで誰ともうまく暮らしていけないのは間違いない」

「いいかげんにしろ、ジャクソン」アルがやじった。「マラッシズが、しょっぱい涙でスクランブルエッグの味つけをしてしまうだろう。スコッティについて、俺をがっかりさせようとしても無駄だぞ。おまえの言うとおりかもしれん、彼女は不幸だもんな。だから、いずれ寛大な団体に入ったらいい。そうなったら、花でも贈るよ。だがな、彼女が生きてるかぎり、俺は、彼女が自分で招く問題よりも、彼女にこっちが振りかけられる問題を心配する。おまえも、そうしたほうがいいぞ」

「そうするよ」デイヴは答えた。

「だが、今は」アルは、陽気につづけた。「何も心配していない。理想郷到来の前夜なんだから。明日は、百万台のテレビがチャンネルを合わせた、ダイヤを散りばめた正装着用のオーディションで、ずっとため込んできたあの出し物をお披露目できるんだ。こんな供覧の場は、いまだかつてなかった。そして幕が下りたら、ポッジは、生まれたての仲間に囲まれた、違う種類のスターに生まれ変わっているんだ。スコッティは、年末まで床から出ないも同然さ。明日から、彼女は過去の存在だもんな」

「そうかもな」デイヴも同感だった。

「疑いの余地はないよ」アルが言った。「そして、そうなったら、シャンパンを俺に浴びせてくれ。だが当面は、俺がいなくても大丈夫なら――いないほうがよさそうだけどな――打ち合わせに戻るとするか。あまり長く席を外していると、グレイが、自分の曲をもう一曲入れ込む時間ほしさに、ヴィヴの歌を省こうとするかもしれないんでね。おまえは大丈夫だ、ジャクソン。誰もコマーシャルをかじり取りゃしないって、広告代理店のやつが二人も見張ってるんだからさ。だが、こっちは、自力で戦わないとな。飯の用意ができたら呼んでくれ」

「もうすぐできますよ」わたしは答えた。「この玉子を焼いてしまえば」

「ここで監視しているべきなんだろうな」アルは、ふざけてわたしに人差し指を大きく振った。「俺がいなくなった途端、ジャクソンが、料理をそっちのけにしちまって、俺たちが次に嗅ぐのは、ベーコンの焦げた臭いだろうからさ。だが、真っ黒焦げになる前に、気づいてくれるかもな。とにかく、あんたを信じるしかない。グレイのことは信用できんがね」

アルが出ていったあと、わたしは、デイヴが、同僚の見当違いなユーモアをまた詫びてくれるのを固唾を呑む思いで待った。わたしたちのあいだに職業意識を超えた何らかの感情があるなどという、あまりに突拍子もない疑念を、ほかの人たちが抱こうとは思いもよらなかったと説明してくれると思ったのだ。そしたら、そんなちっぽけなことを気にするものですか、とつぶやこうと身構えていた。それなのに、ボウルに入った玉子を彼の頭にかけて、その説明をやめさせたらどんなに清々するだろうと一瞬思ってしまった。当然ながらそれは、まったくもって分別のない行為だった。

ところが、わたしがボウルを持ってコンロに近づいても、彼は何も言わなかった。そして、隣に立ったわたしに彼が言ったのは、「ベーコンが焼けたから、フライパンを使っていいよ」という言葉だけだった。

だから、彼がベーコンを大皿に盛るのを待ち、空になった一つ目のフライパンに玉子を流し入れた。そして、ふと思った。アルはおしゃべりだけれど、彼の言うとおりね、なんとも微笑ましい家庭的な光景だわ、わたしたちの台所だったらいいのに。わたしは、その雰囲気を保てる言葉を見つけようと必死に努力した。わたしは、ポッジとヴィヴの光景を自分たちに置き換える――恋愛をほのめかす気の利いた――ことを言いたいの、そうわたしは思った。それなのに、思いついたのは、「わたしの玉子が、あなたのベーコンに合うといいんだけど」という言葉だけだった。だが、ばかばかしいったらないので、黙ったまま玉子をかき混ぜた。

「ぼくの役目は完了」デイヴが、もう一つのフライパンから最後の一切れを持ち上げ、いきなり微笑んだ。「これで何が起ころうと、アルは、ベーコンが真っ黒焦げになるのを心配しなくてすむ。そっちの玉子はどう？」

「フライパンにこびりつかないように、かき混ぜないと。でも、すぐできるわよ」

「了解」彼は、目尻にしわを寄せた。「それなら、そのままつづけて。アルの信用を裏切りたくないからね」

「裏切るもんですか」と、わたしが思い切りかき混ぜたので、縁から玉子が少し火の上にこぼれてしまった。

「集団心理かな」わたしが、もっとゆっくりかき混ぜようとしているあいだに、デイヴが言った。「今日、きみが、ぼくの彼女なんじゃないかって話を何度も聞かされて、まんざらでもない気分なんだ。きみも、そうだといいんだけど」

「あら、わたしは――」

「ただいま」ベスが、戸口で言った。「ずっといなくてごめんなさいね。スコッティとポッジが話し合っているあいだは席を外せなくて、それに薬を飲ませてから、寝るまでついていなければならなかったの。でも、もうすんだから、夕食のお手伝いをできるわ」

ベスったら、いつも少し息切れしているわ、とわたしは思いはじめていた。自分がいるべきほかの場所があるんじゃないか、自分がするべきほかのことがあるんじゃないかと常に不安に思いつつ走ってばかりいる。その途端、彼女がどこかへ行ってくれたらいいのに、と心から思った。台所以外のどこでもいいから。それなのに、デイヴが、愛想たっぷりに彼女を迎え入れた。

「いいところに来てくれた。玉子を焦がしそうだったんだ」

「あら、わたしがやります」ベスは、慌ててコンロに近づいた。「任せっぱなしにしてごめんなさい」

「気にしないでくれ」デイヴが安心させた。「ポッジは、スコッティに新しいショーのネタをたくさん提供した？」

「いいえ」ベスは、首を横に振った。「明日、自分が出られないと認識していないの。みんなが、ここで新しい台本に取り組んでいるのも知らないわ。だからポッジは、彼女に何も言わなくてもよかったの。彼女を動揺させても無駄だと言っていたわ」

「いたって賢明だったね。新しいコマーシャルについては言わないでくれと、頼めばよかったと思っていたんだ。わざわざ焚きつけても意味がない。彼が、自覚してくれて助かったよ」

「わたしたちが上がっていくまでに、スコッティは頭痛がひどくなっていて、とにかくあまり話したがらなかったのよ」ベスは説明した。「ポッジは、とっくに下りてきているわ。でも、エレベーターを使ったので、誰とも出くわさずに入ってこられたの。自分がいなくても打ち合わせは進むだろうから、寝ると言っていたわ。でも、もちろんわたしは、薬が効くまで傍にいてあげたかったの。そしたら、もうわたしの出番はなさそうね」彼女は、物言いたげにえくぼを浮かべた。「さては、二人とも、わたしがドアの陰に隠れてお料理が終わるのを待っていたと思っているんでしょう」

「ご明察」デイヴは、真面目くさって答えた。「そして、料理ができたと、みんなを呼びにいったら、人のふんどしで相撲を取れる」

「あら、そんなことはしないわ――でも、冗談を言っているのよね？　みんなを呼びには行くけれど、二人が作ってくれたんだとちゃんと言うわ」

わたしが、スプーンで玉子を大皿に盛りつけているあいだに、デイヴは、食器棚から小皿を取り出してテーブルに並べてから、ナイフとフォークも並べた。

「あとは、自分のことは自分でさせたらいい」デイヴは、言ってのけた。「あるいは、ベスに面倒を見てもらおう。みんながここに押しかけてくるあいだに、まずは二人で試食し、一番いい席を取ろう」

そこで、わたしたちは皿にたっぷり料理を取って、ベスに連れられて台所へやってくる人たちの流れに逆らって居間に持っていった。

「夜を徹しての出世競争になりそうだぞ」デイヴはこう言いながら、トランプ用のテーブルの上のメモ用紙や書類を隅に押しやって食べ物を置くスペースを作った。「だが、しばらくは、ぼくがいなくてもつづけていられる。一日でぼくらのことをいやと言うほど知っただろうから、食べ終えたら、家まで送っていくよ」

そして、期待に胸を膨らませたわたしは、台所から戻ってくるなり、ほかの人たちが再開した番組についての騒々しい打ち合わせもあまり耳に入らなかった。会話のほとんど――導入部(イントロ)、ブリッジ(番組間を繋ぐ音楽、解説、対話など)、タイミングについて――は、いずれにしてもちんぷんかんぷんだった。だから、会話が飛び交っているあいだも黙々と食べ、一口食べるごとに、デイヴと二人で出ていける時間に近づくという思いに浸っていた。

わたしが、コーヒーを飲み終えようとしていたちょうどそのとき、ポッジが寝室から姿を現した。ベスが、彼は寝室に行こうとしていたと言っていたのは、どうやら本当だったらしい。強烈な紫色のパジャマを着て、髪もぼさぼさだった。

「俺を忘れてもらっちゃ困る」ポッジの口調は、けんか腰に近かった。「世間ではこの番組とやらのスターと呼ばれているんだから。この家にみんなして進路を変更した時点では、俺が笑わせる時間は十四分あったんだぜ。明日の晩、俺を出演させたいなら、みんながここから出ていく時点でも、十四分貰わないと」

「ああ、もちろんだとも、ポッジ」プロデューサーが、おもねるような声で言った。「ちょうど検討していたところさ。心配はいらない」

「いらない？」ポッジは、一瞬プロデューサーの顔を窺ってから、挑発的な目でみんなの顔を順繰り見た。「その陰で耳にしたところでは、ミュージカル番組になりそうに聞こえたけどな。番組の中心は俺か、それとも大勢の金管楽器奏者の息継ぎなのか？」

「わたしの曲のことを言っているのなら」グレイが、すぐさま言葉を挟んだ。「ずっと、きみ中心だとも」

「俺は歌手じゃない」ポッジが言った。「コメディアンでもないのかもしれないが、契約書にはそう書いてあって、コメディの練習は常に重ねてきた。それなのに、グランドオペラの真似をしようとして見捨てる気じゃないだろうな。別のアザラシを訓練したほうがましじゃないのか」

不安が、さざ波のように部屋中に広がるのが、ひしひしと感じられた。広告代理店の男性が、時計をちらっと見たが、その仕草は、全員の心のうちをまざまざと物語っていた。かぎられた時間でやらなければならないことが、まだ山ほどあった。ポッジを言いくるめ、機嫌を取り、彼の気まぐれを満たすのに、番組の放送時刻までに残された時間はあまりなかった。舞台負けしていたポッジが、操り人形のような立場に抵抗するまでになったわけだが、その自立を宣言するタイミングが悪かった。

「歌わなくていいよ」グレイがポッジに近づいて、同志だと言わんばかりに肩を叩いた。「台詞を言ってくれさえすれば、わたしたちが、後ろでリズムを刻む。きみも知っている曲だ――コートや帽子の責任を負わない経営陣についての曲。二週間ほど前に見せただろう、スコッティがリハーサルに遅れた日にさ」

「ああ、その曲なら」ポッジは、あまり乗り気ではなかった。「うん、覚えている。本当に歌わなくていいのかい？」

「あの日、読んで聞かせてくれただろう」グレイが、思い出させようとした。「満足のいく語り口だった。あれを少し早口にするだけでいい。台詞を覚えれば、スラスラ出てくる。身振りについては全部しるしをつけておいた」と、ポケットから折りたたんだ紙を何枚か取り出した。「すぐ部屋に持っていって、検討したらどうだい？」

「ああ、わかった」ポッジは、いささか疑うような目つきでグレイを見つめたものの、紙は受け取った。「だけど、頭越しに引きずり込まれるのはご免だぜ」

「きみのやり方はわかっている」グレイは請け合った。「きみとしっくりいかないことなんかさせるものか。今夜、台詞と身振りを覚えてくれたら、明日、うちの連中と通し稽古をしよう。明日の夜には、きみは大評判になっているぞ。嘘じゃない、一般視聴者の目に留まれば、ダニー・ケイ（米国の俳優、歌手、コメディアン）は、完全にセカンド・コーラスに回される」

「やってみるよ」ポッジは折れた。「だけど、みんなが持論を引っ提げて入り込むのを認めたわけじゃないぞ。オニールの出番よりも音楽のほうが多いという印象を拭えない。それに、群がられるのは好きじゃない」

「ヴィヴが、別の曲を歌うことになっているんだ」アルの口調は、たとえ自分自身の利益にならないとわかっていても真っ正直を貫こうとする男性さながらだった。「俺たちは、この番組なら三人を使えるのにと、よく思ったもんさ。そしたら、今週、三人で埋め合わせられる時間ができたってわけだ。だが、ボスはおまえだ、相棒。遠慮なく言ってくれたら、その曲はカットする」

　アルの隣で、ヴィヴィアンが不穏な動きを見せたが、アルが諌めるように眉をひそめたので、口まで出かかった抗議の言葉をぐっと噛み殺した。

「だがな、まずはちゃんとリハーサルをしてから決めてくれないかな」アルは、抜かりなくつづけた。「俺の頭にあるのは、おまえとずっと話してきた例のロマンチックは構成の足場を築くことだったんだから。面白味を出せるのは歌じゃなく、歌が始まる前のおまえとヴィヴのおしゃべりなんだ」

「そうかな?」ポッジは、疑わしげに言った。「なるほど――」

「聞いたことがあるだろう――『ユー・アー・ジャスト・イン・ラヴ』」アルは、すかさずつづけた。「男女のデュエットさ。ただし、おまえは歌わずに、男の台詞をしゃべる。そして、彼女が歌っているあいだ、カメラに向かって、大げさに感情を表現する動作をするんだ。この曲の売りは、ヴィヴの声よりもおまえの顔なんだから」

「そうかな?」ポッジは、煮え切らない様子だった。「まあ、それなら――」

「まだ試験段階さ、確かに」アルは、相変わらず率直な人間だった。「どうなるかは、やってみなければわからん。俺が間違っているかもしれん。明日から、おまえは、こんなもんそぎ落とし、忘れちまいたくなるかもしれん。だが、見せてほしいんだ。これが、どでかいことの幕開けになる予感がするんだよ。おまえは、素晴らしいコメディアンなんだ、いいか。それなのに、片翼で飛んでいるだけなのさ。いい恋人にもなれるはずで、明日、ヴィヴとこの寸劇をするのは、それを証明する一つの方法さ。視聴者を笑わせつづけるのもいいが、同時に熱狂させられたら、おまえの株もぐっと上がる」

「リハーサルをしても、害はなさそうだね」と、ポッジは判断した。「とにかく、スコッティが登場してスケートをする予定だった時間を、その歌で使ってもかまわない」

「そう来なくちゃ」アルが拍手した。「それが、音楽が何としても必要な空きでね、おまえとヴィヴが――」

「その空きなら、もう手配した」ギングリッチが、慌てて勢いよく立ち上がった。「そこには、音楽だけでは足りない。動きがいる。ダンサーを二人手配したから――」

「ダンサーだって？」ポッジが、疑いの目を向けた。「どういうダンサーなんだ？」

「ジュディとジルのメリル姉妹さ」プロデューサーの真面目な顔は、汗で光っていた。「シン・ツイスターズという芸名で、ジャージーシティー（米国ニュージャージー州北東部、ハドソン川を挟んでニューヨークと対する港市）のクラブで大ヒットした。彼女たちは、まさに――」

「ジュディ・メリルねえ」ポッジが、考えながら言った。「彼女なら覚えている――二度ほどきみが連れてきた背の高いブロンドの子だろう。番組に出す約束をしていたとはな。まあ、ダンサーはいらない。みんなが、俺のために何をしようとしているかはもう聞き飽きた。みんな、自分の斧をずいぶん研ぎ澄ましたもんだな。そうさ、俺は乗せられやすい人間だが、それにも限度がある。だから、誰にもさせないぞ、俺のショーを削り取って自分の――」

「理性的になれよ」ギングリッチは、眼鏡を外してハンカチで拭いた。「この姉妹は、ぼくの友だちさ、確かに。チャンスを摑んでほしいと思っている。だが、ぼくには、番組の責任がある。一流のダンサーだと思っていなければ、番組を台無しにするような危険は冒さない。それに、友情ってのは二つの面で役に立つもんさ。連絡をもらってから二十四時間もなく、リハーサルする時間もないに等しいのに出てくれるやつがどこにいる？　ジュディにもう電話をしたんだが、来てくれるそうだ」

「それなら、すぐに電話をかけ直して、来なくていいと言うんだな。ダンサーなど必要もなければ、ほしくもないから、絶対に――」

「番組には、何らかの演技がいる」ギングリッチは言い張った。「今のままでは、音楽と会話ばかりだから、不充分だ。スコッティのスケートの出し物で均衡が保たれていたので、その代わりを見つけなければならん。こう考えてはどうかな、ポッジ。誰も、きみのコメディの時間を巻き上げたりしない。スケート靴を履いたスコッティの代わりに、メリル姉妹に踊ってもらうだけさ。何も違わないだろう?」

「大違いだ」ポッジが言い返した。「スコッティの出し物は、コメディと関連があった。最後には、俺への大爆笑に持っていった。ダンサーは何の関連もない。彼女たちが出ているあいだ、視聴者は、俺が生きているのさえ忘れてしまう。そして、俺は――」

「それが不満なんじゃないのか、ポッジ」デイヴが、いきなり口を挟んだ。「ダンスに必要なのはそれだ――関連づけ。ギングリッチがさっきも言っていたんだが、メリル姉妹は、昔風のダンス――ターキートロット(二人ずつ組になり円陣を作って体をスイング風に動かす舞踊)、リンディホップ(一九三〇年代にニューヨークのハーレムに起こった最初のスイングダンス)――を中心に演技を組み立てたそうだ。そうだったね、ギングリッチ?」

「そうさ」プロデューサーは、力を込めて言った。「本当にすごいんだ。見ればわかる――」

「それなら、ポッジと組んだぼくのコマーシャルへの完璧な導入部になる」デイヴは言った。「締めくくりにポッジがチャールストンを踊るあれさ。ぼくの思うに、踊っている姉妹から、議論しているポッジとぼくにカメラを何度も切り替えられる。彼女たちにできることなら何でも、彼のほうがうまい――その線さ。そして最後に、彼が製品をがぶ飲みし、速い足さばきをする。どうかな?」

反応から、みんなが賛成だと見て取れた。ポッジは、注目の的に返り咲けて満足していた。プロデューサーは、自分の手配したダンサーを救えて感謝していた。広告代理店の男性たちは、コマーシャル構成の延長を認めた。そして誰もが、打ち合わせが延々とつづくかもしれないという危機を打開できて喜んでいた。ポッジとの露出時間の拡張でもっとも得をしたのは、もちろんデイヴだった。

「さっそく取りかかろう」デイヴが、きびきびした口調で言った。「堂々巡りに終止符を打つ気の利いた台詞を考えよう。きみは、覚えなければならないことがたくさんあるんだろう、ポッジ」

「それには慣れてるよ」ポッジが答えた。「スコッティを叩いても、土壇場の書き換えはしてもらえないぞ。さあ、ベス、俺の部屋に戻って取りかかろう。グレイのこれを覚えなきゃならないし――」

「それから、ヴィヴとのこの台詞もある」アルが、別の紙をポッジの手に押しつけた。

「それと、残りはでき次第、届けるから」デイヴはカップを押しやり、メモ用紙を引き寄せた。だがわたしを見た途端、彼の目から活気が消えていった。

「いけない、メリッサ」彼は言った。「忘れるところだった。そろそろ家に送っていくことになっていたんだよね?」

「心配いらないわ」わたしは答えた。「タクシーの乗り方くらいわかってるから」

「そうしてくれるかな?」デイヴは、見るからにほっとした様子だった。「きみを見捨てたくはないんだが、この仕事は重要なはずだから、練り上げるのに時間がかかりそうなんだ。誰かに、新しい計画をねじ込まれる前に、ちゃんとしたものに仕上げたいんでね。きみの支度ができたら、車を拾ってあげる」

「それなら、あなたよりドアマンのほうが上手よ」わたしは、さりげなさを装った。「お仕事の手を止めさせたくないしね。それに、朝、オールバニーに行かなくちゃならないんでしょう」

「オールバニー?」彼は、キツネにつままれたような顔をした。

「わからないでしょうね。暗唱コードなの。「アラモを忘れるな」（テキサス独立戦争に際し、テキサス人の小部隊がアラモ砦にたてこもり、これを包囲したサンタ・アナ率いる約三千名のメキシコ軍を相手に戦い、一八七名が戦死した。それ以後、この言葉がテキサス軍の合言葉となった）みたいなものよ」

「へえ」彼は、ぽかんとした顔をした。「じゃあ、おやすみ、メリッサ。ぐっすり眠るんだよ。明日、またリハーサルで会えるね？」

「顔を出させてもらうかもしれないわ」わたしは、陽気に答えた。「ほかにもっと面白いことさえなければね」

そして、それが、わたしの退場の台詞だった。

帰宅してみると、ルームメイトがもう寝ていたので嬉しかった。彼女の質問に答える気がしなかった。それ以上に、眠る気にもなれなかった。だから、一時間ほど布団には入らず、小さなメモ帳に、その日集めた情報を書き留めた。ポッジとの会話はすべて記録したわけではなかった。彼に頼まれたら、練習を重ねてアドリブに見せかけた部分を秘密にしておく恩義を感じていたからだ。それ以外は、思い出せるかぎり書き留めたので、舞台裏での陰口と緊張に関するきわめて包括的な報告書になった。こんな手法を、〈エンタープライズ〉の編集者が記事に使うかどうかわからなかったが、自分が収集した事実をとても誇らしく思っていた。

とはいえ、デイヴと交わした最後の言葉は、あまり誇りに思えなかった。どうして、あんなにぶっきらぼうにしなければならなかったのだろうと自問した。わたしとの深夜のドライブのために、彼がまたとない機会を台無しにするなど期待できるはずはなかった。夜遅かったうえに、慌ただしい一日だったので、いらいらしていただけだった。そして、心のなかで認めた。ポッジとスコッティのこともテレビのことも忘れて、集団心理の効果だけを考えられるかもしれないタクシーでのドライブをとても楽しみにしていたのに。

第五章

デイヴへの苛立ちのせいで、リハーサルに興味がないふりをしてしまったので、あまり早く姿を見せるわけにもいかなかった。だから、翌朝は出社して、通常業務をのらりくらり片づけた。そして、あそこでの出来事への興味のほうがプライドより強くなったお昼過ぎにようやく、毎週、番組が放送される建物に出向いた。テレビ用に改装された本物の古い劇場で、到着すると、そこは大わらわだった。田舎の食料雑貨店を模して舞台装置が設えられ、だるまストーヴとクラッカーの入った樽まで置かれていた。スポンサーの各種製品の缶詰や瓶が、目立つところに陳列されていた。背後で、舞台係がへんてこりんな小道具を運び、家具をせっせと押していた。最前面では、ドリー（移動撮影用のカメラを載せる小型で車のついた台）の上で何台ものカメラが回り、長いブーム（マイク［カメラ］を離れたところから自由に動かすさお状の吊り下げ装置）に何本ものマイクが吊るされていた。頭上には網の目状にパイプが走り、十数機の明るい照明を支えていた。そして、そのすべての中心にポッジとデイヴがいた――デイヴが店のレジの向こうに、ポッジがレジの手前にいて、ピアノ伴奏に合わせてエネルギッシュにリンディ・ホップを踊っている脚の長いブロンドの女性二人を見つめていた。

わたしは通路を進み、アルの隣で立ち止まった。彼は、ジンジャーエールをラッパ飲みしては、大きく口を開けてクラブサンドイッチを食べていた。

に知りたい気持ちを押し殺した。

「あら、今来たところなんですよ」わたしは説明した。「デイヴはずっと――」と、最後まで言わずってあんたを追っ払っちまったんじゃないかと、友だちのジャクソンに一日中責められていたから」間違
「やあ、マラッシズ」アルが挨拶した。「あんたに会えて、ドアマンはさぞかし喜んだだろう。間違ってあんたを追っ払っちまったんじゃないかと、友だちのジャクソンに一日中責められていたから」

「あら、今来たところなんですよ」わたしは説明した。「デイヴはずっと――」と、最後まで言わずに知りたい気持ちを押し殺した。

「とても心配していた」アルは、いたずらっぽく目を輝かせた。「あんたに捨てられたと思ったんだろうな。いいかい、こんなに遅く姿を見せたのは、あいつをじらす以外にも理由があったなんて言わないでくれよ。まあ座って、あいつにもうしばらく気を揉ませてやろう。もう一つサンドイッチがあれば、あげるんだが。でも、喉が渇いてお困りなら、舞台裏にスポンサーのフルーツジュースが一ケースある。フルーティーファイヴがさぞかし好きなんだろうね。何せデイヴィが宣伝している商品なんだから。がぶ飲みしているのを見たことがあるわけじゃないがね」

「ありがとうございます。でも、喉は渇いていませんから。番組はどうなっていますか？」

「全速力で邁進している。大評判にするのに、あと三日ほどリハーサルの時間がありさえすればいいのにな。今夜八時にどうなることやら、誰にもわからん。違うか、ベス？」

「何て言ったのか聞こえなかったわ」ベスが、観客席からやってきて加わった。「こんにちは、メリッサさん、わたしは――」

「さっそく、俺に反論しとるわい」アルがこぼした。「年がら年中、口答えばかりしている。女に投票権を与えた結果がこれだもんな」

「嘘じゃないの、聞こえなかったのよ」ベスが謝った。「とにかく、きっとあなたは間違っていないわ。でも、本当にメリッサさんに会いにきたの」と、心配そうに大きな青い目をこちらに向けた。

「今日も来るってデイヴが言っていたのに、気が変わったんじゃないかと思っていたわ」

「マラッシズにかぎって、そんなことはない」アルが、わたしの代わりに答えた。「一途だもんな。ジャクソン一筋。自分を恋しく思うようになるまでデイヴィをじらしてから姿を見せたのは、お見通しだよ。だが、あんたも、彼女を恋しがっていたとはな。どうかしたのか?」

「ポッジがね」ベスは説明した。「ゆうべ話しすぎたんじゃないかと気にしているの。動転して、ちょっといらいらしていたので、言うべきじゃないことまでお話ししてしまったと言っていたわ。だから、彼の話はすべて忘れてくれるように頼んでくれと」

「うーん」アルは身を乗り出して、膝に両肘をついた。「えらく面白そうだぞ。どんな軽率なことを、ポッジはマラッシズに告白したんだい? しかも、どうして――」

「わからないわ」ベスが認めた。「率直になりすぎたと言っただけで、内容には触れなかったから。それに、ほかの人にはその話を聞かれたくないと思っているの。とにかく、今はまだ。何を言いたいのか、おわかりでしょう、メリッサさん?」

「ええ」わたしは答えた。「だから、心配いらないと伝えてください。彼がかまわないと言わないかぎり、絶対に口外はしませんから」

「デイヴ以外にはだろう」アルが、茶目っ気たっぷりに言った。

「もちろんデイヴには」ベスが言った。「もう話したのでしょうけれど、ポッジの気持ちをわたしが説明すれば――」

「いいえ」わたしは、すぐさま言った。「デイヴは知りません。ポッジさんと話をしてから、二人きりになる機会はほとんどありませんでした。だから、彼には話していません。話すつもりもありません。誰にも話したりしませんとも」

「それがいい」アルが、心から言った。「秘密を守れる女は見上げたもんだ。だが、一人で抱え込むんじゃない。その秘密情報とやらを善良なアルシーおじさんにすべて話してしまえば、あんたに協力して口をつぐんでいる。あんたと俺以外、そのことを知っている人間はいない」

「ありがとうございます。でも、一人で何とかなります。今日のポッジさんはいかがですか？　スコッティさん抜きでショーをするので、緊張なさっていますか？」

「心配している暇なんてなかったわ」ベスが答えた。「まずは、覚えなくてはならない新しい台詞があったでしょう。そして今日は一日中、みんなが、ひっきりなしに演技の仕方をがみがみ叩き込んでいるんですもの。以前なら、彼に指図するのはスコッティだけだったのに、今では、六人も稽古をつけているんですよ」

「そして、一人ひとりが、違う指示を与えているんだよな」アルが言い足した。「放送時間までに、何もかも六通りの方法で演じようとしているだろう。だが、俺は、ヴィヴとのシーンを望みどおりに演じさせたいから、ほかのことは気に病まないつもりだ」

「スコッティさんはいかがです？」わたしは尋ねた。「番組に出られないのを、とても気になさっているのでは？」

「右目を失うほどじゃないだろうが」アルは、ほくそ笑んだ。「今ごろは、ベッドカバーを引きちぎっていることだろう」

「今朝、話したのよ」ベスが言った。「変更をすっかり。そしたら、とても動揺していたわ。だから、彼女にずっとついているつもりだったのだけれど、ここでポッジの台本やら小道具やらを記録しなければならなかったでしょう。それに、とにかく彼女が、出ていけ、一人にしてくれの一点張りで」

「苦しみは」アルが言った。「常に人を成長させるものさ」

「まあ、彼女は、あの事故のことで多少わたしを責めているの」ベスが真顔で言った。「履いても問題ないか確認してからスケート靴を渡すべきだったとは思うわよ。でも、思いつかなくてね。スコッティは、気が利かないのが、わたしの問題だって言うの。とにかく、その件でわたしにとても腹を立てているから、いっしょにいてもあまり彼女のためになりそうもなかったわ。お手伝いさんがいるし、お医者さまも来てくださることになっていたから、大丈夫だと思うわ」

「それも、今夜までさ」アルが、陽気に揉み手をした。「ああ、番組を見てる彼女の枕の詰め物にでもなりたい気分だよ。大事なポッジに俺たちがどんな売り込みをしたかを見て、彼女、テレビのブラウン管をぶっ壊しちまうぞ。自分の将来が水の泡になるのを目の当たりにして、賢い彼女のことだ、察するだろう。彼女が苦痛に耐えるのを見たがっているやつは大勢いるから、俺は、そのキネスコープ録画を売って一財産築けるはずだ。たとえばジャクソン、あいつも高値で買ってくれるだろうな」

アルは、舞台を離れて通路を大股でこちらに向かってくるデイヴに親指を向けた。

近づいてくるデイヴを見つめながら、わたしは、デイヴがわたしに会いたがっていることを、アルは、充分な証拠もないのに勝手に解釈しているだけだと自分に言い聞かせて心を落ち着かせようとした。わたしが姿を見せないので、デイヴがドアマンを責め立てたのは、わたしに魅力があるからだと信じたいところだったが、わたしが〈エンタープライズ〉の人間であるという事実のほうが有力な誘因なのだろうという思いを払拭できなかった。もちろん、思い過ごしであればいいとは思った。

「にっこり笑え、ジャクソン」アルが呼びかけた。「世界は混乱状態で、番組は壊滅寸前だから、俺たちは、みんな精神病院行きかもしれん。だが、おまえは人生ばら色。マラッシズが、傍にいるんだもんな。教会で置いてけぼりにされたんじゃないかと不安で、朝早くから爪を嚙んでいたと、教えてやっていたところさ。こりゃまた、時期尚早ですまなかった」

「ぼくたちに見切りをつけたんじゃないかと心配したよ、メリッサ」デイヴは、わたしに会えて本当に嬉しそうで、アルのお門違いのユーモアにも戸惑っている様子はなかった。「ゆうべ、帰っていったときの様子から、みんなにちょっとうんざりしたんじゃないかと思ってね。だからって、きみを責められない。あまり褒められるチームワークじゃなかったからね。だから、もう一度チャンスを貰えて嬉しいよ。今日は、てんてこ舞いだろうけれど、敵意はあまりないとわかるさ」

「誰かさんの募る敵意がないからな。いろんな人間のいる前なんで名指しはしないが」アルが口を挟んだ。「だから、あんたの彼氏は、ずっとうずうずしてたのさ、マラッシズ。ゆうべは、急にいなくなってしまったと思ったが、怒って退散したとはねえ。どうして、俺を呼んでくれなかったんだい？俺なら――」

「怒ってなんかいませんでした」わたしは、嘘をついた。「疲れていたんです。それに、今日ここに来るのが遅くなったのは、片づけなければならない仕事があったからです。だから、どうか――」

「謝ることはないよ」アルが、鷹揚に片手を振った。「あんた、実にうまく演じたよ。朝からずっとジャクソンに目を光らせていたんだが、こんなに心配そうな男を見たのははじめてだ。これからあんたがすることはだね――」

「メリッサは、自分の面倒は自分でみれる」デイヴが遮った。「それに、助言がいるなら、ぼくが与える。きみの考えは、ヴィヴィアンのために取っておけ。利益を生む考えなんだろうからさ」

「ときどき感じるんだが」――アルが、悲しげにわたしを見た――「こいつは、俺を尊敬してないってね。気にしすぎかもしれん。おまえは――」

「ギングリッチに、きみが誰なのか話しておいたよ」デイヴが、アルの不平を気にも留めず、わたしに言った。「昨日は、そのほうがうまくいく、ただそれだけの理由で素性を明かさなかったように思うが、今日は、誠実に明かしたほうがよさそうだ。それに――」

「素性！」アルが、憤然としてこの言葉を繰り返した。「偽名で通してたのか？　情けない、マラッシズ、実はスポンサーの娘だなんて言うなよ！　こっちは胸に抱き寄せ、友だちのように扱い、至れり尽くせり――」

「落ち着け、アル」デイヴが言った。「メリッサは、敵陣から来たんじゃないんだ。彼女は中立。つまり、マスコミさ。番組について〈エンタープライズ〉という雑誌の記事を書いているんだ」

「ほう、やつらが次に何を思いつくことやら」アルが、驚いてわたしを見つめた。「財界の大物がこぞって、俺たちについて読むってのか？　よっしゃ、ジャクソン。広告代理店に対するおまえの株は鰻上りのはずだ。何でいの一番に代理店の承認を得なかったのかと大目玉を喰らってからだろうがな。ギングリッチに話したら、両方の頬にキスしてくれたに違いない」

「〈エンタープライズ〉に掲載されるのは気に入ってくれた」デイヴは認めた。

「それなら、さぞかしやきもきしたでしょうね」――わたしは、落胆を抑えられなかったので、顔に出てしまったのではないかと心配だった――「今日、わたしが来なかったら」

「ふうむ」アルが言った。「だから、そんなにいらいらしてたんだな、ジャクソン。また、いつもの早合点をしてしまった。すまなかったね、マラッシズ、軽はずみなことを言ってしまった。仕事上の申し合わせだったとは、教えてくれなかったもんで」

アルが、本当に申し訳なさそうな顔をしたので、わたしは、平然を装わなければならないような気がした。

それで、「まあ、一芝居打たなければならなかったのは事実ですけれど」と陽気に笑った。いや、とにかく笑おうとした。「そのう、デイヴのただの友だちとしてここにいたほうが、状況を明確に摑めるんじゃないかと思ったんです。だから、あなたが早とちりなさっても、説明できなかったんですよ。ごまかしていて申し訳ありません」

「そうだね」アルが言った。「騙したのは事実だ」だが、さっきよりも一段と憐れむような眼差しだった。

「さあ」わたしは、アルの目を見ずに明るく言った。「わたしの秘密が明らかになったんですから、隠し立てせずに、思ったことを何でも言えますね」

「まあ、何てこと！」ベスが、わたしたちの会話の意味をようやく理解した。「あなたが雑誌社の方で、わたしたちについて何もかも書こうとしているのなら、ポッジが、言うべきでないどんなことを話したのだとしても——ああ、どうしましょう、彼はひどく動揺するでしょうね。そして、スコッティが知ったら、彼だけでなく、わたしのことも怒り狂うわ」

「ポッジさんは、何も心配なさらなくていいですよ」わたしは、ベスを安心させようとした。「削除してほしいと思っていらっしゃることは、記事にしませんから」

「何事につけ、そうしてくれるといいんだが」アルが言った。「番組関係者の記載についてすべて。昨日の俺のくだらん話には、冷たい灰色の肉細活字にしちゃまずい内容もあるかもしれん。だが、俺のちょっとした秘密については、あんたなら大丈夫さ。友だちのアルおじさんにナイフを突きつけたりしないだろうからね。それに、あんたが仮面を脱いで、俺たちの話をこっちの意向におかまいなくすべて公表するとわかってるから、俺がいたら、あんたの記事にとって大助かりだ。陳腐な記事にはしたくないだろう。番組とかスターとか――そんな古いもんは、記事から締め出せ。まあ、ヴィヴを報道したいなら、かまわんよ。彼女について何を書いたらいいか、教えてやろう。だが、あんたに一番必要なのは斬新な手法、今まで使われたことのない手法だから、そいつがどんなもんなのか教えてやろう。小柄ながら偉大なマネージャー、アル・ウェイマーについての記事を書いてだな、世界に俺がどれほど――」

「あとでな、アル」デイヴが遮った。「感謝するよ。メリッサが〈エンタープライズ〉の人間だと名乗ったら、みんながどんな厚かましい態度に出るか、ぼくが思ったとおりだったと示してくれて。だが、きみのインタヴューは、あとにしてくれ。これから彼女を調整室に案内したいんでね」

「ガラス張りの部屋か」アルが鼻であしらった。「俺ならあんなところへ、女の子を連れていかないね」

通路を歩きながら、デイヴは、申し訳なさそうだった。

「今朝、ギングリッチに素性を明かしたりして、裏切られたと思っていないといいんだが」彼は切り出した。「番組を〈エンタープライズ〉に掲載してもらって手柄を立てたかったんじゃないんだ」

「大した手柄にはならないかもしれないわ」わたしは、小声で答えた。編集者たちが作業を終えたときに数インチしか残っていない自分の調査結果を思い浮かべていたのだ。

「献本にはならないということ？　かまわないよ。それでも、ぼくらがやっているような番組が、通常なら載らない新しいメディアだからね。きみが、ぼくらの番組をこき下ろしたとしても、その意見が正しいかどうかを確かめようとチャンネルを合わせてくれる読者もいるだろう。それに、知名度が上がれば、視聴率も伸びる。〈エンタープライズ〉に取り上げられるなんて最高の手柄だから、みんながぼくに拍手しないわけにいかなくなるのを否定するつもりはない。だが、こんなに早くギングリッチに事実を明かしたのは、そのためではないんだ。番組を調整室から見てほしかったからさ。番組制作がどういうものなのかをつぶさに理解するには、あそこしかない。通常は部外者立ち入り禁止なんだが、〈エンタープライズ〉という誌名で惹きつけて、メリル姉妹を宣伝してもらえるかもしれないとほのめかしたら、ギングリッチは、タブーを忘れてくれた。これで、きみのために、リングサイドの席がすっかり整っている」

わたしたちは、舞台に張り出したガラスで囲まれた放送用ブースへの階段を上った。

「きみには、ここに座ってもらう」デイヴは、奥の壁際の椅子を指差した。「質問できるように、ギングリッチの隣にしたよ。作業メンバーが、あのテーブルに一列に着くからね」デイヴの視線を追うと、わたしとプロデューサーに指定された場所よりも半フィートほど低くなったところに細長いテーブルがあった。小さなマイクが数個と、複雑そうな装置が並んでいた。その向こうにいた男性が三人――どうやら「作業メンバー」に属するようだ――が、真心のまったくこもっていない目でわたしの視線に応えた。

「おじゃまにならないといいのだけれど」わたしは、居心地悪そうに言った。

「気にしなくていいよ」デイヴが答えた。「技師たちは、来客を大歓迎している。感情表現が変わっているだけさ。とにかく、多少嫌われても、番組の放送時間にここにいられるんだからよしとしないとね。全景を見渡せるのは、劇場でここだけなんだから。ガラス越しに、舞台のほぼ隅々までほとんどいつでも――カメラやマイクのブームが入り込んで視界を遮らないかぎり――見える。視聴者の表情に興味があるなら、反対側のガラス越しにはっきり見える。それから、下のあれは」――彼は、窓の下に据えられた四台のかなり大きなスクリーンを指差した――「モニターだ。最初の三台を見れば、それぞれのカメラがどこにピントを合わせているかがわかる。うち一台は実際に撮影しているし、あとの二台は、後続のシーンに備えている。そして、残る左端の一台は、実際に放送されているシーンを映し出している」

「隣接する三か所の演技場で同時にショーができるサーカスみたいね」わたしは、つぶやいた。

「それ以上だよ。一度に四つの場所にいるようなものだ。舞台を見て、視聴者を見て、お茶の間の人たちが受信している映像を見て、そのうえ物を動かしている技師たちの真ん中にいるんだから。さあ、ぼくの手柄が認められているうちに、ここから出よう」

デイヴはドアを開け、わたしを先に通してから階段を下りた。

「ぼくが番組の前の客寄せ口上をする直前に、また上まで連れていってあげるよ」舞台の高さまで下りると、デイヴは言った。「そしたら、きみは――ええっ、嘘だろ！」

デイヴの叫び声、ピアノ演奏が突然やんだピアノ線の耳障りな軋み、わたしたちの傍に立っていたプロデューサーが浮かべた本当に苦しそうな表情――すべての原因はただ一つ。舞台の向こう端の袖から、スコッティが入ってきたのだ。ブラックボトム（尻を激しくくねらせて踊るダンス）を熱狂的に踊っていたダンサー二人は、中断させられておもむろに背筋を伸ばした。劇場のどこからか、ハッと息を呑むのが聞こえた。それから、あたりは沈黙に包まれ、前進するスコッティの、ゴム底の松葉杖が舞台に刻むコツコツという小さな音しかしなかった。スコッティは、舞台中央で歩みを止め、立ち竦んでいたダンサーを軽蔑の眼差しでチラッと見てからプロデューサーに向き直った。

「なるほど、ギングリッチ」スコッティは冷たく言い放った。「劇場を、安っぽいホンキートンク（安キャバレーで弾くような黒人のピアノ音楽）の稽古場に改装したみたいね。わたしのショーがどうなったのか、聞いてもいいかしら？」

「ああ、これかい」ギングリッチは、彼女の言葉を冗談として受け流そうとしたが、できずに弱々しく笑った。「こちらは、メリル姉妹だ。ジュディとジル、スコッティに前から会いたがっていただろう。ほら――そのう――彼女のお出ましだよ。この子たちは、きみの熱烈なファンなんだ、スコッティ」と、スコッティの冷ややかな視線に、温かく微笑みかけようなどという勝ち目のない戦いをした。

「ふうん？　それで、二人の激しい腰の振り」――スコッティが間髪を容れずにメリル姉妹に向けた身振りは、軽蔑もあらわだった――「わたしが入ってきたときにしていたあれは、称賛を表現する一風変わった方法だとでも言いたいの？　サインしてあげたら、出ていってくれる？」

「わかってないなあ、スコッティ」ギングリッチは、窮屈だと言わんばかりに人差し指で襟の内側をなぞったが、ネクタイはすでに緩めてあり、シャツの一番上のボタンも外されていた。「メリル姉妹がここにいるのは、ぼくらの穴埋めをしてくれるためなんだ。空き時間をどうするかで行き詰まってしまって、ジュディに電話をしたら応じてくれた――そして、とても親切に」――彼は、安心させたかったのか、背の高いほうの女性に微笑んだ――「ここに来てくれて――そのう――」

「そして、その穴埋めをしてくれたのかしら？」スコッティも微笑んだ、高圧的に。「メリルさんは、穴に詳しくていらっしゃるから。穴倉のようなところで、ずっと働いていらしたんじゃなかった？」

ジュディ・メリルが、痛々しいほどに赤面したので、ギングリッチは一歩前に出た。

「じゃあ、言わせてもらうが、スコッティ――」彼は怒りに任せて言いかけたが、言葉を切った。そして、このやり取りを健全な娯楽として扱おうとしたらしく、わざとらしく、不気味な含み笑いをした。「ぼくなら、超一流のクラブを穴倉とは呼ばないな。そして、ジュディとジルは、そういうところで踊っているんだ」

「たとえば、どこの超一流クラブかしら？」

「国中のさ」ギングリッチは、はぐらかした。「デトロイトやクリーブランド、セントルイス。なかには高級クラブも――」

「ニューヨークでも？」スコッティが、容赦なく切り込んだ。「地元での経験に興味があるのよ。職業上のという意味ですけれど」

「うーん、二人は、厳密にはニューヨークでは踊ったことがない」ギングリッチは、またジュディに微笑もうとした。ジュディは、妹の手を握り締めて下唇を噛みしめていた。

「厳密には」スコッティがおうむ返しに言い、つづきを待った。

「一週間ほどしたら、ニューヨークのクラブに登録することになっている。今は、ニュージャージーのロブズ・ルースト（「ロブの宿」の意。ロブには「盗む」という意味もあり、ルーストは「鳥の止まり木、ねぐら」の意）に登録している。とてもいい店で――」

「ロブズ・ルースト」スコッティが、音節に抑揚をつけず一語ずつ引きずるように言い、そのばかばかしさを強調した。「いい響きですこと。そして、高級感が溢れているわ――誰も耳にしたことがないような」そして、甘ったるいその嘲り方をきわめてとげとげしい口調に一変させた。「大躍進じゃないの。ロブズ・ルーストからポッジとスコッティのショーとは。ふさわしいプロデューサーを発掘すれば、小娘もこうなれるってことね」

「誤解もいいところだよ、スコッティ」ギングリッチは、なだめるような口調を保とうと必死だった。

「この子たちは、なかなかなんだ。まだ駆け出しには違いないが、ジャージーに長くくすぶりはしないだろう」

「あなたが支援すればね」スコッティが、彼の話を遮った。「ニューヨークで登録する予定なのは、テレビで華々しいデビューを飾れば、オファーが来るはずだということでしょう。素晴らしい計画を立てたものね。でも、一つだけ障害があるのよね――彼女たちを出す場所を見つけるのに苦労するかもしれないわ。わたしの番組では、そういう機会はありませんから」

「だが、スコッティ」ギングリッチは言い返した。「わかっていないようだが――」

「やめて、ヴィクター」ジュディが妹の手を離し、両腕を脇にぴったりつけて真っ直ぐ立った。頬がほんのり赤みを帯びている以外、蒼白い顔をしていた。喉が詰まったような低い声だった。「彼女と言い争うのはやめて。わたしたちをショーに出したくないのなら、誰が――」彼女は言葉を切り、またしても唇を噛みしめて震えを抑えてから、どうにか最後まで言った。「番組になんか出るもんですか」

「そういう問題じゃないんだ」ギングリッチは必死だった。「ぼくが頼んでいるんだ。二人が必要なんだよ。わかってもらわないと、スコッティ。きみの降板で、穴が開いているんだ。だから、ぼくがメリル姉妹を呼んで――」

「わかっていないのはそっちのほうよ、ギングリッチ」スコッティが、さらりと言ってのけた。「わたしは、降板などしない。穴も開いていない。だから、言ってちょうだい、あなたの――お友だちに

――ジャージーに帰って、そこで体を弾ませなさいとね」

「降板しないとは、いったいどういうことだ?」動揺のあまりギングリッチが引っ張ったので、ネクタイが片方の耳の下に偏って垂れ下がってしまった。「膝を捻挫していて、頭の怪我もあるんだぞ。医者が――」

「あの医者はやぶなの。脚にきつく包帯を巻いてもらって、この松葉杖を貰ったの。松葉杖なら前にも使ったことがあるわ。松葉杖を使って、風変わりなダンスを踊ったものよ。上手に使いこなせるから、心配いらないわ」

「それにしたって」ギングリッチは反対した。「安静にしているべきだ。ひどい転び方をして――」

「さぞお望みだったことでしょうね、ギングリッチ。あなたも、みんなも。わたしが、一生動けなくなっていたら、どんなに喜ぶかわかっているけれど、おあいにくさま、一度たりとも番組を降板する喜びをみんなに与えるわけにはいかないのよ」

「だが、松葉杖を使っているんだぞ」ギングリッチは言った。「そのう、上手に使いこなせるのは結構だ、こんなふうに元気にね。だが、ラジオに出るのとはわけが違う。膝に包帯を巻いた状態ではカメラの前に立たせられないから――」

「いいことを教えてやりましょうか」スコッティは、皮肉っぽく笑った。「わたしが、そうしたければ、担架に乗せられてカメラの前に出てもいいのよ。ええ、いくつ計画をぶち壊してもかまやしない。死体に一口でもありつこうと、しめしめとゆうべ集まったハゲタカどもの話なら聞いているわ。まあ、また集まりなさいよ。今度は、死体が噛み返してやるから」

スコッティは、観客席に視線を向けた。ヴィヴィアンが、アルに合流していた。

「こっちにいらっしゃいよ」スコッティが呼びかけた。「まず、みんなに話を聞いてもらったほうがよさそうね」

アルとヴィヴィアンが言葉を交わした——舞台からは聞こえなかったが、不機嫌なのがはっきり見て取れた——それから、アルが立ち上がって、ヴィヴを連れて通路を下りてきた。

「これで、あなたたちがいなくても充分やっていけるわ」スコッティは、メリル姉妹に痛烈な笑みを浮かべた。「急げば、いないのに気づかれる前にロブズ・ルーストに戻れるわ」

「余計なお世話よ」ジュディが、食ってかかろうとした。「でも、わたしたちは——」ギングリッチに見つめられ、尻すぼまりになった。「いらっしゃい、ジル」彼女は、震え声で言った。「こんなところに誰がいてやるもんですか」

「待ってくれ」二人を引き止めようとでも思ったのか、ギングリッチは手を伸ばしたが、その声は優柔不断で、「楽屋で待っていてくれ」と弱々しく言った。「帰る前に話がある」

「テレビでのビッグチャンスをあの人たちに約束してやればいいじゃないの」スコッティが、皮肉っぽく言った。「別の番組をプロデュースすることになったらご自由に。でも、この番組をプロデュースしているあいだは、少しでも自分の時間を仕事に充てたらどうなの。今夜、放送が予定されている演技があるんでしょう？」

「えっ、ああ、そうだな」ギングリッチは、出ていくメリル姉妹が気がかりで仕方がなさそうだった。

「ほら、スコッティ、今夜の番組の段取りはすっかり整っているんだ。一晩で再編するのは容易ではなかったが、何とかやり遂げて、今朝からみんなでリハーサルをしている。今夜は、立派な番組になるぞ。きみは、ゆったり座っているだけで——」

「今夜は、立派な番組にしてみせるわ」スコッティも認めた。「あのやぶ医者が、わたしを解放するために来てくれるのを待っているあいだに、わたしも再編してみたの」と、肩にかけていた大きなバッグのなかをごそごそ漁って黄色い紙の束を取り出した。「新しい台本よ」

みんなの希望を水泡に帰させるその紙束をスコッティが振ると、わたしのまわりで緊張が高まるのがひしひしと感じられた。

「台本からわたしを削除するのに、さぞかし苦労したんでしょうね」スコッティは唇を捻じ曲げ、意地の悪い笑みを浮かべた。「こっちは、削除された名前を楽々と復活させてもらったわ。基本的な状況設定は昨日のまま——つまり、ローラースケート競争から帰ってきたところよ。ただし今度は、スケート靴を履いているんじゃなくて、松葉杖をついているの。ありそうな設定だから、もっと笑いを誘えるように扱えるわ。そして、わたしは——」

「何事だ——」ベスを後ろに従えて、ポッジが、反対側の袖から舞台に出てきた。「どうやってここまで来たんだ?」

「まあ、スコッティ」動揺のあまり両手を握り締め、ベスが、年上のスコッティの脇に駆け寄った。「どうして起きたりしたの? お医者さまが、いけないとおっしゃったでしょう。大怪我をしたのよ。それに、かわいそうな脚が——ああ、一人にしておくんじゃなかった。ついているべきだとわかっていたのに——」

「嬉しがらせてくれるじゃないの」スコッティが、ぴしゃりと言った。「わたしを見て、みんなが喜んでくれるとは。あなただけは、歓迎してくれると思ってはいたけれどね、ポッジ。ほかの人たちは、自分なりのささやかな計画をあれこれ考えていたみたいだけど、たった今、目の前で粉砕してやったわ。でも、あなたにとっては、死刑執行の延期さながらのはずよ。九死に一生を得る代物だもの。台本を持って馳せ参じたんだから」――彼女は、黄色い紙束を身振りで示した――「間一髪のところで、あなたの死刑執行を止めるためのね」

「ちょっと待てよ、スコッティ」ポッジは抗議した。「今度もまた台本をいじくり回そうってんじゃないだろうな。段取りはすべて整っていて、俺も気に入っている。素晴らしい番組になったんで――」

「あらまあ」スコッティは、一同を舐めるように見回した。「あんたたち、ゆうべは本当に一生懸命働いたのね。台本の出来はわからないけれど、売り込み手腕は素晴らしいわ」彼女は、ポッジを振り返った。「それで、あなたは、この人たちが継ぎ合わせた台本を素晴らしいと思うの?」

「ああ」ポッジは断言した。「思うよ。ヴァラエティに富んでいて、気分転換になる。これこそ、俺が何よりも必要としているものさ。マンネリ化していたが、俺の違った面を見せるいい機会になる」

「受け売りはいい加減になさい」スコッティが、あざ笑った。「発言しているのはオニールだけれど、入れ知恵したのは――」と言葉を切って、いわくありげにアルを見た。「あなたの考えそうなことね、アル。いんちき話をまんまと信じ込ませたようだけど、おあいにくさま、そうは問屋が卸さないのよ」

「真っ当な話だよ」アルが、穏やかに言った。「そうだろう、ポッジ?」

「そうだとも」ポッジも認めた。「年がら年中、同じことをするわけにはいかないというのは、筋が通っている。コメディアンは、いろいろこなせないと。だから――」

「情けない!」スコッティが爆発した。「あなた、バカじゃないの。それとも、バカな人間の安っぽい物真似かしら。自分で何か考えられないの?」

「きみが俺の代わりに考えているかぎりは、そんなの無理だ」ポッジが言い返した。「俺が、あまり賢くないのなら、複数の人間から助言を貰うのはいい考えだと思うが」

「まあ、ポッジ」スコッティは声を和らげた。「傷つかないで。侮辱したつもりはないのよ。通常のことなら、あなたは充分頭が切れるけれど、ショービジネスを知らない。ショービジネスは、曲がりくねった道なの。あなたが、人に利用されているのを見ると、本当に腹が立つわ。たった数時間あなたを一人にしただけで、どうなると思う? みんなが、自分の小さな斧を研ぎ澄まして、あなたの首を叩き切るのよ。あなたが夢中になっているその台本だけれど——もう一度目を通してみて。それが、本当にあなたをマンネリから抜け出させてくれる? ほかのみんなの十八番をあなたに押しつけようとしているだけなんじゃない?」

「そうかもしれない」ポッジは、頑なに言い返した。「それでも気に入っている。歌えて、踊れて、少しばかり感情表現さえできるんだ——今までやってきたこととは違う」

「これからもやるのよ、視聴者に投票するチャンスがあればきっとね。頭を働かせて、ポッジ。今夜、売り込まれるのはあなたじゃないの。ギングリッチのガールフレンド、デュルシュタインの曲、ヴィヴィアンのお色気——この瞬間のために、みんながカウンターの下にずっと隠してきたありとあらゆる商品なの。陳腐になりすぎたと、みんながあなたを言いくるめたこのネタが、あなたを大評判にして、毎日のようにトップの座に押し上げてくれている。この番組班(クルー)のほかの人たちは、変化が必要かもしれない——予定よりも早く大きな変化を起こせるかもしれない——だけど、あなたは違う。ヒット作を出したとしても、それは即興じゃない」

「ふうむ」ポッジは、顔をしかめて下唇を突き出した。「俺にはわからない。新しい台本も、なかなかいけると思うんだが。どう思う、ベス？」

「わかりっこないでしょう」ベスは、ためらいがちに答えた。「でも、とても面白いと思うわ。あなたが、グレイの曲を歌ったところからすると。それに――」

「そして、あなたの判断は」スコッティが、鋭く言い返した。「みんなも知ってのとおり、非の打ちどころがない。当然ながら、あなたの意見を聞かずに、何も決定するべきではないわよね」

「わたしの意見なんて、何の価値もありません」ベスが、優しく言った。「でも、どう思うかとポッジに聞かれたので――」

「だから、面白いと思ったと答えた。ポッジのすることなら何でも笑う人だから、別に驚くには値しないわ」

「そうだよな、ベッツ」ポッジが、からかうようにベスに微笑みかけた。「おまえは、好みのうるさい視聴者じゃない。聞くまでもなかったな」

「じゃあ、すべて解決ね」スコッティが、すかさず言った。「台本を、もう用意してあるので――」

「おい」ポッジは目を見開いた。「解決したとは言っていないぞ。きみの言うとおりなのかもしれない。俺のスタイルを変えるのは間違いなのかもしれない。俺が騙されているのかもしれない。だけど、もう手遅れだよ。今夜のために、もう二つも台本を覚えたんだから、放送時間までの数時間で覚え直すなんてできない」

「できっこないわよね」スコッティは、寛大に微笑んだ。「奇跡を求めたりしなわ。これは、わたしの現状を踏まえて、昨日の台本にいくつかマイナーチェンジを加えただけ。あなたが入ってきたときに説明していたとおり、ローラースケート競争という設定は、わたしが松葉杖を使っている完璧な理由になる。とことんやるからね――片方の目に眼帯をして、頭に包帯を巻いて、片手に添え木を当てる。どうしてそんなことになったのかを説明するいくつかの台詞を挿入したので、そこからは、前にやったのと同じ堂々巡りの議論に入るの。わたしが大怪我をしているので、あなたがスケート選手になりたいということの面白味が増すわ」

「なるほど」ポッジが言った。「新たに覚える台詞があまりないのなら――」

「もちろん、ないわ。実際のところ、書き直したのはわたしの台詞だけだから。これからやってみれば、とても簡単だとわかるわよ。ノートを持ってきなさい、ベス。あなたにもしてもらう仕事があるから」スコッティは、振り返ってギングリッチに勝ち誇ったように嫌味っぽく微笑み、しばし彼を見据えてから、デイヴ、グレイ・デュルシュタイン、アルとヴィヴィアンへと順に視線を移した。「ということで、みんな、がっかりさせて悪いわね」とゆっくり言った。「ご大層な計画を立ててくれたのに、今夜は、ご期待に添えなくて」

第六章

嵐さながらの午後だった。スコッティが爆弾を投下したあと、何としても決着の場を設けようと反乱の雷鳴が轟いた。ポッジの自己主張の瞬間が楽観材料となり、新たな番組の実現をあくまで要求しろと彼を説得する動きがあった。だが、反対勢力は、協調努力に向けた結束力に欠け、最初は荒かった鼻息も弱まり、隅っこでぼそぼそと不平をこぼすに留まり、スコッティとポッジは、新鮮味のない〝ローラースケート競争〟の会話のリハーサルをした。大幅な増強を提起できたのは、デイヴだけだった。彼には、後押ししてくれる広告代理店という強力な武器があったので、コマーシャルは不可侵の分野であり、攻撃の対象にはならないと主張した。だから、彼がポッジと繰り広げるシーンのほとんど――メリル姉妹を起用する前に、デイヴがもともと書いた内容――が、そのまま残された。

スコッティは、この敗北を認めたくなかったのだろう。三分間のシーンなのに、一時間の番組で通常見つかるよりも多くの欠点をあげつらった。だが、広告代理店は聞く耳を持たなかった。シーンの台本は書かれ、リハーサルされ、準備が整っていた。代わりを用意する時間などなかった。しかも、とりわけ重要なのは、スポンサーの承認をすでに得ていたことだった。だから、スコッティもついに引き下がった――無作法に。

「こうなるのを、ずっと狙っていたんでしょうよ」スコッティは、デイヴに毒づいた。「ポッジのために台本を書いて、ポッジと演技をして、ポッジに指図できるとでも思っているんでしょう——わたしの後釜に座りたいんじゃなの」と憎々しげに唇を歪め、冷ややかな目で悠然とデイヴの頭のてっぺんからつま先まで見てから、今度はつま先から頭のてっぺんまで視線を戻した。「まあ、当面は後釜に座れるでしょうね——二人とも、身障者のうちは」スコッティの明るい笑い声は、芝居がかっていた。「あなたにぴったりのギャグがあるわ。あなたのご大層なシーンに加えたらいかが。もちろん、落ちも用意してあるのよ。『でも、わたしは、来週には治っているから』っていう」

スコッティは、またわざとらしく笑ってから、松葉杖を頼りに歩き去った。

わたしたちが舞台の袖に立っていたときに、ことは起きた。わたしは、ポッジとのシーンが残ってよかったわね、とデイヴに言おうと袖に上がっていた。すると、スコッティが、彼に近づいて声をかけたのだ。あっという間の出来事なのに、一部始終が悪夢の様相を呈していた。彼女の目つきといい、声や笑いといい、凄まじい悪意が感じられた。そして、彼女が「身障者」と言った途端、わたしは、全身が麻痺してしまった。デイヴは無言のまま、身動きすらしなかった。彼の顔を見たかったのだが、見るに忍びなかった。だから、子どものころ、映画で悪役が迫ってきたときにしていたのと同じことをした。目をギュッとつぶって両手を握り締め、息を殺したのだ。そして、自分に言い聞かせた。これは現実ではない、スコッティは、こんな言葉など口にしていないし、わたしには彼女の言葉など聞こえていないと。

それから、立ち去る彼女の動きに耳をそばだててはいたが、目を開けられなかった。ひどすぎるわ、そう思った。危険が迫ると砂のなかに頭を隠すダチョウじゃあるまいし、突っ立ったまま、自分はここにいない、何も聞こえないというふりをしていてはいけない。デイヴを見なければ。彼の慰めになる気の利いた言葉、スコッティの言ったことなど重要ではない、彼が気にしなければそれですむ、と彼を納得させる言葉をかけてあげなければと思った。それなのに、あまりの腹立たしさに考えがまとまらずに理性的な言葉を発するのはおろか、三つ子の魂百まで、目を上げることさえできなかった。だから、スコッティが舞台の反対側に行き着くまで凍ったように立ち尽くしていた。するとデイヴが、指でわたしの顎にそっと触れた。

「彼女が怖がらせちゃったかな、メリッサ?」呆れたことに、皮肉っぽいユーモアが多少感じられるその口調に目を開けると、温かみのある、微笑みに近い表情で見下ろされていたので、ほっとした。

「あまり真に受けないほうがいい」彼は、わたしを慰めた。「よくあることだから、誰も、大して傷つかない」

「そんな、デイヴ」こう言うなり、わたしは困惑してしまい、みっともなく泣きだしてしまった。

「ひどすぎるわ。あの女――心が、とことんひん曲がっているのよ、あんな残酷なことを言うなんて」

「じゃあ、彼女を気の毒がっているんだね、ぼくではなくて。それなら、かなり助かるよ。ただし、あまり動揺するんじゃない」

こう言って、彼はわたしを抱き寄せた。わたしの涙で彼のシャツの前が濡れたが、その心地よさに我ながら恥ずかしかったが、あえて泣くのをやめようとはしなかった。それでも、しばらくすると、もう泣くことないのにと思い、背筋を伸ばして彼のハンカチを借りた。そして、楽屋の一室に戻り、顔を洗ってメイクを直した。

楽屋から出てみると、劇場で泣いていた女性がほかにもいた。向こうの出口付近で、ギングリッチとジュディ・メリルが、デイヴとわたしと同じ劇的な場面を描いていた。プロデューサーがこちらに顔を向けていたので、彼女の肩をぎこちなく叩く彼の苦しみが見て取れた。

「お願いだから、ジュディ」彼は言っていた。「泣かないでくれよ。チャンスはまたある」

「チャンスなんていらないわ」彼女の声はくぐもり、むせぶようだった。「テレビなんか、どうでもいいの。幸運なんて摑めなくてもかまわない。彼女の言い方よ、みんなのいる前でのあの当てこすり、まるで――まるであたしが――ああ、ヴィクター」と、彼の胸に顔をいっそう深く埋めた。

「お願いだ、ジュディ」彼はなだめすかした。「彼女が言ったことなんか、気にするんじゃない。あいつがどういう人間か、誰でも知っているんだから――怒りっぽくて、意地悪な因業ばあなのさ。それに、きみは幸運を摑む、近いうちにね。今日はうまくいかなかったかもしれないが、ぼくが約束したからには、チャンスはある。テレビに出て、大スターになるんだ、ぼくさえ――」彼は、誓いを立てるかのように視線を上げたが、わたしがいたので戸惑ったように言葉を切った。「ジルが、きっと外で待ちくたびれているよ」口調は、普通に戻っていた。「それに、バスに乗り遅れたくないだろう。さあ、角まで送っていこう」と、彼女の脇に置いてあった小さな旅行かばんを持ち、彼女をドアのほうへ軽く押した。

ギングリッチが戻ってくると、不気味な敵意に包まれたなかで、リハーサルが進んだ。それから、あること――誰にとっても嬉しいこと――がわかった。スコッティが誤算をしていたのだ。自分の不自由な脚について昨日の台本に書き込む際に、彼女は、タイプ原稿が番組のポッジとスコッティの部分を完全には網羅していないという事実を見落としていた。プレッシャーのなかで作業をしたために、スケート靴を履いた自分のダンス――膝を捻挫していてはできないダンス――でクライマックスに達するのを忘れていたのだ。つまり――デイヴのコマーシャル延長を推定しても――空白の三分が残ってしまう。アルとグレイには、それを埋めるにうってつけの案がそれぞれあった。だが、二人の議論が白熱する前に、スコッティが遮った。

「心配いらないわ。わたしが、その三分を何とかするから。ポッジとわたしの新しい演技を考えるから」

「おい、冗談じゃない！」ギングリッチは、悲鳴を上げた。「時間が押してるんだ。そろそろ五時なんだぜ、七時十五分過ぎには視聴者が集まりだす。何をするにしても、すでにでき上がっているもんでないと」

「ヴィヴの歌のように」アルが、すかさず言った。

「わたしの斬新な曲のように」グレイが、割って入った。

「それなら、再演しましょう」スコッティは、ギングリッチの時間の制約を受け入れ、ほかの提案は無視した。「よくあるリクエストに応えて再放送されている演技についての台詞を使うの。あのバレーの物真似とか」

「松葉杖でかい？」

「ダメよね」彼女は、苛立たしそうに首を横に振った。「それなら、南部山地の住民のブリッジゲームとか」

「いかさないね」わたしの隣の席に座っていたアルが、つぶやいた。「ああして、指の爪で必死にぶら下がっちゃいるが、スポットライトを諦められるもんか」と、椅子から立ち上がった。「じゃあ、またのちほど、マラッシズ。仕事があるんでね」

アルが、舞台に上がって袖に姿を消しても、スコッティとギングリッチは口論をつづけていた。スコッティは、次から次へと提案したものの、無理だと諦めさせられた。

「分別を持てよ、スコッティ」プロデューサーが説き伏せた。「きみは、ダンス一つと歌二曲をカットしてしまった。残るは会話のみ。スケートの演技ができないなら、代わりの動き、あるいは少なくとも音楽がないと」

「あのさー」ヴィヴィアンが、いきなり舞台裏から現れた。「スコッティは、フルーツジュースを飲む役にはうってつけよ。つまり、デイヴとポッジは、ジュースが人の身体にどんな効果があるのかを話していて、スコッティは、体の調子が悪いんでしょ。だったら、彼女がジュースを飲んで、松葉杖を放り投げられたら——そのう、いい宣伝になるし、笑いも取れるんじゃない？」

「ずいぶん賢いこと」スコッティが、痛烈に言い返した。「この松葉杖は、小道具ではないのよ。歩くために使っているの。わたしが、どろりとしたジュースを飲んで、へたり込んだら、広告主がさぞ喜ぶでしょうね。それとも、空になった瓶に寄りかかれとでも言うの？」

「えっと、何かうまい手があるはずよ」ヴィヴィアンは、口ごもった。「すごくいいギャグになるんじゃない」

「ははーん」スコッティがやじった。「今日は、この劇場、ギャグ作者だらけのようね。あなたも、その一人だったとはね。きっと、そうやって苦心すれば素晴らしい経歴を築けるでしょうよ——ほかの番組でならね」と、プロデューサーを振り返った。「さあ、聞いて、ギングリッチ。番組班の誰にも、自分の生半可なアイディアをポッジに押しつけたりさせませんからね。それに、ジャージーシティに電話しようと思っているなら、やめなさい。これから書いてみせるから、動き——そして音楽——を使う演技を」

「三時間もないのに――」

「ちょっと待って――みどりごと乳飲み子との口から（「子どもはごまかせない、よく見ている」の意）、という聖書の一節はどういう意味だったっけ？　あの女の人、何かにつまずいたのかもしれないって、子どもなら言うわ。昔よくやったあの松葉杖の演技なら、うまく入れ込める。ポッジが、フルーティーファイヴを飲んで、本当に元気になるか確かめてみると言う時点まで、コマーシャルをやるの。そこで、元気になる必要があるのはあなたじゃなくてわたしよ、という台詞をわたしが言って瓶を手にする。これなら大丈夫。わたしの松葉杖ダンスこそ、このシーンが必要としているものだわ。そうでしょう、ポッジ？」

「そうだね」ポッジも賛成した。「きみが、松葉杖を使って踊るのを見たことはないが、面白そうだ」

「俺は、見たことがある」席に戻ってきたアルが、わたしに言った。「ナイトクラブの短い出し物で一度ね。結構いける。あんたの彼氏が、ヴィヴのおせっかいのせいで、自分の見せ場を台無しにされたと思わないといいんだが、俺たちには、危機に瀕していることがたくさんある――ところで、あいつは、本当にあんたの彼氏じゃないのかい？」と、鋭い視線をこちらに向けた。「あんたが、ネタ集めにしか興味がないってのは聞かなかったことにする」

「いいわ、デュルシュタイン」スコッティが、指揮者に言った。彼の後ろには、オーケストラが勢揃いしていた。「イメージは摑めたわね。わたしがジュースを飲みはじめたら、「ビヤ樽ポルカ」を演奏して。速すぎないテンポでね。さあ、ポッジ。ジャクソンと会話をはじめて、どうなるか試してみましょう」

　そこで、ポッジとデイヴは、コマーシャルの通し稽古をした。終わり近くにスコッティが登場し、話題に上っているそのフルーツジュースの体力増強効果を自分が必要としているという内容の台詞をアドリブで入れた。すると、カウンターの向こうに戻っていたデイヴが、架空の瓶を彼女に手渡し、彼女がジュースを飲むパントマイムをすると、オーケストラがポルカの演奏を始めた。

「フルーティーファイヴって、ほんと、元気の素だわ」スコッティが、デイヴに架空の瓶を投げ返した。「この松葉杖さえ、踊りたがってるもの」と、音楽に合わせて右の松葉杖をリズミカルにコツコツ鳴らし、音楽はしだいに大きくなっていった。

「ちょっと待てよ」ポッジが、不意に割り込んだ。「俺のチャールストンはどこに入れるんだい？」

「ストップ」スコッティが言うと、音楽がやんだ。「呆れたわ、ポッジ、何を暢気なこと言ってるのよ。それについては、充分話し合ったじゃないの。このシーンを締めくくるのは、あなたのチャールストンではなくて、わたしの松葉杖の演技なのよ。もう、邪魔しないで。つづけて、デュルシュタイン」

「俺がここにいても、どうせそれしかできないのかもしれないな」ポッジが、暗い声で言った。「邪魔をすることしか。昨日は、絶対に笑いを取れると思われていた、スケート靴なしでのスケートもどきをしはじめた。今朝になったら、それはカットされたが、俺は、がむしゃらに歌い、踊り、いちゃつきさえした。それから、きみは、速いテンポのチャールストン以外、俺から何もかも剝ぎ取った。それなのに、今度はどうするって？　ほっと一息ついた途端、チャールストンまでカットされていた。俺は、知恵で殺されはしないかもしれないが、自分が搾り取られていることぐらいわかっている。あのチャールストンは長つづきしなかったが、大爆笑を買うのにもってこいだったのに、それまできみは剝ぎ取ってしまった。きみは、俺の台詞をそっくり取り上げて、俺をこの番組に参加させない気なんだ」

「やるじゃないか」アルが、喜々として囁いた。「どんどん言ってやれ。その鳥籠から逃げ出せる」

「お願いだから、ポッジ」スコッティが懇願した。「気まぐれを起こさないで。あなたのチャールストンを差し替えるのは、そのほうがうまくいくからなの。わたしが、松葉杖で演技をすることはもうないでしょうから、そろそろ――」

「俺は、コメディアンなのか」ポッジは、抑揚をつけずに食い下がった。「違うのか。コメディアンでないのなら、もう降りさせてもらう。コメディアンなら、何かおちゃらけを言わせてもらう。おちゃらけがなければ、コメディアンではいられない。しかも、このコマーシャルが、番組の締めくくりなんだぜ。きみが、ショーの最後の俺のジョークを取り上げてしまったら、俺は、どうやって視聴者を笑いつづけさせられる？　大切なのは最後の笑いだと、いつも言っておきながら、それをきみは、俺から奪おうとしている。別にいいさ。不平を言ってるんじゃない。誰が、ここのトップコメディアンなのかを知りたいだけだ。それがきみなら、俺を無理やり引きずり回さないでくれ。俺は自分で――」

「あなた、どうかしちゃったの、ポッジ？　自分のことをそんなに真剣に考えるなんて今までなかったじゃないの、まさか――」

「俺が、間違っていたのかもしれない。俺は、いいカモだったのさ」

「わたしが寝込んでいるあいだに、みんなに吹き込まれたんでしょう？　ねえ、ポッジ、誰かがあなたにつけ込もうとしているのだとしても、それは、わたしじゃないわ。あなたとコンビを組んでいるのよ。わたしは、ショーをできるだけ面白くしたいだけ。でも、あなたが、最後の笑いを取ることに固執しているのなら、あなたの最後の出番にそれを入れ込めるわ。少し時間をくれたら、あなたの

『それじゃあ、みんな』に合う動きを何か捻り出すから、あなたが、来週また登場するまでずっと視聴者がけたけた思い出し笑いをするようなのをね」

「わかった」ポッジは折れた。「本当の笑いならな。だが、面白いのにしてくれよ。誰にも俺を小突き回したり、俺のギャグを盗んだり、俺をないがしろに――」

「絶対に大爆笑を買わせてあげるわ」スコッティは請け合った。「さあ、どこかに座って、わたしたちに作業をつづけさせて。松葉杖の演技は久しぶりだから、やらなくちゃならないことがあるの」

ポッジが仏頂面をしたまま、人に指図ばかりして、とブツブツ文句を言いながら舞台を離れると、スコッティは、再び音楽を要求した。ところが、最初の数小節が演奏されると、苛立って松葉杖で床を乱暴に叩いた。

「いいかげんにして！」スコッティは叫んだ。「ここはうるさすぎて、まともに考えられやしない。前は二本の健康な脚でこのダンスを踊っていたの。膝が悪くちゃ、どうにもならない」

「踊りをカットするなら」ギングリッチが言った。「チャールストンを戻すしかない。それから――」

「ダメよ」スコッティは、首を横に振った。「片脚でもできるパートがあるの。考える時間がいるだけ。さあ、ほかの稽古をつづけてちょうだい。わたしは楽屋に戻って、練り上げるから」

こうして、スコッティが楽屋で悪戦苦闘しているあいだに、ヴィヴィアンが、オーケストラの伴奏でソロ二曲の通し稽古をした。やがてスコッティが戻ってきて、この脚では松葉杖ダンスを数ステップしかできないと認めた。ダンスの締めくくりに、頭の包帯と腕の添え木を剥ぎ取って松葉杖を放り出し、いいほうの脚でくるくる回ると。

「わかった」ギングリッチも同意した。「となると、カメラをさっさときみから逸らさないとな。そのフィナーレのあと、また足を引きずって歩いているきみを視聴者に見せるわけにはいかないからね。フルーティーファイヴのイメージダウンになる」

「ぴったりの手がある」アルが、さっと立ち上がった。「治療のために四リットルもその製品を飲まなきゃならんとか何とか言いだしたポッジを、カメラに追わせたらどうだ？　それから、ヴィヴに、あなたは病気じゃないから、治療なんかいらないと言わせるんだ——そして、それが、歌を始めるもってこいの合図（キュー）になる」

「行けるかもしれないわね」スコッティが考え込んだ。「ポッジのチャールストンによってできた穴を埋められるなら、わたしの松葉杖の演技をカットせざるをえなかった。つまり、その三分がまた空いてしまうわね。いいわ、議論している時間はないわ。「ユー・アー・ジャスト・イン・ラヴ」を戻しましょう」

「ときとして」——アルが、また椅子に深く座って眉を大げさに撫でた——「大博打が利益を生むものさ。だが、どうなるかとハラハラしながら待たにゃならなかったのは認めるよ。俺にくっついて離れるんじゃないぞ、マラッシズ。俺たちゃ、まだまだ金持ちでいられる」

リハーサル時間の残りは、まあまあ平穏無事だった。わたしは、隅に引っ込んでメモを更新する時間さえあった。ほとんど活字にならなくても、包括的なネタを仕入れているのだと、とにかく自分に言い聞かせていた。生き生きとした背景説明をすべて削ぎ落とし、味も素っ気もない文章にしてしまうに違いない〈エンタープライズ〉の編集者のことが、少しばかり腹立たしくなった。メモを書いていると、ギングリッチがそっと近づいてきて、疑わしそうにわたしの鉛筆を見つめた。

「そのう」ギングリッチは、ためらいがちに言った。「何と言おうか、コルヴィンさん、このちょっとした、えー、いざこざを真に受けていないといいんだが。誰も他意はないんですよ。仲間の幸せを祈っているだけで」と意味もなく笑った。「番組の当日は、緊張が高まるんです。事故のせいで、今日は普段以上かもしれない。つまり、ぼくが言いたいのは、あなたに悪い印象を持ってほしくないし、書いてほしくないんです、そのう、読者に悪い印象を与えるようなことを」

「事実をきちんと把握するようにします」わたしは、お茶を濁した。

「そっ、そうでしょうとも」彼は、慌てて言った。「書く内容にけちをつけていると思わないでください。見たり聞いたりしたことに惑わされてほしくないだけなんです。番組の関係者は、理解しがたいこともままありますからね。ですが、みんな気はいいやつらなのを忘れないでください」

「ありがとうございます。忘れません」

「よかった。そのう、それをはっきりさせておきたかっただけなんです」ギングリッチは、力なく微笑んで歩き去った。

正式な夕食休憩はなかったが、番組のほかの人のパートの稽古中に、各自が、食事をしに抜け出した。その後、ドレスリハーサルの時間になり、出演者全員が、衣装を着けて準備万端で舞台裏に集まった。オーケストラが、陽気な「ポッジとスコッティ」のテーマ曲をいきなり演奏しだし、デイヴが、いつもと同じ紹介の言葉を言いながら登場して番組が進行した。ポッジが、片方の紐しかない、ぼろぼろのオーバーオール姿でのそのそと登場し、スコッティがローラースケートを履いて通りをこっちに向かっているのをさっき見たけれど、いつ戻ってくるかわからないから、今夜はあまり広いスペースはいらないと説明した。そして、ウィル・ロジャース（米国の俳優、ユーモア作家）張りの何気ないユーモラスな口調でさらにいくつかの意見を言い、ヴィヴィアンの一曲目へと導いた。ヴィヴィアンは、前の日に騒動を引き起こしたあの赤いイヴニングドレスをまとい、とても素敵だった。彼女が歌い終えると、ポッジが戻ってきて、スコッティが——ポッジのオーバーオールをそっくりそのまま小さくしたような衣装に、包帯を巻いて、絆創膏を貼った姿で——登場し、お馴染みのローラースケート競争のレパートリーを始めた。

妙な話だが——わたしは、そのレパートリーを何度も見たことがあるので、会話をほとんど暗記していたのに——今度のショーは、新しい趣というか、新鮮味があって、すっかり夢中になってしまった。切れ切れにではなく、一つのまとまりとして見ていたせいだろうか。舞台装置や衣装に関係があったのだろうか。あるいは、出演者が、台詞や演技を単に覚えるのではなく、はじめて自ら演じていたせいかもしれない。理由が何だったにせよ、知らぬ間にギャグに笑い、音楽に胸を躍らせていた。

ヴィヴィアンの二曲目のあと、カメラはデイヴに切り替わった。白いジャケットを着て眼鏡をかけ、耳に鉛筆を挟んだ食料雑貨店の店主姿の彼が、カウンターの向こうでフルーティーファイヴの瓶を掲げ、その効き目を激賞すると、ポッジが、彼をやじり、反論し、彼の飾り立てた言葉をからかった。面白いわ、と希望を膨らませつつわたしは思った。ほんとに面白い。デイヴの場面は、きっと受けると。

「面白いでしょう?」わたしは、ついアルを振り返って同意を求めていた。

「ああ。素晴らしい」アルは、わたしの手を叩いて力づけてくれた。「心配はいらん。あんたの彼氏には、才能がある」

その言葉に戸惑って、わたしが椅子に沈み込む間に、スコッティが登場し、フルーツジュースが必要なのは二人のうちのどちらなのかについて、ポッジと口論を始めた。スコッティが勝ち、デイヴが栓を抜いてくれた瓶を受け取って飲み干すと、オーケストラがポルカの演奏を始めた。彼女の短いダンスが滞りなく進んでから、ポッジは、ヴィヴィアンと「ユー・アー・ジャスト・イン・ラヴ」を歌った。

「どうだ?」アルが、最後の歌を聞いて嬉しそうに言った。「十代の少女（とくに一九四〇年代のスターに憧れる年ごろの娘）――そして、その子たちの姉さん――が、新生ポッジを見るまで待て。俺が、大したもんを見つけてないなんて言わせないぞ」

「言いませんとも」わたしの正直な気持ちだった。ポッジとのロマンスの設定が、わたしのルームメイトにきっと新たな魅力を投げかけるに違いないと思っていた。

「彼女に、もう俺たちの邪魔はさせない」アルは、祈りを捧げるように独り言を言った。「彼女に、二度と俺たちの邪魔をさせるものか」

　それから、デイヴが締めくくりの言葉を言うと、「それじゃあ、みんな」と「来週も見てね、きっとだよ」と手を振るポッジとスコッティのクローズアップを撮るために、ドリーを移動させてカメラを二人に近づけ、最終リハーサルは終了した。アルは、ヴィヴィアンと最後の詰めをしようと舞台に跳んでいき、ギングリッチは、一人ひとりに直前の指示を与えようと忙しく動き回った。幕が下りたので、わたしはデイヴに近づいて、彼のシーンは素晴らしかった、幸運を祈ると言った。

「ありがとう」デイヴは、そっけなく言った。「幸運を、ぼくは大いに必要とするだろうな。とくに番組が終わって、『これから、どの方向に進むべきか?』という疑問が生じたときにね」

「まったくそのとおりだ、ジャクソン」アルが加わった。「天気予報によると、嵐のせいで暗くて寒くなりそうだ。今日の午後、ポッジが発射したロケットは、線香花火みたいにシューッと湿って消えちまい、ポッジは、この独立宣言には署名しないことにしちまった」

「そのようだね」デイヴが言った。「スコッティは、あっという間にポッジを説得してしまった。ポッジに約束したあの最後の笑いすら、持ち出す必要がなかったのに気づいただろう」

「ああ」アルは答えた。「何でも言いなりじゃないかと、あいつをからかおうとしてみたんだが、のれんに腕押しだった。このままのほうが、ショーのバランスが保てるし、来週は、正真正銘のダブルAクラスの大爆笑を買うつもりなんだとさ。つまり、そろそろ出ていきなさい、子どもたちってこった。おまえの束の間の栄光を今夜、せいぜい味わうことだな、ジャクソン。番組が終わったら、はいそれまでよなんだから」

「そうだな」デイヴも同感だった。「スコッティが元の状態に戻ったら、来週から、番組は元の木阿弥。つまり、ぼくは、透明人間に逆戻りさ」

「少なくとも、おまえは、友だちのデュルシュタインよりはましさ」オーケストラ指揮者について口にするアルの声は、満足そうだった。指揮者は、数フィート離れたところで、不機嫌そうに踵で煙草を揉み消していた。「あいつの作った歌をポッジが一回歌えば、大金がポケットに入ったはずだ。ゆうべは、取らぬ狸の皮算用をしてたんだろうよ。ところが、あいつに二度とチャンスを与えるものかと、スコッティが手を回すのは、まず間違いない。おまえとヴィヴは、来週には、番組の最小限度の要因に逆戻りかもしれんが、今夜は日の目を見れる。ないよりはまし、俺はいつもそう言ってるんだ」

「そうかもしれないな」デイヴも認めた。「そろそろ観客の雰囲気作りに出ていかないと、メリッサ。調整室に落ち着く準備はできてる？」

できている、とわたしが答えると、デイヴは、わたしを調整室に連れていき、正規の仕事をしている人たちの邪魔にならない、目立たない場所に残していった。ギングリッチが、間髪を容れずにやってきて見え透いた協力姿勢で――そしておそらく、わたしの記事を個人についてではなく技術的な内容へと偏らせたかったのだろう――制御盤（コントロールパネル）やら、オーディオ可変抵抗器（ポテンショメーター）、切り替えボタンやら、変な名前の装置について説明してくれた。そのお返しに、わたしは、醜聞を暴露する記事を書かれるのではないかという彼の不安を和らげてあげようと、メモ帳を取り出し、説明してくれた内容をわかる範囲で書き留めた。広告代理店の男性が一人到着してその一人芝居が中断させられたので、二人ともホッとしたように思う。前の晩にポッジの家にいた人だった。あのときには、わたしに何も関心を示さなかったくせに、ギングリッチがわたしの素性を明かした途端、広告主に代わって媚を売りだした。それで解放されたプロデューサーは、ヘッドフォンをつけ、卓上マイクを握って向かいのスツールに腰かけていたディレクターとの最終打ち合わせを始めた。

わたしは、コートを脱いで窮屈な座席に落ち着こうとしている視聴者をガラス越しに見つめていた。するとデイヴが、幕の後ろから現れたが、わたしは、彼が司会者らしくわざと人当りよくしているのにはほとんど気づかなかった。調整室からだと声は聞こえなかったが、視聴者の反応から、どうやらジョーク――たぶんお馴染みのもの――を言っているようだった。彼は、まず視聴者を陽気な雰囲気にしてから、けたたましい笑い声を上げ、割れんばかりの拍手を送る稽古をつけた。番組参加視聴者が、無料切符の代償として通常、このようなふりをしてくれる。視聴者が、満足のいく演技ができるようになったとき――偶然にも、わたしの向かいの壁にかかっていた大きな時計が放送開始三十秒前を示したちょうどそのとき――幕が開いてショーが始まった。

台詞が多少引き締まり、ペースが若干速まっていたようだが、ショーは、ドレスリハーサルとまったく変わらなかった。暗号さながらでちんぷんかんぷんだったが、ディレクターの言葉が微かに聞こえた。舞台上の人たち——フロアマネージャー（スタジオなどでディレクターの指示に従って出演者を監督・指揮する）、カメラマン、ブームマイクのオペレーター——や、隣でボタンを押したり、レヴァーを捜査したりしているテクニカルディレクターにマイクを通して話していたのだ。わたしは、舞台での動き、下の視聴者たち、カメラのモニターを順繰り目で追った。モニターを通して、直前のシーン、直後のシーン、そしてほんの数ブロック先で、あるいは何百マイルも離れたところのテレビ画面で何十万人もの人々がたった今見ているシーンを見ることができた。まるで魔法でも見ているような気分だった。

デイヴが、ポッジとの掛け合いのためにカウンターの向こうの定位置に着くと、わたしは思わず少し緊張した。うまくいきますようにと、心のなかで祈った。面白くなりますように、視聴者に大受けして、スコッティがどんなに阻止しても、二人でまたほかの演技をせざるをえなくなりますように。すると、ありがたいことに、シーンが進むにつれてクスクス笑いが、どんどん大きくなって大爆笑になるのが聞こえた。気に入ってくれている、そうわたしは思った。本当に受けていると。するとそのとき、スコッティが、松葉杖でよたよたと登場したので、わたしは、つい両手を握り締めて歯ぎしりしていた。スコッティには、デイヴにポッジと二度とコメディを演じさせない権力——そして敵意——があると思い知らされたからだ。

デイヴが、栓を抜いた瓶をスコッティに渡すところまで、シーンは、台本どおりに進んだ。だが、彼女が瓶を口元に持っていくと、ポッジが横やりを入れた。

「おい！　おまえは、リハーサルでもう飲んだだろう。それは、俺が飲むことになっていたはずだぜ」

「あのね、ポッジ」スコッティは、にんまりと作り笑いを浮かべた。「これが一番必要なのはあたしだって、賛成してくれたじゃない」

「それは、今日の午後の話だろう」ポッジは、瓶に手を伸ばした。「だけど、今朝、こいつを飲んだら絶好調になれたから、また今朝みたいになりたいんだ」

「ほっ、ほう」ギングリッチがつぶやいた。「あいつ、自分のダンスを踊る気だぞ。スコッティが、あいつの演技をやめさせるなんて愚かな真似をしないといいんだが」と、ディレクターに体を近づけた。「ポッジのチャールストンの手筈を整えろ、バズ」

「あとで、好きなだけ飲んだらいいでしょ」スコッティが言った。「これは、あたしにちょうだい」

スコッティが、頭を下げて瓶に口をつけようとした途端、ポッジが瓶をひったくった。

「今度は俺の番だと言っただろ」彼は言い張った。「これを飲んで、それから――一つか二つ見せてやる」

「できるもんならやってみなさいよ」

「できるとも。見てろよ。みんなにも見せてやる」

「ぐずぐずしないでよ」スコッティが言った。

「よし」ポッジの動作はぎこちなく、言葉が、いつものようにすらすら出てこなかった。無理をしていると思い、気の毒になった。もう一度スコッティの支配に抵抗し、もう一度自分の意見を言おうと努力して、前と同じようにしくじっている。次の言葉が見つからず、四苦八苦している。わたしは、「シラノ・ド・ベルジュラック」のバルコニーの場面を少し思い出した。シラノに頼るのはよそうと決意したものの、その文才のなさでロクサーヌを幻滅させてしまったクリスチャンが、不面目ながら、彼女の心を取り戻すために気の利いた言葉を提供してくれとシラノに頼む場面だ。だが今回のスコッティは、ポッジの救済に来てくれそうもなかった。スコッティは松葉杖に縋り、超然と、身を引いたに近い様子で彼を見つめているだけで、台詞を提供する気も、ポッジの不器用さのせいで行き詰まってしまった状況を打開する気もなさそうだった。ポッジに、一人で切り抜けさせるつもりなんだわ、とわたしは思った。番組が失敗に終わるという代償を払ってでも、自分にとって彼女がどれほど必要かをポッジに思い知らせるつもりなのだと。

「俺が言いたいのは」ポッジは、適当な言葉を探しながら言った。「俺がこれを飲めば、二人分のスケートができるってことさ。それどころか、こいつを飲み干せば」——彼は、乾杯でもするかのように瓶を掲げた——「スケート靴なんか履かなくても、どうやってそれができるか見せてやれる」

「おい」ギングリッチが言った。ポッジは瓶を口に当て、頭をのけ反らせてごくごく飲んでいた。「あいつ、昨日のスケートの演技をしようとしている。スコッティのリードがなければ、話の筋が通らん。それに、舞台には充分なスペースがもうないんだぞ。カウンターに突っ込んじまう」

「何であんなしかめっ面をしているんだ?」広告代理店の男性が、詰め寄った。「まるでまずいと言っているような演技じゃないか。うちのフルーツジュースに何か問題があるという印象を与えてしまう」

モニターにクローズアップされたポッジの顔は、作り笑いを浮かべようと妙に歪んでいた。彼は、瓶をカウンターに置いた。

「すごいぞ」ポッジは、しゃがれ声で言った。「今から見せてやるからな——おい、何てこった!

その瓶に何が入っていたんだ?」

「フルーティーファイヴさ」デイヴが並べ立てた。「グレープ果汁にプルーン果汁、ライム——」

「ひどい、ひどい味だ」ポッジは、顔を恐ろしく歪めて口をあんぐり開け、シャツの前を掻きむしった。「ああ、体が燃えるようだ!」

「あいつ、いったい何を企んでやがる?」広告代理店の男性が、わたしの前に身を乗り出してギングリッチに罵声を飛ばした。「製品についてあんないい方をしやがって。やめさせろ。カメラを切り替えろ。音楽を始めろ。何とかするんだ」

「まあまあ」ギングリッチが言った。「ここでやめてしまったら、製品が悪いという印象を抱かせたままになります。彼は、何かギャグを考えているはずです。万事めでたしとする説明があるでしょう。最後までやらせるしかありません。群衆は夢中になっていますよ。大笑いするのを聞こうじゃありませんか」

「広告主が笑っているとでも思っているのか? どういうギャグで締めくくろうと、経営陣にはおかしくは思えんだろう。何なんだよ、あの大げさな大根役者を見てみろ!」

舞台の上で、ポッジが、二つ折れになるほど腰を曲げて胸を両腕で抱え、目をむき、顔を真っ赤にして汗ばんでいるように見えた。

「ヴィヴの歌を準備しろ」ギングリッチが、ディレクターに言った。「さっさと切り替える必要があるかもしれん」

「水」ポッジが訴えた。「水をくれ。あの製品——あの不潔な製品に殺される」

「やめさせろ」広告代理店が叫んだ。

ところが下を見ると、視聴者が、ポッジを金切り声で囃し立てていた。コマーシャル叩きは昔ながらの手法だったが、製品を直接攻撃するのは斬新だった。美味しい元気の素、健康的な製品としてのフルーティーファイヴの宣伝を繰り返し聞かされてうんざりしていた視聴者は、吐き気を催し、死にそうにまずいというポッジの主張を、大いに気に入った。死にそうな痛みに苦しむ男になりすましたポッジほど、腹の底からのけたたましい大爆笑を買ったコメディアンはいなかったはずだ。

ところが、なりすましではなかった。ギングリッチと広告代理店の男性が、ギャグが終わる前にカメラを切り替えるべきかどうかを議論しているあいだに、ポッジは床にくずおれ、数秒、体を痙攣させたきり、動かなくなった。

しばらく、誰もが凍りついたが、やがてデイヴがカウンターを回ると同時に、スコッティがポッジの脇に倒れ込んだ。

「演技をしているんじゃないわ」スコッティが悲鳴を上げた。「この人――ああ、まさか、この人――」

スコッティの画像は遮断された。オーケストラが、演奏の合図を受け、「放送中」のモニターがポッジの画像からヴィヴィアンの画像に切り替わった。その途端、驚愕のあまり戸惑っていたヴィヴィアンが、快活そのものといった雰囲気に表情を一変させ、「ユー・アー・ジャスト・イン・ラヴ」の出だしを歌った。下では、けたたましい声で大笑いしつづけていた一人の女性以外、視聴者は笑うのをやめ、怖い物見たさで舞台の光景を見つめていた。声はもう聞こえなかったが、デイヴとスコッティが、ポッジの上にかがみ込んで頭を持ち上げ、両手首をさすっていた。舞台監督が、水の入ったグラスを持って飛び出していくと、デイヴが、少しだけ振り返って追い返した。もう手遅れだ、という仕草だった。

「嘘だろ！」広告代理店の男性が言った。「製品イメージにとって大打撃だ！　もう一本も売れないぞ」

口ひげを生やした小柄な男性が、客席を離れて舞台に近づいた。聞こえなくても、医者を名乗っているのは推察できた。デイヴは、その男性がポッジの傍らにひざまずけるように身を引いた。診察はすぐに終わり、男性は、デイヴに何やら手短に言った。フロアマネージャーが、インターホンを通して、デイヴからの連絡事項を調整室に伝えた。

「音楽を中断して、彼にカメラを戻してほしいそうだ」ディレクターが報告した。

「わかった」ギングリッチが、憔悴しきった声で言った。「もう失うものはない」

「慎重に、製品の汚名をそそぐ何かを言わせてくれ」広告代理店の男性が、祈るように言った。「製品の汚名をそそがせろ」

そして、デイヴは、カメラドリーとブームマイクを従えて舞台中央に移動した。そのため、二カメに再び切り替わると、画面にはデイヴしか写っておらず、スコッティと医者が両脇で見守る、微動だにしないポッジの身体はカメラの視野に入っていなかった。

「申し上げにくいのですが」デイヴは、おもむろに口を開いた。「お伝えしなければなりません。みなさんも、彼を愛していらしたのはわかっていますから、聞くに忍びないでしょう。ですが、思い出していただければ、少しはお役に立てるかもしれません。ポッジが何よりも大切にし、何よりも望んでいたのは、みなさんを笑わせること、みなさんのご家庭、みなさんの心に幸せをもたらすことだったのです。彼は、死ぬまでそれを貫き通す選択をしたのだと信じています。原因は、まだわかりません。わかっているのは、ベテラン芸能人らしく、名演技の最中に、自らが望んできたやり方で——ポッジ・オニールが亡くなった——ということだけです」

第七章

その後の一時間については、記憶が錯綜している。直ちに警察官が三人到着した。二人は、本部からの無線連絡で派遣されたパトカーの警官だった。あとの一人は、一ブロック先の担当区域を巡回中に、近くにいたテレビ視聴者に引き止められた。あとでわかったのだが、国の中部以東から、ポッジとスコッティの番組で犯罪行為があったと通報する電話が警察署や新聞社に殺到した。案内係の協力を得て、警察が、どうにか野次馬を制止した。その半数が舞台に押し寄せ、残りは出口に向かっていたのだ。番組関係者のほとんどが舞台にひしめき、誰もがしゃべるばかりで相手の話など聞いていなかった。殺人捜査課のリッグズ警部が、刑事二人を伴って到着してようやく、騒々しい混乱が鎮まった。警部は視聴者を整列させ、各ドアに警官を一人ずつ配置して身元の確認をさせ、関係者以外を劇場から退出させた。

それと同時に監察医が、「到着時にすでに死亡」の裁断を下していた。監察医が、自宅のテレビで番組視聴中に症状をクローズアップで見ていたことが、診断の簡便化に繋がった。監察医が検査を完了しようとしているとき、わたしは、ベスが観客席の最前列中央にぽつんと座っているのに気がついた。誰からも相手にされず、放心状態で、とても小さくなったように感じられ、お悔やみを言おうと舞台を下りた。

「医者が何と言ったか聞こえた?」ベスは、わたしの顔をぼんやりと眺め、医者の言葉がよくわからないとでも言いたそうだった。「ポッジが死んじゃったって言ったのよ。でも、彼はその舞台にいたのよ——ほんの数分前に——ジョークを飛ばして——とても面白かった。それなのに、ポッジが死んだなんてどうして言えるの?」

「そうよね」わたしは、彼女の手に自分の手を重ねた。氷のように冷たかった。「本当にお気の毒で何と言ってよいやら」

舞台では、監察医が死体安置所への搬送を許可し、ほぼ空になったフルーティーファイヴの瓶に手を伸ばしていた。そして、広告代理店の男性が不安そうに見つめるなか、それを鼻に近づけた。

「うーん。何が入っていたんです?」

「プルーン果汁にグレープ果汁、ライム果汁——」デイヴと広告代理店の男性が、同時に口を開いた。

「そしてニコチン」監察医は二人を遮った。そして、瓶を刑事に渡した。「これを鑑識に調べてもらってくれ。だが、答えは簡単明瞭。ニコチンのように作用し、ニコチンのような臭いがするので、死因はニコチンだ」

「そんな、ポッジは煙草なんて吸わないのに」ベスが、わたしに言った。「ほら、あの人、何もかも間違っているのよ。ポッジが、死ぬはずがないもの」

スコッティが、松葉杖を巧みに操って通路をこちらに向かってきた。ベスは、期待してスコッティを見た。

「嘘だと言って、スコッティ」ベスは懇願した。「ポッジは、ちょっと気分が悪いだけなのよね?それとも、ふざけているの?　そうでしょう——あの人たち、間違ってるわ」

「ほら、ベス、しっかりしなさい」スコッティが、立ったまま心配そうにベスを見下ろしていた。わたしは、とても邪魔をしているように感じ、立ち上がってその場を離れようとした。ところが、立ち上がりざまにバッグが膝から滑り落ちてしまった。だが、慌てて拾い上げている場合ではなさそうに感じられたので、あとで取りにくればいいと思って放置した。スコッティが、空いたわたしの席に座り、優しいが、きっぱりした声で、自制心を失ってはいけないとベスに言っているのが聞こえた。その後、わたしは舞台に戻ったので、それ以上は聞こえなかった。

「ニコチンを入手できたのは誰ですかね？」リッグズが、監察医に聞いた。

「五十セントあれば誰にでもできた」監察医は答えた。「もっと安いかもしれん。ニコチン含有量の多い殺虫剤もあって、どこの金物屋でも名乗らずに買える。防虫効果があるんだ。自殺に使われることはあっても、殺しに使われた事例にはあまり出くわさん。非常にまずい。一口含んだだけで、ほとんどの人間は吐き出してしまう」

「テレビでですか？」リッグズは、骨ばった人差し指で顎を撫でた。「百万人ほどの人たちが見ていたというのに？　宣伝という名目で、ここの俳優たちは、非常にまずい代物を飲み込むために金を貰っているんですよ」

「この目で見たよ」監察医は譲歩した。「それにしても、彼にも違いがわかっただろうに、ニコチンと——瓶に何が入っていると言ったかな？」

「グレープ果汁にプルーン果汁——」デイヴが、無意識にまた同じ言葉を繰り返した。

「そうだったね」監察医はうなずいた。「フルーティーファイヴだ。ひどい混合飲料さ。それでも、番組を長くやってきて、彼にも味はわかっただろうから、ニコチンが、六番目の旨味には思われなかったはずだ」

「ポッジが、この製品を味わったことがあるとは思いません」デイヴが言った。「彼がコマーシャルに加わったのは、今回がはじめてですし、自分から試してみたことはなさそうです。ぼくらのなかに、フルーティーファイヴの愛飲者はいないと思いますよ」

「広告主への忠誠心にも限度がある、そうだね？」監察医が、ほのめかした。「そうだとすると、あなたの宣伝を聞いたあとで予期していたほど、彼はまずいとは思わなかったのかもしれない」

彼らの後ろで、ギングリッチが、リッグズの助手の一人と激しく言い争っていた。

「舞台装置を解体したがっているんですよ」刑事が説明した。

「明日ここで、別の番組をやるので」ギングリッチが、文句を言った。「装置を撤去しなければならないんです。舞台係は、もう残業しているんですよ」

「そうなのですか？」リッグズが、冷静に言った。「殺人捜査のために、我々が、彼らをここに引き止めておいたら、五割増しの賃金を貰えるのかな？　労働組合が検討すべき興味深い法的観点がありますね。よし、バウアーズ、舞台装置に用はない。作業を進めさせてやれ。さてと、問題は、誰がフルーツジュースにニコチンを混入したか？」

「難問だな」監察医が言った。「ちょいとここをぶらついて、あんたらが、難問に取り組んでいるのを見ようと思う。これは、お気に入りの番組の一つでなんでね」

「でしたら、あなたは重要参考人ということに」リッグズが言い返した。「わたしの考えでは、番組を見た人それぞれに見解があるように見受けられます。署を出る前に、ブロンクスの女性から電話がありましてね、アナウンサーが、瓶を撫でてから渡したと言っていました。非常に疑わしく見えたそうですよ」

「キャップをねじって外しただけです」デイヴは激昂した。「二秒もかからなかった。できるはずがないでしょう――」

「まあまあ」リッグズが、なだめるように片手を上げた。「標的はあなただけではありません。電報を受け取りましてね――オハイオからです。それには書いてありました――バンドリーダーの指揮棒を調べろと。その男は、指揮棒が空洞になっていて、毒矢を撃つにはうってつけだと思っているんです。それから、歌手を調べろというタレこみも二件ほどありました。彼女の歌に隠された意味があると思うとかでね」

「ほらな？」アルが、デュルシュタインに激怒した。「おまえが、俺たちを破滅させたんだ。何であの曲を急に演奏させたんだよ？」

「何が悪いんだ？」指揮者は、冷ややかに言い返した。「あの曲は、番組で次に演奏する予定だったんだ」

「次に演奏する予定だっただと、開いた口が塞がらんわい。あれは、デュエットとして記載されていたんだ。ソロじゃない。演奏せにゃならなかったのなら、どうして「星条旗」――とか讃美歌とか――緊急事態に適した曲にしなかったんだ。良識ってもんがないのかよ？　これでヴィヴは、ポッジ・オニールが死にかけているときに、『あなたは病気なんかじゃない。恋をしているだけなの』と歌った女として本に載っちまう。この汚名は絶対にそそげない。この――このぶち壊し屋！」

「では、先生」リッグズが言った。「どうでしょう？　先生は、ほかの人たちと同じくらい優れた素人探偵なのではありませんか？　飲料に毒物を混入したのは、誰だと思います？」

「誰でもない。コマーシャルが始まったとき瓶は丸見えだったので、姑息な手を使う機会はなかった。事前に混入したに違いない」

「どうでしたか？」リッグズが、デイヴを振り返った。「瓶は、密封されていましたか？」

「いいえ」デイヴが、首を横に振った。「視聴者に挨拶に行く前に開けてから、軽く閉めておきました。コマーシャル中に、きつくて開かないと困りますから」

「そのとおりです」スコッティも認めた。「番組の直前に、簡単に開くのを確認しました」

「わたしも試してみました」ベスが、自分から答えた。そして、刑事に怪訝な目で見られたので説明した。「わたしの仕事なんです――細部に気を配ることが」

「そして、見たところ」リッグズが言った。「ほかにも利用できる瓶はたくさんあったようですね？」

「一ケースありました」ギングリッチが答えた。「舞台の袖に」

「つまり、ここにいる誰でも新しい瓶を取って中身を少し捨て、代わりにニコチンで満たし、誰にも気づかれずにすり替えることができた。そうですね？」

「そう思います」ギングリッチが、しぶしぶ答えた。「ですが、事故だったということもあるのでは？　誰が好き好んで――」

「それを、わたしが解明しようとしているんですよ」リッグズが言った。「まず、身分証明をしていただこうと思います」

こうして、リッグズは出欠を取りはじめ、番組との繋がり、ポッジとの関係を調べた。そして、わたしの順番が来ると、おめでとうとでも言いたげにうなずいた。

「では、報道関係の方なのですね」リッグズは批評した。「今夜は、とんだ幸運を掴みましたね。劇場に押し入ろうとしている記者が街に溢れているというのに、あなたは、最初からここにいらしたんですから。あなたは、一部始終を目の当たりにしたが、彼らが獲得しようとしても、せいぜい出てきた視聴者からの目撃証言ネタしか得られない。それは、どういうもんでしょうかね? 彼らの大勢の読者が家にいながらにして目にした殺人の目撃証言。まあ、それは事件の経過についてだと思いますが」

わたしは、新聞社の人間ではなく、わたしがメモを取っている記事が掲載されるのは何か月も先なので、特ダネになるような内容はあまりないと説明した。リッグズは、同情するように舌打ちして、次の証人に進んだ。そして、事情聴取を終えると、舞台係は帰宅していいと言ったので、ギングリッチは安堵した。それから、リッグズは、考え込んだ様子で親指と人差し指で鼻筋をつまみながら、残ったわたしたちの顔を窺った。

「まだ大して進んではいません」彼は言った。「ポッジを毒殺するもっともな理由のある人物はまだ浮上していませんから」

「忠告させてもらえるかな」監察医が口を挟んだ。「スコッティを毒殺する動機のある人物を探してはどうかね」

「おっしゃる意味がわかりませんが」

「番組を見ていたんだがね」監察医は、いささか勝ち誇った様子だった。「あんたらに、常々言っているように、テレビはえらくためになるものだ。夜、何とはなしにテレビをつけて家にいたのなら、この事件の場合、何か役に立つことを学んだはずだ」

「たとえば?」

「ポッジに瓶をひったくられたとき、スコッティが、あのフルーティーファイヴを飲み干すはずだったということさ」一人の熱狂的なファンとしての立場を楽しんでいるかのように、医師は、ポッジがくずおれるにいたった経緯を説明した。そして、「というわけで」と締めくくった。「ニコチンを混入した人物は、スコッティがそれを飲むと期待していたのさ」

「そうなのですか?」警部は、ギングリッチを振り返った。「ポッジが瓶をひったくるのを、こちらのみなさんは予期していらっしゃらなかったのですか?」

「うーん、そうですね」ギングリッチが認めた。「スコッティが、一口飲んでから踊ることになっていました。ところが、事故だったに違いない、フルーツジュースに問題があったのは。まさか誰も――」

「フルーティーファイヴの問題じゃない!」広告代理店の男性が、いきり立った。「ルロイ社の製品に問題があったとは言わせないぞ。あの瓶に異物が混入していたとしたら、瓶の口を開けてから入れられたんだ、わざと、しかも――」

「だが、聞けよ」ギングリッチが抗議した。「そのほうがいいんだろう――」

「わかりました、その辺にしてください」リッグズが命じた。「わたしが摑む情報が少なければ少ないほど、紙面に掲載される内容も少ないとお思いなのかもしれませんね。ですが、どんな方法で断片化しようとも、書き立てられるんです。殺人は、活字になると常に不快なものです。しかも、わたしを混乱させようとしても無駄ですよ。捜査を長引かせるだけだ。さあ、整理しましょう。誰に毒を盛ったのか? いっそのこと、台本の写しを見せてくだされば、こちらで判断します」

「困りましたね」ギングリッチが説明した。「直前に、かなり手直ししたんです。紙に書いている時間はありませんでした。ですから、ないんですよ――」

「あの最後のシーンを記録したわね、ベス？」スコッティが遮った。

「ええ」ベスが、紙ばさみを取り出して該当ページを見つけ、警部のところへ持っていった。

「これは、どの程度新しいのですか？」警部は尋ねた。

「ドレスリハーサルの直前にタイプしました」ベスは答えた。「変更はなかったんです、あのときまで――番組が進行して、ポッジが――ポッジが――」ショック状態だったが、不意に認識したようで目に涙が込み上げ、「ああ」と呻いた。「彼は、本当に死んでしまったのですね？」両手に顔を埋めたベスを、いささか戸惑った様子で警部が見つめると、アルが近づき、彼女の華奢な肩を抱いて慰めの言葉をつぶやき、舞台から下ろして元いた席に座らせた。

「ふうむ」リッグズは、台本をさっと流し読みした。「つまり、これを見れば目論みがわかる。まあ、自分を亡き者にしたがった可能性がある人物が誰なのかを我々に教えてくれるご本人が傍にいてくださるので、すんなり進むはずです」と、スコッティを見下ろした。「お考えをお聞かせください」

「わかりません」スコッティは、足を引きずりながら階段に近づき、苦労して舞台に上がった。「考えていたんです、ずっと――事件が起きてから。もちろん、毒がわたしに盛られたのだと気づいていました。でも、わかりません」――彼女は、周りの人たちを見回した――「どの人が――」

「ええと、たとえば」リッグズが促した。「あなたに腹を立てていたのは？」

「殺したいほど腹を立てていたということですね？」スコッティが訂正した。「誰もいないと思います。まあ、ここにいるほぼ全員と口論はしてきましたが、職業上の意見の不一致で、個人的なことではありません。でも、殺人が――信じられません――起きたんですよね」

「そのとおりです」警部は、そっけなく言った。「起きたのです。その脚はどうなさったのですか？」

「膝をちょっと。昨日、事故に遭いまして。少なくとも――」彼女は目を見開いた。「事故だと思っていました。今にして思えば――そうとも言い切れません」

リッグズによる事情聴取で、スコッティは、スケートでの不幸な出来事があり、窓に突っ込むのをすんでのところで免れたと説明した。

「つまり、紐が切れたか、手を加えられていたということです」リッグズは要約した。「大急ぎで解明できます。スケート靴はどこですか？」

「わたしの楽屋にあります。誰かが――ベスだと思いますが――わたしのかばんに入れました。今日の午後開けたら、入っていました。ですが、きちんと見たわけではありません」

「では、ここに持ってきて、さっそく詳しく調べましょう。楽屋はどこですか？」

「わたしが行きます」悲しいにもかかわらず、ベスは、鷹揚とした行動で用事に応えようとした。

「代わりに取ってきます」

「警部補に対処させます」リッグズが部下を示したので、ベスは再び座った。

「右側の二つ目のドアです」スコッティが教えた。「床に置いてある茶色い小さなかばんに入っています」

「先ほどの主張についてですが」バウアーズが舞台裏に姿を消すと、リッグズが言った。

「あなたが、誰となぜ揉めていたのかについて完璧に理解しておいたほうがいいでしょう」

「どれも、とても些細なことでした」スコッティは答えた。「この業界では常に目にするごく小さな口論なんです。わざわざお話しするまでもありません」

「最終的に殺人に行き着いたのですから些細なことではありませんよ」リッグズが言った。「しかも何者かが、二度試みたのですから、三度目はもっとうまくやるかもしれない。ですから、お話しなさるなら今です」

「三度目などあるものですか」スコッティは断言した。「それについては心配していません。わたしは、ただ――」

バウアーズが、スケート靴を持った右手を差し出しながら戻ってきたので、スコッティは言葉を切った。

「片方の靴紐がなくなっています」バウアーズは報告した。

「切れたほうの紐だな、当然ながら」リッグズが、スケート靴を受け取った。「今日の午後は、まだついていましたか?」

「気がつきませんでした」スコッティが言った。「かばんの底に入っていたので、そのままにしておきましたから」

「靴をかばんに入れた女性はいかがでしょう?」彼は、ベスを見下ろした。「かばんに入れたとき、切れた靴紐はまだついていましたか?」

「そう思います」ベスは答えた。「でも、あまり気にしませんでした。スコッティが怪我をしたので、わたしたちは家に帰りましたから。スケート靴やら何やらを、大して気にもせず大慌てで詰め込みました」

「つまり、紐が持ち去られたのが昨日なのか今日なのか特定できませんね」リッグズは考え込んだ。

「ですが、いずれにせよ、大して違いはありません。同一人物が、どちらの場合にも近くにいた。そして、紐が切られたということを証明するためにその紐を入手できなくとも、何者かが、それを何としても処分したがったという事実が、わたしの疑問に答えてくれます。あなたの事故には、何かしら胡散臭いところがあるのは間違いありません」

「ほかにも二点、楽屋で見つけました」バウアーズが報告した。「警部がご覧になられたいのではないかと思いまして。この瓶がテーブルの上に置いてあって、この紙が、鏡の前に立てかけてありました」

　リッグズは、黒っぽい液体が数滴残っているだけの小さな瓶を受け取り、ちょっと嗅いでから監察医に渡した。

「これだよ、これ」監察医は、リッグズの無言の問いに答えた。「ニコチンの出どころはこれだ。殺虫剤さ、さっき話しただろう」

「そして、このメモは――」リッグズは、黄色い紙をスコッティの前に差し出した。「一番下の〝S〟というイニシャルは、あなたを意味すると思いますが?」

「わたしのサインをとても上手に真似ています」スコッティも認め、声に出してゆっくり読み上げた。「『わたしは、もう必要ないとわかったので、一番手っ取り早い方法を取ることにします』。そんな――」と、恐怖に目を見開いた。「これが、わたしの楽屋に? 見つかるのは、わたしが死――」

「何者かが用意周到に仕組んだのです」リッグズは、険しい顔で言った。「一文字を除いて、すべてタイプされているのがおわかりでしょう。これでは筆跡を鑑定できない。しかも、フルーツジュースの場合と同じことが、あなたの楽屋についても言えると思うのです。ここの誰でも、楽屋には入れますか?」

「ええ」スコッティは認めた。「鍵をかけたことはありません。ベスが、楽屋にタイプライターを置いていていて、みんなが、何かしらをタイプしに常に出入りしています。その紙は、ベスが台本をタイプするのに使っているので、いつでもたくさんそのあたりにあります。楽屋に入って、このメモをさっとタイプして、瓶といっしょに置いていこうと、彼が――あるいは彼女が――出入りするのに誰も気づきません」

「なるほど」――リッグズは、瓶とメモをバウアーズに返した――「証拠は集まっている――しかし、ほかにはあまりない。わたしの思うに、あなたがポックリ死んでから、我々があなたの楽屋に行き、毒が入った瓶と別れのメッセージを見つけるよう仕向ける魂胆だったらしい。単純明快な自殺で、おとがめなし。ことによると、あなたが近ごろ意気消沈していたから、自殺しそうな雰囲気だったという作り話をするつもりだったのかもしれませんよ。筋書きどおりに進んでいれば、あながち下手な計画ではなかった」

「そうですね」スコッティは考え込んだ。「ポッジが、瓶をひったくりさえしなければ、わたしが死んで――その人が誰であろうと、罰を逃れられたでしょうね」

「そうは思いませんよ」リッグズが反論した。「本部でも、いくつかのトリックはわかっています。ですが、自殺の筋書きは、きわめて慎重に練られた。昨日の〝事故〟にしても、そうです。あなたの敵は、妙案の持ち主です。あなたに見張りをつけて――」

「必要ありません」スコッティは、きっぱりと首を横に振った。「誰が、わたしを殺そうとしているのかわかりません」またしても、彼女の視線は、取り囲んだ面々を彷徨った。「でも、理由はわかっています。誰かが、ポッジを使い、彼の特殊な才能を利用して自分の目的を達成したがっていたんです。だから、わたしが邪魔だった。それこそ、わたしが最初から対抗してきたことだったのですから——ポッジを食い物にし、彼の力でのし上がるような真似をさせないことが。大勢の人たちが、わたしを腹立たしく思っていた——憎んでさえいた——のは、よく知られています。わたしが、彼らをポッジから遠ざけていましたからね。どうやら、そのうちの一人にとっては、それほど重要だったようですね——」

「あなたを殺すことが」スコッティが口ごもったので、リッグズが代わりに言った。

「ええ」スコッティはうなずいた。「ですから、もうわたしに危険はありません。ポッジが——」一瞬、感情が、スコッティの鉄壁の自制心に亀裂を生じさせた。彼女は瞼を閉じ、泣きだすまいと必死で唇を嚙んだ。だが、しばらくして、力ない声でつづけた。「ポッジが——亡くなったのですから、わたしを殺して得をする人間はいません」

「理にかなっているようですね」リッグズは折れた。「とはいうものの、事件が片づくまで、あなたに誰か一人つけましょう。まずは、あなたが、どういう理由で誰の邪魔になっているのか、手短に教えていただきたい。どこか二人きりになれる場所はありますか？　あなたの楽屋はどうです？」

リッグズは、スコッティのあとを袖に向かったが、出ていく途中で振り返った。

「ちょうどいい機会なので、みなさん、ご存じのことをもう一度思い出してみてはいかがでしょう」彼は提案した。「先ほどは記憶から抜け落ちていた役に立つ情報がないか。そして、自供なさりたい方がいらしたら、バウアーズが、喜んで記録します」

「妙な気分だよ」——スコッティとリッグズ警部が出ていってから、デイヴが、舞台につづく階段でわたしの隣に座った——「よくよく考えてみたら、何か月もいっしょに仕事をしてきた誰かが殺人犯だったとわかるなんてね。しかも、行き当たりばったりの、ついカッとなって起こした犯罪ではなくて、前もって慎重に計画して、二度も未遂に終わったかもしれないとは。ぼくも、スコッティと同じだ。とても信じられないよ、ことが起きてしまったなんて」

「驚いたわ」わたしは言った。「彼女が、警部に、みんなとの揉め事について話したがらなかったものだから。そのう、彼女、あなたたちの誰とも仲よくなかったでしょう。だから、あなたたち全員をつらい目に遭わせる機会を歓迎するんじゃないかと思ってしまう」

「ぼくらが抱えていた問題は」デイヴが答えた。「数時間前は、とても重要に思われた。でも、みんなで殺人事件に立ち向かっている今となっては、ぼくらの諍いなど、スコッティも言っていたように――些細なことだった。彼女にとってはなおさらだ。彼女は、普段とあまり変わっていないように思われるかもしれないが、ここにいたときの彼女を見たかい？　話していたときじゃないよ、あのときは自分をしっかり保っていたからね。どちらかというと落ち着いて、ここに一人でぽつんと座っていたときだ。少しとろんとした目をして、歯を嚙みしめていないと、顎が微かに震えていた。かなり衝撃を受けていた」

「そうでしょうね。どうのこうの言っても、ポッジさんは、彼女の元夫だったんですもの」

「そうだよな。それに、今も、彼女には大切な人だった。ぼくたちが想像している以上にね。彼女は、人前で感情をさらけ出すタイプじゃない。ワッと泣きだして乗り越えるなんてできないんだ」デイヴは、ハラハラと涙を流しているベスにちらっと目をやった。彼女は、オーケストラの指揮者に慰められていた。「それでも、彼女なりのやり方で、ベスにできたよりも心からポッジのことを心配していたんだと思う。彼女は今、くじけそうなはずだよ。ことによると、まったく何も話さないですめばいいと思っているのかもしれない」

「それでも、リッグズ警部が、洗いざらい話させるんじゃないかしら」

「もちろんさ。それが、彼の仕事だからね。彼女は、最初から隠し立てしないほうがよかったんじゃないのかな。結果は、どうせ同じだろうからね。実は、メリッサ、ぼくたちはみんな、ダチョウのように行動してきたんだ。毒が、ポッジではなくてスコッティに盛られたことが、いずれ必ず明るみに出るとわかっていた。それなのに、ポッジがまずいことになってしまったとき、みんなは潔白だったから、誰一人、捜査を正しい方向に切り替えさせ、ぼくらの誰かに向かわせる勇気がなかった。みんなが、少しばかり時間つぶしをしていたんだが、警察の目をくらませることから満足を得る何かが、法律にもっとも従順に従う国民にさえあるようだね。まして――」

「なるほど、ジャクソン――」アルが階段を上ってきて、わたしたちのあいだに無理やり入り込んだ。「何もかも突き止めたのか？　犯人は誰なんだ？」

「推測するつもりはない」

「俺は推測させてもらうよ」アルが、きっぱり言った。「さっさと答えを出して、こっちのプレッシャーを軽くしたいんでね。殺人の嫌疑につきまとわれるなんてはじめてだから、いい気分はしていない」

「同じ思いをしているやつは大勢いる」デイヴが言った。「スコッティが、ぼくたちそれぞれの動機を提供できる。見方によれば、それは、殺人犯にとって好都合だ。ほかのやつらより、自分が少しも目立たずにすむからね」

「気の毒だが、そいつの幸運もそれまでだな。今ごろは、しょげ返ってるだろうよ。スコッティを狙ったってのに、ポッジをやっちまったんだ——とんだしくじりだ！　それに、巧妙な自殺のからくりも、すっかりダメになっちまったんだからさ。そいつの窮地のど真ん中に俺を巻き込むような真似さえしなければ、気の毒に思ってやったかもしれんのに。冗談じゃない、ジャクソン、おまえは誰が臭いと思う？」

「誰も」デイヴが、そっけなく言った。「それは警察の仕事で、ぼくの仕事ではない」

「俺の見方はこうだ」アルが、判事のように言った。「やったのは俺じゃないし、おまえもやってないと思う。ヴィヴは、それだけの思慮分別がないし、ギングリッチは根性がない。残るは、デュルシュタインだな。どう思う、ジャクソン？　俺の言うとおりだろう、あの男ならためらわずに——」

「言っただろう」デイヴが遮った。「証拠もないのに、推測などしたくない。殺人は重大犯罪なんだぞ、確信もないのに烙印を押すなんてできない。それに、ぼくは、探偵には向いていない。だから、当て推量を楽しみたいなら、別の相棒を探せ」

「マラッシズが、相棒になってくれるんじゃないのかな」アルは、デイヴに背を向けた。「あんたは第三者だ。実際問題、現時点ではこの劇場で疑われていないのはあんただけだ。この二日間にあんたが取ってきたメモが、重要な手がかりに繋がるに違いない。どうだい？　あんたなら、誰に殺人犯の烙印を押す？」

「そういう種類のメモは取っていませんでしたから」わたしは、はぐらかした。

「そうだろうとも。かかりつけの歯医者で見た〈エンタープライズ〉が、おおよその見本ならそうだろうね。生彩を欠いていた。大衆向けの雑誌の仕事をしているんだとしたら、どんな記事を書かなきゃならんかな。〈エンタープライズ〉が殺人事件に興味がないのなら、興味のある人間を探すとするか。あんたが記事を書いたら、俺に行商をさせてくれ。おい！」アルは、わたしの鼻先で指をパチッと鳴らした。「アルシーに、ほんとにいい考えが閃いたんだ。俺がほしいのは、殺人犯が一人称で語る記事の独占権さ。大きな市場が期待できるぜ！　新聞に雑誌、ラジオ、テレビ——お嬢さん、一財産築けるぜ」

「だが、まず」デイヴが言った。「その殺人犯とやらを捕まえろ」

「そうなんだよな」アルの意気ごみもしぼんでしまった。「それに、捕まっちまったら、俺はあっけなく踏みつけにされちまう。そいつが何者かを誰も突き止めないうちに、そいつに行き着かないとな。くそったれ、ジャクソン、そうお高くとまってないで、名前を挙げるのを手伝ってくれよ。俺が、百万ドルのうちの十パーセントを失えばいいと思ってるんだろう？　いや、ここのみんなに仮契約にサインしてもらえるかもしれんな。ほら——『殺人を犯したのは、わたしです。逮捕された場合には、ウェイマーをわたしの代理人とします』とか何とか。そういう書類にサインする気はないかい、ジャクソン？」

「率直に言って、ないね。それに、殺人犯のサインを貰える可能性も少ないと思うよ。財産を摑み損ねるんじゃないのかい、アル」

「まあいいさ」アルは、肩をすくめた。「別の手を考えるよ。そろそろ全員が、妙案を練るときなんじゃないのか。こんりんざいテレビには出られないんだからさ」

「今まで、それについては考えるゆとりがなかったが」デイヴは言った。「もちろん、きみの言うとおりだね。ぼくらの来週のスポット放送のために、彼らが何を掻き集めようと、ぼくらには出番はないだろうな」

「それだけじゃない」アルが言い足した。「この殺人事件が解決する前に、せいぜい別の仕事を見つけるこったな。アナウンサーであれ、歌手であれ、何であれ、誰もほしがりゃしない。ポッジ・オニールの番組に出ていた人間かもしれないと、一握りの一般視聴者にでも思われるようなやつはな。今夜、追悼演説をしたとき、ジャクソン、おまえは、俺たち全員の墓について話していたのさ。ついでに言わせてもらえば、あれは、なかなかの熱弁だった」

「ありがとう」デイヴが言った。

「台本もなければ、じっくり考える時間もなかったのに、あんなに立派にやれるとは思わなかった。ここにじんと来た」アルは、胸を叩いた。「本当に心を引きつけるものがあった。みんな、あの演説を忘れないだろうから、この殺人の容疑を切り抜けられたら、そいつが役に立つだろう。だが今は、スコッティが、疑いを言いふらしているのは、まず間違いない。想像はつくさ、あの」――アルは言葉を切ってゴクリと唾を飲み、甘ったるい口調でつづけた――「あの魅力的なご婦人が、俺たちのことをどう言っているか。誤解しないでくれよ、ジャクソン。現状からして、俺が、スコッティにあまり関心がないなどとは思われたくない。ただな――」

「アル！」ヴィヴィアンが、後ろから横柄に大きな声で言った。「話があるんだけど」

「そうかい、ベイビー。こっちへ来て、加わったらどうだ。誰がニコチンを入れたかという新しいゲームをしているところなんで――」

「よしてよ！」ヴィヴィアンは、金切り声を上げた。「もう、信じられない。ポッジが死んで、みんなが逮捕されようとしてるって考えたら、道化役を演じてる場合じゃないってわかってもよさそうなもんなのに」

「それは違うよ、ベイビー。真っ暗闇の状況になったときこそ、ちょっとした道化芝居が一番役に立つのさ。何をイライラしているんだい?」

「話があるの」ヴィヴィアンは、もう一度言った。「二人きりで。さあ、立って」

「みんな仲間じゃないか」アルは冷静に言ったが、さっと立ち上がった。「すまんな、ご両人。ヴィヴが、バウアーズ兄さんに報告する前に、自白の稽古をしたがってるんでね」

「ふざけないで」ヴィヴィアンはいきり立った。「呆れたわ、どうして、あんたって人は――」

「まあ、落ち着け」アルは彼女の腕を取り、舞台奥に引っ張っていった。「おまえがやったとは、誰も思っちゃいない。毒入りの瓶と遺書を使った手を練るには、頭がいる。だから、おまえに疑いはかからないよ」

「本当なの?」わたしは、デイヴに尋ねた。「誰がやったのか警察が突き止めるまで、あなたたち全員に嫌疑がかかっているの? でも、みんながわかっているはずよ、あなたにかぎって――」

「誰にも何もわからない」デイヴは、両手を開いて上に向けた。「ぼくは、瓶に手を加えるチャンスが誰よりもあった。まだ明らかになっていないが、もっともな理由もあった。それに、ぼくは――」と、安心させようとしたのか、いきなり微笑んだ。「そんなに驚いた顔をしないでくれよ、メリッサ。ぼくは、ポッジを殺していない。アルといっしょになって悪口を言う気になれなかった理由を説明しているだけさ。だが、自分がガラス張りの家にいたら、石が飛ぶ原因は作らないというのも古くからある現実的な提言だ」

「あなたは思っているの――」わたしは言いかけたが、ギングリッチに邪魔をされた。彼は、わたしのハンドバッグを持っていた。

「床に落ちているのをデュルシュタインが見つけたそうだ」ギングリッチは、ベスが一人で座っているあたりを手振りで示した。「きみが持っているのを見かけたのと似ていたので――」

「わたしのです」わたしは答えた。「ありがとうございます」デイヴがあいだにいたので、バッグを受け取って渡してくれた。「落としたのは気づいていました。あとで拾いにいくつもりだったんです」

「何も取られていないと思うよ」ギングリッチは冗談を飛ばしたが、そんなことに興味がないのは明らかだった。「警察だらけだからね」そして、話題を急に変えた。「彼女、何を話していると思う？」

「きみが一番よくわかっているんじゃないのかな」デイヴが答えた。

「そのとおりさ」ギングリッチの緊張が、少しばかり哀れを誘った。「そうさ、彼女が何を話さなければならないかを、みんなが充分わかっていると思う。だが、まったくもう、その一つとして彼が真に受けるはずがない。彼女がいちいち干渉しないほうがポッジとうまく仕事ができると思っていた人間が、確かにぼくらのなかにいたかもしれないよ。だが、それは犯罪か？　つまり、それは厳密に商売上の提案だったということだ。そして、たとえリッグズが、それを理由に何者かがスコッティを殺そうとしたんだと推測しても――まあ、それはまったく筋が通らない」

「そうかもしれないね」デイヴが穏やかに言った。「それにしても、フルーツジュースに毒が入っていたんだよ。ほんの数分でポッジを殺せるほどの量がね。だから、誰かが殺人を考えていたんだ。その問題は回避できない。何者かに、スコッティを排除したいという、ぼくらが知っている人間よりも強い動機があったと思うのかい？　個人的な動機とか？」

「まさか」ギングリッチは、怯えたウサギのように持論を引っ込めた。「まったく何も考えちゃいない。ただ思っただけさ――そのう、スコッティとほかの仲間のあいだに起こったことを何もかも吟味に吟味を重ねなければならないのなら、無実の人間も犯人と同じくらい大変な目に遭うとね——少なくとも、犯人が捕まるまでは。こんな話ばかりしなければならないのが残念でならない」

「残念なのは、事件が起きてしまったことだろう」デイヴが言い返した。「だが、噂については、殺人犯を責められないよ。そんなつもりはなかったのだろうからね。目論みどおりスコッティが死んで、自殺として処理されていれば、ほかの誰もちっとも問題なかっただろうから」

「そのとおりだ」ギングリッチが不平をこぼした。「ポッジが、台本どおりにやってくれてさえいれば——だからって、スコッティが死ななかったのが嬉しくないと言っているんじゃないが、行き着くところまで行っていれば——」と、大胆に頭をのけ反らせた。「彼らの一人だったに違いないから、ぼくは否定しないが——」彼の一瞬の挑戦的な態度は崩れた。「ぼくが、スコッティに何か起きるのを望んでいたなどと思わないでくれよ。それでも、自殺なら——まあ、ことはもっと単純だっただろう?」

「ずっと単純だっただろうね」デイヴも同感だった。「誰にとっても」

「きみは、思っていないよな?」——ギングリッチが、少しばかり元気になった——「ポッジが自分でやったとは。医者が、ニコチンは、殺人よりも自殺によく使われると言っていた。ポッジが、自分でジュースに入れて、そもそもスコッティからそれを取り上げる計画だった可能性もある」

「ポッジが?」デイヴが、冷笑するような口調で言った。

「いや、まさかな」ギングリッチは、またしてもげんなりした。「ポッジにかぎって。まあ、警察なりのやり方で解明してもらうしかなさそうだな」

「そのようだね」

「アドリブを禁止する規則を設けるべきだ」ギングリッチは、明らかに無関係なことを口走った。「ラジオではかまわないかもしれんが、テレビでは、すべてを混乱させてしまう。次に何が起きるかわからないってのに、何台ものカメラの焦点をずっと合わせておくなど至難の業だ。コメディアンが、リハーサルどおりのネタを守ってくれさえすれば、かなりの手間が省けるだろうに。今度のことが、いい教訓になるんじゃないのかな」

「そうかもしれないね」デイヴが訝しげに見ると、しばらくしてプロデューサーは視線を落とし、何やらもごもご言いながら立ち去った。

「ギングリッチもかわいそうだよな」デイヴが言った。「彼も、そろそろ限界だ。広告主は、きっと彼をすぐにでも真っ二つに引き裂くだろう。番組が台無しになり、スターが死んでしまったんだ。彼のキャリアも、すっかり穴だらけになろうとしているばかりか、殺人の容疑までかけられているかもしれない。支離滅裂なことを言うのも無理はないよ。今は、自分が何を言っているのかほとんどわかっていないんだろうから、ぼくは驚かないし――」

「ギングリッチに同情の無駄遣いなどするな」アルが、また階段に腰かけた。「問題を抱えてるのはこっちのほうだ。ヴィヴが不安がってるんだ。スコッティに、フルーティーファイヴを飲んだらどうかと提案したのは自分だと、思い出しちまってね。警察が、それにいちゃもんをつけるんじゃないかと心配してる。だから、俺が彼女の罪をかぶってやらにゃならん」

「罪をかぶってやる？」

「提案しろと俺に言われて、彼女は従っただけだと説明するのさ」

「本当にそうだったのか？　それとも、紳士的な態度に出ようとしているだけなのか？」

「ああ、もちろん、俺のアイディアさ。上出来だっただろ？　毒のことじゃないぜ——誤解しないでくれよな。だが、もともと思いついたのは俺で、えらくいいアイディアだった。スコッティの松葉杖のダンスを見たことがあってな、膝が利かないんじゃ、ほんの数ステップしか踏めないとわかってた。だが、俺はさ、あの膝でも彼女はできるだけのことをするために、何としても自分を演技に組み込む気だと見た。それでも、多少は時間が余るだろうから、それをデュルシュタインかヴィヴに使わせようと思った。松葉杖の演技をしたらどうかとヴィヴが教えてやれば、二人のことが嫌いなスコッティもさすがに感謝して、時間を使わせてくれるんじゃないかとね。いい予感がしたし、効果覿面だった。

だが、難問は、その説明をリッグズがどう受け取ると思う？」

「ぼくは信じるよ」デイヴが答えた。

「嘘偽りはない」アルが、強硬に言い張った。「だが、アンポンタンがデカにありきたりの言い訳をしているような気分になるだろうな。リッグズは、あの演技がどう考え出されたかになど興味はないと、ヴィヴに言ってやったんだ。それなのに、俺が話さないなら、自分で話すと言って聞かなくてね。それに、俺の口から出たほうが聞こえがよさそうだ。リッグズの前であいつを自由に行動させたら何をやらかすか、わかったもんじゃない」

「今がチャンスだ」デイヴが、袖を振り返った。「警部が戻ってきたよ」

「そうかなあ？」アルは、そそくさと立ち上がった。「それなら、ヴィヴが痺れを切らさないうちに、職務遂行といくか」と、わたしたちから離れ、スコッティの後ろから舞台に戻ってきていたリッグズに近づいた。「ちょっと、警部」アルの声に、空元気にすぎなかった。「お話ししたいのですが。大したことではありません。はっきりさせておいたほうがいい、些細なことがありましてね」リッグズのところまで行くと、アルは、秘密を打ち明けるかのように声を潜めた。

わたしたちは、振り返って二人の顔を見つめた――アルは、本当に動揺しているような表情、リッグズは、退屈をじっと我慢しているようなうつろな表情をしていた。アルは話し終え、もう下がってよいと言われたらしく、面談がうまくいかなかったのか顔をしかめてステージを横切った。そのとき、驚いたことに、警部がわたしの名前を呼んだ。舞台で警部に会ってはじめて、警部が必要としていたのがわたしのメモ帳だとわかった。

「それがあれば、ここの装備が、どんなふうに作用するのか理解しやすいかもしれませんので」警部は説明した。「二、三日貸していただきたい」

そこで、ハンドバッグを取りにデイヴのところへ戻ってようやく、メモ帳がなくなっているのに気がついた。最初はリッグズも、なくなったことを深刻に受け止めなかった。そして、わたしがバッグを落とした座席の並びと、メモ帳を見たとわたしが記憶していた最後の場所である調整室を通常どおり捜査するよう指示した。それから部下に、わたしがメモ帳を紛失したかもしれない場所を隈なく探させた。

「何か情報をお持ちなのではありませんか?」警部は、わたしに尋ねた。「何者かが、あなたのメモ帳を盗む価値のあるような情報を。我々が殺人犯を突き止めるのに役立つかもしれない事実をご存じなのでは?」

「見当もつきません」わたしは答えた。「でも、番組が始まる直前にバッグに入れて、しっかり締めたのは確かです。メモ帳が飛び出してしまったとすれば、バッグを落としたときだけですのに、そこの床にないなんて、いったいどうしたんでしょう」

事情を尋ねられたグレイ・デュルシュタインが、床に落ちているのを見つけたのはバッグだけで、拾ったとき、口はしっかり閉まっていたと答えた。その後、警部の部下が、舞台裏の床で見つけたメモ帳を持って戻ってきた。わたしは、些細なことで大騒ぎを起こしてしまったので多少ばからしく感じたが、やがて、わたしが記録したページがすべて引きちぎられているとわかった。

「もう探しても無駄だ」リッグズは判断した。「そんな薄っぺらい紙なら、簡単に処分できる。とっくに燃やすなり、飲み込むなり、下水に流すなりしただろう。それにしても、わからんなあ、なぜだ？　メモ帳に書かれていた内容は、あなたに聞けば何もかもわかる。ここに二日しかいなかったのだから、大して苦労しなくとも、書き留めたことをすべて思い出せるはずです。あなたが、まだ近くにいるというのに、メモを破棄して何の役に立つというのでしょう？」

泥棒は殺人とは無関係なのかもしれないとしか、わたしには言えなかった。世間に知れ渡るのをどうしても避けたい人が、メモがなければ記事を書けないだろうと思ってメモ帳を盗んだのかもしれないと。

「その可能性もありますね」警部は、顔をしかめて考え込んだ。「実を言うと、今まではあなたの情報には大して関心がありませんでした。だが、何者かが、その情報をほしがったのならば、わたしもほしい。すべて——あるいは、そのおおよそでもいいのですが——紙に起こして、明日までに提出していただけませんか？」

わたしが承諾すると、警部は、バウアーズ警部補と短い打ち合わせをしにいった。だが、あとで戻ってきて、殺人の手がかりになるかもしれないことを、何でもいいから、何か知らないかと尋ねた。そして今度も、わたしは、番組関係者と過ごした二日間で得た雑学的知識を心のなかで分類し、ありのままに伝え、スコッティ自身が警部に説明したこと以外、彼女を殺す理由は知らないと答えた。その後、警部は、集まった面々に手短に、皮肉交じりの口調で協力に感謝し、誰も街を離れないよう忠告してから、またすぐに連絡すると念を押した。そのうえで、全員帰宅してよろしいと、待ちわびた言葉を言ってくれた。みんなは、急いで荷物をまとめた。

「忘れないでください、コルヴィンさん」警部は、デイヴと立ち去ろうとするわたしに声をかけた。「メモ帳の内容を書き起こして、明日の朝持ってきてくださる約束を」

わたしはうなずき、そのまま出口に向かった。

「もう一点」警部は、わたしを呼び戻した。そして、デイヴがためらうと、出ていってよいと手で合図した。「ほかの方たちは、もう結構です。大切なことを、コルヴィンさんに確認したいのでね」

そのうえで、警部は言った。「探偵小説をお読みでしたら、最初のタクシーには乗るな、というのが殺人事件に巻き込まれた人間の習わしだとご存じですね。まあ、それは忘れてください。外へ出られたら、タクシーが一台近づいてきますので、それに乗っていただきたい。殺人捜査課の者が運転していますので、ご自宅まで無事にお送りします。別の部下が、すでにあなたのアパートに向かっています。アパートに到着後はその者が引き継ぎ、明朝まで、あなたが問題に巻き込まれないようにするのが彼の仕事です」

「問題って?」

「何者かが、おみやげにあなたのメモ帳を引きちぎったのかもしれない。ことによると、持ち去ったのは、あなたがおっしゃった——宣伝嫌いかもしれません。ですが、殺人犯は、あなたが何かを知っていると思っているのかもしれず、その場合、メモ帳の窃盗は、あなたの知っていることを明るみに出させないための第一歩にすぎません。ひょっとすると、あなたは、何らかの危険な事柄を記録したのに、今はその内容を忘れている可能性もあります。ですが、その何者かは、あなたがそれを明日思い出すのではないかと思っているのかもしれません。おとりになっていただけませんか？」

「えっ、ええ」わたしは、確信も持てぬまま答えた。

「大げさに言いましたからね」――いささか申し訳なさそうな口調だった――「メモ帳の写しを明日、提出していただく件ですよ。殺人犯の時間のゆとりを短くしたかったものですからね。メモ帳を盗んだからには、犯人は、知りすぎた人間としてあなたをマークしている。ですから、それについて話したところで、あなたにそれ以上の危険はおよばない。ですが、我々が警戒しているあいだに、犯人が行動を急ぐかもしれません。我々は、あなたを守ることができますし、それによって手がかりを得られるかもしれません。おわかりいただけましたか？」

「わかりました」わたしは、弱々しく答えた。

「では、始めましょう。いいですか、近づいてきた最初のタクシーに乗るんですよ。そして、誰にも言ってはなりません――重ねて申し上げます、誰にもです――護衛がついていると。犯人が、怖がって逃げてしまうといけませんからね。それから――注意してください」

わたしは、警部に微笑もうとしたが、笑顔が浮かばなかった。胃が妙に重苦しく、精神を集中していないと、重い足を引きずるように舞台を離れ、楽屋口につづく廊下を歩けなかった。狂気の沙汰だわ、と心が言っていた。怖がってもよさそうなものよね。そして、ばかばかしいったらない、と思った。わたしを襲いたくなるような情報なんて持っていないのに。リッグズだって、持っていると本当に信じているわけではないのに、万全の警戒をし、あらゆる先例に倣うのが彼の仕事なのよ。それでも、わたしを家に送り届ける警官が外で待っていて、一晩中、別の警官がアパートにいて、二人とも、わたしを殺そうとする人間を見張り、それを阻止することで、ポッジを毒殺した人間を捕まえられるのではないかと期待しているとわかっていた——そう思っただけで、お腹から力が抜けていくような、軽い痺れを感じた。だから、楽屋口を引き開けると、ドアの脇の暗がりに一人の男性がいたので驚いてしまい、引きつった、短い悲鳴を上げた——とはいえ、息が止まりそうだったので大きくはなかった。そして、その声に振り返った男性がデイヴだとわかり、安堵のあまり、箍(たが)が外れたように笑った。

第八章

「さんざんな一日だったね」デイヴが、心配そうに見下ろした。「一杯やって興奮を鎮めたほうがいい」

「ありがとう」わたしは答えた。「でも、すぐに帰らなければならないの」タクシーが、歩道脇に停まったので、警察の護衛について説明しそうになったが、リッグズの「誰にも」にデイヴも含まれると気がついた。

「乗りますか、お嬢さん?」運転手が言ったが、デイヴは首を横に振った。

「八番街を曲がったところに、話のできる小さなバーがあるんだ」デイヴは、わたしの手を取って自分の腕にかけた。「そこで――」

「でもルームメイトが」わたしは、断ろうとした。「彼女、番組を見ていたので、ポッジが毒殺されたのも見たはずよ。わたしがどうなったか、心配しているわ。だから、ダメよ――」

「乗りますか?」タクシーの運転手が、しつこく繰り返した。

「いや、歩いていく」デイヴが断り、わたしを振り返った。「バーから電話をすればいい。二、三話したいことがあるので、そのあとで――」

「明日、電話して」わたしは腕を引き抜いて、タクシーに近づいた。「ほっ――ほんとに、帰らなくちゃならないの」運転手がドアを開けたので、わたしは乗り込んだ。すると、デイヴも乗り込み、わたしが行先を告げている間にドアを閉めてしまった。

「それなら、送っていくよ」デイヴは従順に言った。「もう決めているようだから」

「ほんとに」わたしは言った。「送ってくれる必要はないわ」

「必要はないね」彼も認めた。「だが、そうしたいんだ。ゆうべ送っていくつもりだったのに、一日遅れだね。待ちぼうけを食わせたから怒っているの、メリッサ？　だから、そんなに――そんなによそよそしいのかい？」

「そんなはずないでしょ。どうってことなかったわ。とにかく、ゆうべが、百年も前みたいな気がする」

「だけど、何か変だよ」デイヴは言い張った。「昨日のきみと、全然違う。他人行儀だ。何かあったはずだ――情けない、ぼくとしたことが大バカ者だ！　そうだよな、きみは動転しているんだ。人は、死に慣れっこになってしまうものだが、たとえそうだとしても、死に対して鈍感になるまでは、ショックを受けるというのを忘れていた。人が突然死ぬのを目の当たりにしたのは、今度がはじめてだったんだね」

「ええ」わたしは、こちらの気分についてのその安直な説明に飛びついた。「だから――そのう、それについては話す気がしないの」

「そうだよな」彼は、膝に置いていたわたしの手を取り、わたしの指に指を絡ませて、同情するように黙り込んだ。わたしは、ひねくれ者の自分が嫌になった。デイヴのせいじゃない。あのリッグズが怖いのよ、と自分を責めた。デイヴを邪険にする筋合いなんてないじゃないの。彼は、優しく、力になろうとしてくれているのに。だから、彼の手を握り返した。すると、彼は、もっと身を寄せてきた。

「わたしのことは、気にしないで」わたしは、引きつった笑顔を浮かべた。「ぴりぴりしているだけだから」

「当たり前だよ」デイヴは、力づけるように微笑み返した。「さっきリッグズに気に障(さわ)ることでも言われたのかい？」

「あら、まさか」わたしは嘘をついた。「わたしのメモ帳について、もう少し尋ねられただけよ。話すことは何もなかったわ」

「奇妙だよな、盗まれたなんて。思い当たらないのかい、何かきみが――」

「ないわ」わたしは遮った。「思い当たらないのよね。それに、そのことは話したくないわ」

「もちろん、自分の雑談を警察のために記録されたがらない理由もわかるよ。たとえば、ぼくにしたって、スコッティがとても不幸だということについて、ゆうべした話だけど――警察は、ぼくが、彼女の自殺の根拠を作ろうとしていたと思うかもしれない。そしたら、ぼくは――」

わたしの前に座っている運転手の肩が、興味ありげに強張ったように思えた。

「お願い」わたしは、必死だった。「静かにして。あなたに話さなければならないことがあるの」

タクシーが急に進路を変え、運転手が乱暴にギアを入れたので、警告だと思った。警察の護衛について彼に教えたら、まるで彼が犯人だと、わたしが思い込んでいるように見えると思うと惨めになった。それに、わたしはそう思ってなどいない――いないのに。でも、教えなければ、彼は、このまま話しつづけて、彼に不利な形で警察が使うようなことを口走ってしまうかもしれない。とにかく話題を変えて、人に聞かれても困らないような内容に持っていかなければ。

「そうなの？」デイヴが、つづきを促した。「ぼくに話したいことって――」

「そのう――もっと前に説明するべきだったんだけど――ただね、わたし――」わたしは、思い切って白状してしまおうと腹を括った。その途端、すらすらと言葉が出てきた。「本当は〈エンタープライズ〉の記事なんか書いていないの。ただの調査助手でしかないのよ。取材をするだけで、それを基にして記事を書くのは、ほかの人。だから、あんな詳しいメモを取っていたの。仕事上、何が重要で、何が重要でないかについて、わたしは判断してはならなくて、見聞きしたことすべてをひたすら書き留めるだけで、選別するのは編集者。雑誌に何を掲載するかについて、わたしはまったく権限がないの」

「メリッサ、バカだな」デイヴは笑い声を上げたが、優しさがあった。「そんなことで悩んでいたのかい？　調査係だからって、別に悪いことじゃない。大きな雑誌の運営形態はわかっている。きみが、編集長だとは思っていなかったよ」

「でも、大物に見せかけて、あなたが、わたしの要求に全力で応じてくれるように騙したわ。実は――」話しだしたからには、何もかも打ち明けたほうがいいと決心した。会話を安全な方向に保つには、それしかなかった。「あなたに仕返ししようなんて、とんでもないことを考えていたの」

「仕返し？」デイヴは、困惑して眉をひそめた。「きみを傷つけるようなことを、ぼくがしたの？」

「覚えていないでしょうね。とてもばかげた話に聞こえるでしょうけれど、当時のわたしにとっては、とても大切に感じられたの。学生時代に、あなた、わたしをパーティーに招待してくれたのに、お開きになるずっと前に、ある言い訳をして家に送り届けてしまったの。わたし、とても傷ついたのよ」

「覚えているとも、メリッサ」デイヴは真顔だった。「あの夜のことは、よく覚えている。なぜあんなに早く切り上げてしまったのか知りたい？」

「退屈したからでしょう？」

「笑わせないでくれよ」彼は言った。「そんなふうに考えていたとはね。なぜかというと――そのう、ぼくが大学でどんな感じだったかわかっているだろう。あまり人づきあいがよくなかったし、クラスにもまったく馴染めなかった。そのうえ、行きたいところに行く時間がほとんどなかった――交際に費やす時間もね。ところがあの日、いっしょにコーヒーを飲んで、意気投合したように思えた。きみもそう感じたと思った。それに、話していてとても楽しかったので、自分は間違っている、胸襟を開いて少しは時間を無駄にするべきだと思った。だから、パーティーに来てくれと頼んだんだ」

「そしたら、もっと大きな間違いだったとわかったのね」

「自分がどんなパーティーになるのを期待していたのかはわからない。パーティーに行って、テーブルに座ってじっくり話をするといった、くだらない場面でも思い描いていたんだろうね。ところが、行ってみたら、ダンスパーティーだった。そしたら、きみは若くて陽気だから、ダンスをしたいだろうなと気がついた。それなのに、ぼくは年上で陰気で」――デイヴは、無意識に自分の膝に手を持っていった――「踊れなかった。きみが、惨めな夜を過ごすだろうと思ったから、パーティーを抜け出す手っ取り早い方法を見つけるのがぼくの役目のように感じた」

「そして、それをちゃんと実行した。オールバニー行きの早い列車に乗らなければならないと言ったわ」

「あっ」彼は、不意に気づいたといった表情でこちらを見た。「そうか、ゆうべきみが思い出していたのは、そのことだったんだね。何て言ったかな？　スローガンのようなもの。オールバニーは、ぼくの故郷でね。家族が、今もそこに住んでいる。だが、あの週末は帰らなかった。飽き飽きするデートからきみを解放してあげるための口実にすぎなかった」

「それなのに、わたしは、見下されたと思ったのよ。あれからずっと、その心の傷を引きずってきたわ。それで、そのお返しに見下してやるいい機会を掴んだと思った。だから、自分が、あなたを大々的に宣伝してあげられる影響力のあるライターだという間違った印象を与えようと必死だったの」

「告白タイムみたいだから」――デイヴは、自嘲するように微笑んだ――「ぼくも間違った印象を与えようとしてきたのを認めないと。ぼくに関心があるのは、おもにライターとしてのきみだという印象をね。理由は聞かないでくれよ。理解できないだろうから」

「でも、どうしてあなたは――」わたしは、その言葉を無視していた。

「クラスメイトだったころとは、状況が変わってしまった」デイヴは、わたしにというよりも自分自身に対しての説明を考えているようだった。「一つには、ぼくは自信がついて、以前よりも世間と歩調を合わせられるようになった。ところが、きみとの再会は――きみは、逆戻りと呼ぶんだろうな。きみといると、全然落ち着けなかった。学生時代がどんなだったか、自分が、どれほど社会のはみ出し者だったかを思い出したからね。仕事上の理由でぼくを訪ねてくれた有力誌の記者としてのきみににいる安定感のようなものが得られた。何を言おうとしているのか、そもそもわかるかな?」

注意を向けることで、何かしら拠りどころというか、一人の人間としてのきみにあまり気を取られず

「わかるような気が」わたしは一呼吸置いた。「少しだけ」

「問題は」デイヴはつづけた。「ぼくが、四年前に状況をめちゃくちゃにしてしまったことだ。その、きみを侮辱したとは、今の今まで気づかなかったんだよ。自分が楽観的すぎたと思い、きみがや

けに他人行儀なのは、ぼくに関心があるからだと思って自分をごまかし、せっかちになりすぎてチャンスをすべて棒に振ってしまった。ぼくは、決心したんだ――二度目のチャンスが摑めそうに見えたときにね――今度こそ、もっと慎重になろうと。だから、きみの雑誌を大げさに宣伝したんだ。実は、きみが、〈エンタープライズ〉の発行元だろうが、〈ジャイアント・コミックス〉の漫画家だろうが、どうでもよかった。でも、そうすれば、きみへの関心を示す口実になった。逆に、きみがぼくに関心を持ってくれていないとわかっても恥ずかしい思いをしないですむような口実にね。今、こうして説明しているのは」――彼の視線が、わたしの視線を捉えて釘づけにした――「ぼくに関心を持ってくれている、そんなとんでもない気がしているからなんだ」

わたしも彼を見つめたが、返す言葉が見つからなかった。

「どうなの、メリッサ?」デイヴは、目を細めた。その懐かしい微笑みに似た表情に、わたしは胸の疼きを覚えた。「ぼくが、まだ楽観的すぎるのかな?」

わたしの返事が必要だったのだとすれば、それは顔を見ればわかり――どちらも動いたとは思われなかったが、きっと二人とも動いたのだろう――デイヴが、わたしを抱きしめ、唇をわたしの唇にぎゅっと重ねた。わたしは、溜飲が下がったような、すべての問題が解決し、世間に何も問題がないかのようなくつろいだ気分をしばらく味わった。そのとき、車の何かしらの動きから、運転手に気づいた。その人が正規のタクシー運転手――普段の習慣から、車の一部としか考えないので、気にも留めない相手――ではなく、わたしを見張っている警察だという事実に、わたしは、不意に照れくさくなって体を強張らせた。

「どうしたんだい?」デイヴが、即座にわたしの変化を感じ取った。「何かあったの?」

「別に」わたしは答えた。だが、彼の首から手を下ろして、顔を少し背けた。

「体を引いてしまったじゃないか。さっきは抱き合って、しっくりいっていたのに。どうして離れてしまったんだい?」

「別に」わたしは、もう一度言った。「少し疲れてしまって」

「そうかなあ」彼は、頭を少しのけ反らせて、わたしの顔を見つめた。「たった今何か、きみに身を引かせ、黙らせてしまうような何かを考えたね。なぜなのか、わかるような気がする。今夜きみは、殺人を目撃したが、それをやった可能性があるのは、ほんの一握りの人間だ。ぼくも、その一握りに含まれる。だから、ぼくが殺人犯かもしれないと思っているかぎり、その可能性が多少なりともあるあいだは、できないんだろうね——」

「違う。そんなこと思っていないわ」わたしは、運転手の平然とした背中に向かって、金切り声に近い声で否定していた。「あなたがやったんじゃないと、わかっているわ。あなたには、できるはずがないもの。あなたは——」

「ずいぶん、語気が強いね。自分に言い聞かせるのが、そんなに難しいのかな?」

「ばかなこと言わないでよ」わたしは、噛みつくように言った。「あなたは——」

「ばかなことかい、ダーリン? 本当は思い出したんじゃないのかな——おそらく意識的にではないにせよ、心の奥底にあるんじゃないのかい——ぼくが言ったいくつかのことが——」

わたしは、彼の唇に唇を重ねた。話すのをやめさせるには、それしか方法がなかった。それなのに、つい先ほどの気持ちを思い出そうとしつつも、何も変わってなどいないと彼を納得させようとキスをしながらも、リッグズの問いかけが、わたしの心の片隅を苛(さいな)みはじめた。あなたが、まだ近くにいるのに、メモを破棄して何の役に立つというのだろう、そうリッグズは尋ねていた。一つの答え――望まれざる、歓迎されざる、信じがたい答え――は、警察にメモ帳を見せてくれと頼まれたら渡していただろうからというものだ。だが、メモが破棄された以上、もしわたしが誰かを大事に思っているとしたら、その人の不利になる証拠を喜んで提供などしないだろう。この理論の裏づけとなるのは、リッグズのためにメモを書き起こすとき、デイヴを傷つけるような事柄をすべて念入りに削除すると自分でもわかっているということ。だから、それがデイヴの目的、それがわたしを抱きしめている理由なら……わたしは、両腕を彼の首筋にしかと回して彼に身を寄せ、こんな考えをすべて打ち消そうと執拗にキスをした。

とてもうまくいったので、タクシーがアパートの前に停まるまで、家に近づいているのに気づかなかった。デイヴから料金を受け取りながら、運転手が、非難がましい目でこちらを見たので、役に立つ方向へ進むかもしれない会話が始まるたびに、わたしが脱線させたとリッグズに報告するのだと思った。デイヴは、わたしと建物に入り、部屋までついてきたがった――「確認したいんだ」彼は説明した。「何も問題がないか」だが、わたしは――そこでわたしを待っている警察官の姿を思い描き――ルームメイトが不安がるといけないという理由で、きっぱり断った。するとデイヴは、明日の朝早く電話すると約束して帰っていった。

入っていくと、背の高い、やや浅黒い男性がエレベーターを待っていた。ほかの間借り人ではないと気づいたものの、こんな夜更けに誰を訪ねるつもりなのかと少し驚いた。神経が張り詰めていたので、悪の世界の臭いを察知してしまい、こんな狭い自動エレベーターに二人きりで閉じ込められると思っただけで、またパニックに襲われた。だが、やがて理性を取り戻し、ポッジの死に犯罪組織は関与していなかったのを思い出した。だから、エレベーターが来ると、その人より先に乗り込んだ。そして、行き先ボタンの並んだパネルの上に指をぶらつかせて問いかけるような視線を向けた相手に、ほとんど声を震わせることもなく行き先の階を告げた。男性は、言われた階のボタンを押し、ドアが閉まってから、こちらに向き直った。

「コルヴィンさんですね？」質問というよりも、断定的な言い方だった。うなずきながら、わたしの胸は早鐘を打ちはじめたが、殺人捜査課のアップルビー巡査部長だと名乗られて徐々に落ち着いていった。エレベーターに乗っているあいだに、アップルビーは、わたしの生活環境を尋ね、部屋のドアに近づきながらわたしが鍵を手探りすると、首を横に振って制止した。

「ルームメイトに開けさせたほうがいい」アップルビーはブザーを押し、謎めかして言った。「万一のため」

「どなた？」ジューンの声は、いつもよりも半オクターブ高かった。「メリッサなの？」

そうだ、とわたしが答えると、ジューンはドアを開けた。バスローブにスリッパ姿で、アップルビーを見るなり目を真ん丸にして、ラグカーラー（髪をウェーヴさせるために使う布切れ）に手をさっと当てた。

「あらまあ！」アップルビーを紹介すると、ジューンは言った。「逮捕されたのね！」

わたしが、詳細には触れず、証人として警察の護衛をつけてもらっているのだと説明すると、彼女は、さすがとでも言わんばかりにこちらを見た。

「あんたが証人ですって！　アーッ、大変だったでしょ？　ここで座ってテレビを見てたらさ、ポッジはとても素晴らしかったのに、いきなり――」ジューンは口ごもって一瞬、今にも泣きだしそうだった。「信じられなかったわよ。だから自分に言い聞かせたの、これはショーの一部で、すぐに説明があるわってね。それなのに――ああ、メリッサ、ポッジをもう見られないなんてとても信じられない。それに、あんたが、ずっとあそこにいたでしょう。どうして帰ってこないのかと、もう心配で心配で。警察に電話したのに、何も教えてくれなかったの。全部話してもらうからね、何もかも――」

「ちょっと」わたしは、立て板に水の話を遮った。経験から、延々とつづきかねないとわかっていた。

「アップルビー巡査部長が、部屋をお調べになりたいと思うので、話はそれからね」

「それは、どうも」アップルビーは、ありがたそうにわたしを見た。「出入りの方法を確認したいだけです」

そして、近くに非常階段も、簡単に窓に接近する手段もなく、クロゼットのなかや、家具に隠れて待ち伏せしている人間もいないとわかって満足した。出入口の場所に、アップルビーは、ことのほかご満悦だった。わたしたちの部屋は内側の角部屋で、廊下に通じるドアが、居間と台所の二か所にある。居間のドアは、エレベーターと階段に近く、台所のドアは角を曲がったところにある。つまり、アップルビーによれば、台所の外に立っていれば、エレベーターを下りてきても、階段で玄関に近づこうとしても、その人物には見えないが、音はよく聞こえる。助けを求めたらすぐに入れるように、わたしは、アップルビーに台所の鍵を渡した。そして、ジューンは、護衛の任務が少しでも楽になるようにと、よく考えたうえで布張りの椅子を提供した。

アップルビーが廊下に落ち着くやいなや、わたしはジューンに質問攻めにされ、二人で話し込み、とうとうわたしは、何が起きたのかをすべて――いや、ほぼすべて――話してしまった。そして、ようやく明かりを消したときにはへとへとだったが、神経が高ぶっていたのでなかなか寝つけなかった。だから、暗闇のなかで身を横たえてうつらうつらしていると、諸々の事柄――ポッジや殺人のこと、デイヴや明日のこと――が、次々に脳裏をよぎった。すると、電話の音――静寂を破る甲高い音――に、すっかり目が覚めた。

「コルヴィンさんですね？」わたしの「もしもし」に対して、リッグズ警部のきびきびした、急を知らせるような声が受話器から聞こえてきた。「大丈夫ですか？」

「ええ、もちろんです。何か――」

「そちらでは何も起きていませんね？　不穏な動きは何も？」

「はい」何のことやらと、わたしは少し驚いた。「アップルビー巡査部長が外にいらっしゃいますし、あたりはとても静かです。なぜ――」

「あなたのボーイフレンドも？　彼からその後連絡はありましたか？」

「ジャクソンさんでしたら」わたしは、強張った口調で答えた。運転していた警察官から得たに違いない、車内でのわたしたちについての詳細な説明を思うと戸惑ってしまった。「わたしを家まで送ってくれて、一人で帰りました。もちろん、そのあと、彼から連絡はありません」

「ふうむ」リッグズは言った。「わかりました。アップルビーは、優秀な男です。だが、危ない橋を渡ってはいけません。今夜は、誰が来てもドアを開けてはなりませんよ――親友のお母さんでもね。そして、妙な音がしたら、アップルビーを大声で呼んでください。わかりましたね？」

「はい」わたしは答えた。「でも――」

「それだけです。そちらで問題が起きていないのを確認したかっただけです。お騒がせして申し訳ありませんでした」

「待ってください――」説明もないまま、電話を切らせるわけにはいかなかった。「どうして電話をくださったんですか？　何かあったのでしょう。何が――」

「あなたが心配なさるようなことは何も。スコットさんが、また狙われたんです」

「誰かが、彼女をまた殺そうとしたんですか？　でも、思っていましたけれど――彼女にも警察がついていていなかったのですか？」

「いましたとも」リッグズは、身構えるような口調だった。「彼は、最善を尽くしたんです。家を調べたうえで、外でずっと警戒していました。彼の前を通った人間はいなかった。だが、スコットさんが、殺人犯ももう終わりだと確信し、あまり協力的ではなく、下の部屋と繋がっている階段の存在すら教えなかった。そちらのアパートは、そのような作りになっていませんね？」

「はい」わたしは答えた。「廊下からしか、入ってこられません。でも、スコッティさんは――彼女は――無事なのですか？」

「深刻な状態です。何者かにバルコニーから突き落とされましてね。八階からです。二階の日よけが多少なりとも落下を食い止め、即死を免れました。発見時点ではまだ息はありましたが、手の施しようがなかった。今わたしは、病院でしてね、医師の判断を待っているところです」

「つまり彼女は、もう――」

「医師の説明があるまでは、何とも言えません。だが、高所から硬い舗装道路への転落でしたからね。しかも、発見されるまで、かなり長時間そのまま倒れていた可能性もあります。何者にせよ、一気に突き落としたに違いありません。彼女が悲鳴を上げる間さえなかった――少なくとも外にいた警官に聞こえるだけの悲鳴を」

「何者にせよ」わたしは、おうむ返しに言った。「まだわかっていないのですか、誰が――」

「思い当たる節はいくつかあります」リッグズは、非難されているのを感じ取って、即座に答えた。

「でも、スコッティさんには言えませんよね、誰が――」

「彼女は今、話せる状態ではありません。意識が回復次第、彼女の知っていることを突き止めます。回復しなくても、突き止めます。多少時間はかかるでしょうがね。さあ――これだけ聞けば、なぜ誰もなかに入れてほしくないと申し上げたかがおわかりでしょう？　それから、もう一点。何が起きようと、外へ出てはなりません。誰かが電話をしてきて、至急会いたいと言ったら承知し、どこの暗がりで彼が会いたがっているのかを聞き出してください。そのうえでアップルビーにその住所を教えれば、その情報を適切に処理させます。わかりましたね？」

「はい」そのときのわたしにわかっていたのは、このニューヨークに、わたしが知りすぎていては不都合な殺人犯、施錠されたドアや武装した護衛も掻い潜る殺人犯が野放しにされているということだった。そうとわかっていても、今度はパニックにならなかった。わたしの全神経を集中させるもう一つの含意を、リッグズの言葉から汲み取ったからだ。直接非難もしなければ、名指しもしなかったが、リッグズは自らの疑念を明らかにした。真夜中の待ち合わせをしようとわたしを説得するとリッグズが思う事件関係者は一人しかいなかった。しかも、その示唆はあまりに威圧的で、わたしの心に、自分の身の安全を心配する余地を与えなかった。

「おっしゃいましたね――」わたしは、次の言葉がなかなか出てこなかった。「連絡があったかとお尋ねになりましたね、デイ――ジャクソンさんから。どうして、そうお思いになられたんですか？」

「特別な理由はありません。ただ、家にいらっしゃらないものですから」

「いない――そんな、いるはずですよ。間違いありませんか？」

「電話に出ないんです。住んでいるビルのエレベーター係も、まだ帰宅していないと言っています。この件に関与している人間に片っ端から当たらせているんです——スコットさんが帰宅してから裏庭で発見されるまでの時間、どこにいたのかを明らかにするためにね。ところが、ジャクソンだけが見つからないんです。それで、あなたが何かご存じないかと思いまして」

「でも、彼は家に帰ったはずです」わたしは言い張った。「そうでなければ、どこかに立ち寄ったんです」

「理にかなった話ですね」リッグズの口調は、皮肉たっぷりだった。「この件はご心配なく。彼の所在はすぐに突き止めます。ついでですが、メモを書き起こす件は忘れてくださって結構ですよ。古いメモが出てきましたから」

「本当ですか？」

「ええ。舞台裏の屑籠から。もちろん破られてはいましたが、紙片が大きいので、ジグソーパズルのように繋ぎ合わせられるでしょう。犯人は、メモを破棄するという徹底した仕事ができないほど急いでいたんですね」

「よかったですね」わたしは、無意識に言っていた。「では——おやすみなさい」

わたしは、少しぼうっとしながら電話をテーブルに戻し、ジューンの質問攻めに備えた。彼女は、自分のベッドを出て、わたしのベッドの脇に座り、電話の内容についての話を聞きながら、目をどんどん大きく見開いていった。

「いったいどうすればいいの？」わたしが話し終えると、ジューンは呻くように言った。「誰かがポッジ、それからたぶんスコッティまで殺して、今度はあんたを追い回してるかと思うと。ああ、ここから逃げ出しましょうよ」

「誰も、わたしを追い回してなんかいないわ。リッグズ警部は、調べているだけよ。わたしは、まったく信じてなんかいないわ――」

「きゃあ、メリッサ、誰なの？」ブザーの音に、ジューンは跳び上がり、びくびくしながらわたしの腕にしがみついた。

「きっとアップルビー巡査部長よ」わたしは、自分で思っているよりも自信たっぷりに言った。「電話の音がしたので、用件を知りたいんじゃないの」

「そっ、そうね」巡査部長という言葉を聞いて、彼女も安心した。「彼に何もかも話したら、対処してくれるわ。何がベストなのかわかっているでしょうから」

わたしは、スリッパをつっかけてガウンをはおった。

「メリッサ！」わたしが居間に向かおうとすると、ジューンがいきなり言った。「アップルビーじゃなかったらどうするの？　どうしよう――」

「ほかの人のはずがないでしょ」わたしは請け合った。「でも、確かめるまでは絶対にドアを開けないから」

ジューンは満足してガウンをはおり、後ろからついてきた。

「とにかく彼には、部屋のなかにいてもらいましょうよ」彼女は言い切った。「スコッティを護衛していた人は外にいて――」

もう一度ブザーが、先ほどよりも長く二度鳴ったので、ジューンは口をつぐんだ。

「今行きます」わたしは大きな声で言った。

「きみかい、メリッサ?」息を切らしたデイヴの声が、ドアの向こうから聞こえた。「何も起きていないね?」

「神さま、お助けを!」ジューンが叫んだ。「誰なの?」

「大丈夫よ」わたしは言った。「デイヴだから」

「デイヴ!」彼女は驚きが収まらず、おうむ返しに言った。「なかに入れるつもり? リッグズの言葉を忘れないで」

「忘れていないわ。デイヴ、そこで何をしているの? どうして家に帰らなかったの? 何を——」

「話があるんだ」デイヴが、ノブを握ってカチャカチャ動かすと、ジューンがわたしに身体を投げ出してぶるぶる震えた。「開けてくれ」

「アップルビーはどこなのよ?」ジューンが、弱々しく囁いた。「眠ってるの、死んでるの、それとも? どうして彼は——?」

「シーッ」わたしは、彼女に言った。「入れるわけにはいかないわ、デイヴ。眠っていたの。寝間着のままなのよ」

「何か引っかければいい。ほんの数分ですむ。約束するよ。何も問題がないか確認したいだけなんだ」

「もちろん、何も問題ないわ。デイヴ、どうしてここへ?」

「なあ、メリッサ、聞いてくれよ、ダーリン。怖がらせたくはない——本当に何も怖がることはないんだ——でも、つい今しがた何者かが、またスコッティを殺そうとしたんだ」

「何であの人が知ってるの?」ジューンが詰め寄った。「あの人にわかるはずないじゃない、まさか

――」

「きみのことが心配だったんだ」デイヴは、ジューンの言葉が聞こえなかったらしくつづけた。「きみのメモが盗まれたということは、そいつは思っているんじゃないのかな――なあ、メリッサ、話したいことを何もかもドア越しに叫ぶわけにはいかないんだよ。服装なんかどうでもいい。ちょっと入れてさえくれれば、すぐに――」

「できないの」わたしは悲しくなった。「今夜は、誰が来てもドアの鍵を開けてはいけないと、リッグズ警部に言われたのよ」

「リッグズ警部だって!」デイヴは、苦々しげに言った。「ご立派な刑事だよな、まったく。きみが危険な目に遭うかもしれないのがわかってないのか？　彼は、スコッティに護衛をつけた――そいつが彼女の役に立ったと言いたいわけじゃない――だが、少なくとも、きみを守るために誰かをつけてもよさそうなもんだろう」

「アップルビーはどうしたのよ？」ジューンが、蚊の鳴くような声で尋ねた。「何でここにいないの？」

「お願いよ、デイヴ」わたしは頼んだ。「もう帰ってちょうだい。朝、話しましょう。今夜は入れてあげられないの」

「入れてもらう」デイヴがドアを揺すると、ジューンが、さらに強くわたしにしがみついた。「きみを放ってはおけない、今――ごめん、メリッサ、怖がらせるつもりはないのに、必要以上に怯えさせてしまったかもしれないね。殺人犯は、きみのことなどまったく念頭にないのかもしれない。だが、ポッジが殺され、スコッティも死んでいないにせよ、きっと死にかけている。そして、きみがすべての鍵を握っているかもしれないんだよ。だから、きみの安全を確認しないまま立ち去るわけにはいかないんだ。お願いだ、ダーリン、意地を張らないで、さっさとドアを開けてくれ」

「嘘はついてないんじゃない?」ジューンが囁いた。「『ダーリン』とか何とか呼んでるもの。騙されたりしないでしょ?」

「できないわ、デイヴ。本当にダメなの。リッグズ警部に約束したので——」

「リッグズなんか忘れちまえ。何マイルも離れたところにいるんだ。問題が起きても、何の役にも立ちゃしない。どうしてそんなに頑固なんだ、メリッサ? 絶対に長居はしないと約束する——ああ!」デイヴは、いきなり言葉を切り、しばらく陰気な笑い声を上げてからつづけた。「ぼくとしたことが、能天気もいいところだよな? きみの真意を理解できないなんてさ。きみは、ぼくを怖がっているんだ。そうだろう、メリッサ? 思っているんだろう、ぼくがここへ来たのは——」

「違うわ!」わたしは言った。「そんなこと思っていない。思ってもみなかったわ」

「ぼくは、ポッジに毒を盛っていない」デイヴは静かに言った。「スコッティをバルコニーから突き落としてもいない。だが、そうしていたかもしれない——違う状況で、違うプレッシャーを感じていたらね。そう思われてもかまわない。少なくとも、警察が別人の仕業だと証明するまではね。だけど、ああ、きみ、ぼくがきみを傷つけるかもしれないなんて信じないでくれよ。ぼくが怖いからドアを開けないなんてよしてくれ、ぼくは——」

「怖がってなんかいないわ」わたしは叫んだ。「当たり前でしょう、怖がるもんですか。確かにリッグズ警部に約束はしたけれど、もうどうでもいいわ。もちろん、入れてあげるわ」

「メリッサ、頭がどうかしちゃったの?」ジューンが、わたしの腕をグイと引っ張ってドアから遠ざけた。「無茶はさせないわよ、そんな――」

「入れてあげないと」わたしは言った。「離してよ。思われたくないの――」

「勝手に思わせておけばいいでしょ」ジューンは、引く手を緩めなかった。「ひょっとしたら彼――」

「メリッサ」デイヴが呼んだ。「なかでどうかしたのか？」

「ちょっとルームメイトがね」わたしは答えた。「彼女が――動揺しているの」

「そうか」デイヴは言い、一瞬黙った。「心配いらないよ、きみ。リッグズの言いつけに従うのももっともだ。誰もが友だちだと思っちゃいけない。一つだけ教えてくれ。外から部屋に入れる場所はある？　バルコニーとか、非常階段とか、そんな物は？」

「いいえ。何もないわ」

「それなら大丈夫だ。ベッドに戻って、少しは寝るようにして。朝までここにいるだけなら気にしないだろう、ただ見張っているだけだから、誰も絶対に――」

「あら、ダメよ！　デイヴ、あなた、ひどい誤解をしているわ、わたしは、思っていないわ、あなたが――ひょっとしたら、あなたが――ああ、そんなはずはないと、あなた以上にわかっているわ。だから、ドアを開けてあげる。でも、ちょっとだけ時間をちょうだい」

今度は、わたしがジューンを寝室に引き戻してドアを閉めた。

「聞いて」わたしは、きっぱりと言った。「あなたは、ヒステリックになっているの。わたしもそうだったんじゃないかな。もう遅いし、リッグズから電話があって、それから突然デイヴが来て――そのう、だから暗闇のなかで小鬼でも見たような気がしたの。だけど、もうはっきりわかったの。だから、あなたも落ち着かなくてはダメよ。わたしは、デイヴを知っている。古くからの知り合いなの。

彼は——わたしは——えっと、彼を愛しているの。彼も、愛してくれている。だから彼はここに来たの、わたしの無事を確かめて、わたしを守るために」

「なるほど。なら、彼が言ったように、ドアの向こうから守ってもらったらいいわ」

「ばかげているわ。あなたが疑うのは、かまわないわよ。彼に会ったこともないんだから。でもね、わたしが——彼のことを、充分理解しているのに——このわたしが、一瞬でも疑ったりしたら——彼をひどく傷つけるに違いないの」

「朝になってから説明して、謝って、誤解をすべて解けばいいじゃない」

「朝になってからでは手遅れなのよ。朝まで何時間も、わたしに信用されていないんだと思いながら、まだかまだかと一人で外で見張らせておいて、また親しくなれると思う？　わたしが、彼を締め出したままでいられないってわかってるの？」

「わかってるわ」ジューンの声は、諦めたようにしゅんとなった。「あんたと口論しても無駄だってね。あの男に、すっかりお熱なんだもん。いいわ、ドアを開けなさい。もう止められないわ。あんたが、彼のことを心と同じくらい頭で理解してますようにって祈るばかりよ。あんたの思い違いだったら、神さまに救いを求めるわ」

「なら、ここから出ないで」わたしは、居間へ急いで戻りながら振り返って言った。「鍵をちゃんと閉めてね。そうすれば、何が起きても、あなたは無事よ」

わたしは、玄関へ小走りしたが、逸(はや)るあまりスライド錠に手間取った。だが、何秒かごそごそしているうちに何とか錠が回ったので、ドアを引き開けた。

しわの刻まれた、疲れ切った顔で戸口に立っているデイヴを見た途端、わたしは少し震えたが、怖かったからではない。だが、わたしの両手を取ると、デイヴの顔から疲労の色がほとんど消え、引きつった笑顔を浮かべてわたしを見下ろした。

「ありがとう、ダーリン」彼は言った。

二人で、一分ほどそうして立っていただろうか。そして、そのあいだにわたしは、ひたすら――笑止千万な話だが――時間を割いて、口紅ぐらい薄っすら塗ればよかったと思った。

第九章

　わたしは、デイヴの両手を握ったまま部屋に引き入れ、ソファーの脇のランプをつけた。

「ルームメイトは？」デイヴが、目で探したが見つからなかった。「言い争いが聞こえたけど。よく聞き取れなかったが、ぼくをなかに入れるのを強硬に反対していたようだね」

「ええ」ソファーの後ろの寝室のドアが開いていた。ドアの鍵を閉めて出てくるなという忠告に、ジューンは従わなかったらしい。すると、明かりを消したままの台所で足音がしたかと思ったら、水道の蛇口から水が勢いよく流れた。その雑音をいいことに、わたしは、自分がぐずぐずしていたのをすべて彼女のせいにした。「あなたが来る直前にリッグズ警部から電話があったので、彼女が怯えてしまってね。それに、もちろん、あなたは、彼女にとってまったく見ず知らずの人でしょう。だから、あなたが誰なのか説明して、落ち着かせてからドアを開けたのよ。あなたなら大丈夫だと納得させてからでないと、大声で騒いで、警察に電話をしかねないと思ったものだから」

「それで、納得してもらえたの？」デイヴは、疑わしげに眉を上げた。

「まあね。とにかく、あなたは、彼女の話をしにここへ来たんじゃないでしょう」

「ああ」デイヴは言った。そして、「そうだとも」と、ソファーのほうに向きなおり、長いこと真っ直ぐわたしの目を見つめていた。「まったくもう！」彼は、いきなり感情をあらわにした。「わからないだろうな。こうしてきみが無傷で無事にいるとわかって、ぼくがどんなに喜んでいるか。ここに来るまでずっと、どんなに苦しみ、きみを一人きりにした自分を責めていたか――だが、それについて話すために来たんでもない」

そのとき水道の音がやみ、ジューンが、台所のドアを半開きにしたまま部屋に戻ってきた。水の入ったグラスをこれ見よがしに持っていた。

「喉が渇いちゃって」ジューンは、見え透いた言い訳をした。そして、落ち着きを取り戻していたらしく、虚勢を張ってデイヴに「デイヴ・ジャクソンでしょう」と言った。「テレビ映りがいいのね」

「ありがとう」デイヴは言った。

わたしが、デイヴに名前を教えると、ジューンは、きちんと握手するためにグラスを左手に持ち替えた。

「何か飲み物を持ってきましょうか」ジューンは勧めた。「もしよかったら」

「いや、結構」

「それなら、あたしはベッドに戻るわね。二人きりで話があるんでしょうから」

ジューンは、意味深な目つきでわたしを見てから台所に目を向けた。それから、寝室にそのまま入ってドアをしっかり締めた。だからといって、プライバシーが保たれるわけではないとわかっていた。

彼女の合図から、アップルビーが待機していて、状況を充分掌握しているのは明らかだった。

「ここへ来たのは――」デイヴが切り出したが、わたしは、ソファーからさっと立ち上がって遮り、

「あなたに聞かれたあの住所だけれど――」と、慌ててでっち上げた。「忘れるといけないから、今のうちに教えておいたほうがいいと思って」

わたしは、机に近づき、名刺に「台所に警察」と走り書きして彼のところへ戻った。何か不利なことを彼が言ったり、したりすると思っているからではないと確信していた。彼が、あとで巡査部長がいると知り、わたしが、彼を罠にはめようとわざと企んだのだと思われるような真似をしたくなかっただけだった。二人のあいだに二度と誤解を生じさせたくなかったのだ。

「ありがとう」デイヴは名刺をチラッと見て、咄嗟に笑みを浮かべながら名刺をポケットに突っ込んだ。「彼の居場所がわかって嬉しいよ。手紙を書くことにする。二人の共通の友だちに謝らないとね。ぼくが思っていた以上に、きみに尽くしてくれているんだから」

「そうね」わたしも口裏を合わせた。「ちょっとおせっかいだけど」

「まあ、そんなことはどうでもいい」デイヴは、わたしに請け合った。「いくつか誤解を解いておきたいだけだ。リッグズが、少し前に電話をしてきたと言ったね。彼から、スコッティの件を聞いたかい？」

「ええ。彼女があんな目に遭ったので、わたしも危険なんじゃないかと思ったそうよ。だから、絶対に誰もなかに入れさせたがらなかったの」

「どうやら、ぼくと同じことを考えているようだ。その点は評価してあげないとな。殺人犯が、まだ活動していると聞いた途端、そいつが、きみの家に向かっているんじゃないかと不安で、いても立ってもいられなくなった」

「リッグズは、あなたがまだ帰宅していないと言っていたわ」

「どうして彼に、それが？」

「電話をしたそうよ」この情報を彼に漏らすのを、アップルビーは認めないだろうとわかっていたが、どうしようもなかった。「それから、あなたのビルのエレベーター係に聞いたら、あなたを見ていないと言われたとかで。どこにいたのか全員に確認しているみたい、スコッティが――ことが起きたときに」

「おいおい。この二時間のアリバイを知りたがっているのか？　ほとんど歩きどおしだった。どうせ眠れないとわかっていたから、家には帰らなかったんだ。考えたいことが、いろいろあってね。それから、この近所にいた。だって、ぼくには――そのう、うってつけの場所だと思えたから。ぼくを見かけたとすれば、この先の小さい安酒場のバーテンダーだけだが、覚えていないんじゃないのかな。まるで悪魔にでも追い詰められたみたいに、店の電話ボックスから飛び出したのに気づいていれば別だが」

「電話をかけたの？」

「ベスにね。二つほど聞きたくて、彼女なら答えてくれるんじゃないかと思ったんだ。それに、まだ寝ていない可能性が高いと思った」

「それなら、スコッティのことをあなたに教えたのはベス？」

「そうさ、ああ――」デイヴは、わたしをきっと睨みつけた。「ぼくが、どうしてそのことを知ったのかと思っていたんだね」

「えっと、わたしは――」わたしは、申し訳なさそうに両手を開いた。「そうなの、思っていたわ」

「彼女は、いろいろ教えてくれた？　リッグズ警部は、詳しい話はしなかったから」

「支離滅裂だった。無理もないよ、一晩に二度も大きなショックを受けたんだからね。だが、どうやら、こういうことらしい。ベスを部屋に残してスコッティは、護衛の警官とそのまま上の自分の部屋へ行った。ベスはベッドに入ったが、もちろん眠れなかった。かわいそうに、誰も彼女のことをあまり考えてやらなかったが、こんな夜に、一人きりにするなんてね。この町には、親戚も友だちもいないようだ。彼女は、ベッドに横たわり、何度も寝返りを打っていたが、とうとう我慢できなくなって鎮静剤代わりに牛乳を飲もうと思った。ところが、台所に行ってみると、階段のドアが開いていた。あの階段を、きみも見ただろう？」

「ええ。その階段を使ってスコッティの部屋に上がっていくと、ポッジが教えてくれたわ」

「そう、その階段。ポッジの台所から、上に行くのは見えるが、スコッティの部屋からだと、下りてくるのは見えない。上りきったところにある落とし戸を閉めてしまえば、普通の掃除用具入れに見えるからね。だから、階段があそこにあるのをスコッティから聞いていなければ、階段を見逃したからって、警官をことさら責められないよ」

「リッグズ警部は、スコッティがあまり協力的でなかったと言っていたわ。護衛をつける理由がわからないと言っていたそうよ」

「知っている」デイヴはうなずいた。「彼女は、自分を殺す動機は一つしかないと信じ切っていた――ポッジを手に入れるためだとね。まあ、彼女がそう思うのも責められない。今の今まで、ぼくも同感だった。だが今は、ポッジが死んでいるのに、誰かが、彼女を亡き者にしようと固く決心しているのがわかったんだ。つまり、これは、営利目的の殺人ではない。もっと複雑な、もっと個人的な殺人なんだ。誰かが、彼女を心の底から憎んでいるに違いない」

「ベスの話をしていたのよ」デイヴが黙りこくり、顔をしかめて考え込んだので、わたしは思い出させた。

「ああ、そうだった」彼は、本題に戻った。「ベスが掃除用具入れを調べると、落とし戸が開いていて、スコッティの台所の電気がついていた。だから、階段を上った。ドアが開いていたので不思議だったせいもあるが、スコッティがまだ起きているのなら、お互いに話し相手になれると思ったからだ。こうして彼女は、スコッティがいなくなっているのに気づいた。彼女は、スコッティのアパートを隈なく調べてから廊下に出て、警官を呼び入れた」

「警官は、すぐにスコッティを見つけたの？」

「時間はかからなかった。一目瞭然だった。バルコニーに、横倒しになった椅子まであったんだから——殺人犯がスコッティを引きずったときに、ひっくり返ったんだろうな。椅子を見た途端、警官は中庭に飛んでいき、バルコニーの下で倒れているスコッティを見つけた」

「それなら、その人——そんなことをした人——は、下のアパートから侵入したに違いないわ」

「そうだろうね。ベスが帰宅する前から隠れていたのかもしれない。あるいは、ベスがベッドに入ってから忍び込んだのかもしれない。どちらにしても、スコッティが一人になるのを待ってから、階段を上がって彼女をバルコニーから突き落とし、ベスのアパートに駆け戻って外へ逃げた。転落すれば死んで当然だと思っていたんだろうな。とにかく、立ち止まって確認しなかった。そこから逃げ出し、アリバイ作りに取りかからなければならなかったからね。リッグズは、ぼく以外は全員にアリバイがあると言っているんだろう？」

「そこまで踏み込んだ話はしなかったわ。あなたとだけ連絡がつかないと言っただけよ。ほかのみなさんは、家にいたんじゃないかしら」

「きっとね。やってから、リッグズが電話するまでに家に帰りつけるだけの時間は、誰にでも充分あったから。デュルシュタインには、彼の言ったことを何でも証明してくれる女房がいる。アルとヴィヴは、お互いに口裏を合わせられる。ギングリッチは——ギングリッチについては、よくわからないが、今は一人暮らしだと思うから、彼は、真っ直ぐ家に帰ったと証明できないし、逆に警察も、そうでないと証明できない。彼が帰宅したときに、運よくドアマンが時計でも見ていなければね。あるいは、運悪く、わかってしまえば別だけど——間に合わなかったと」

「聞いていると」わたしは、それとなく言った。「刑事になりたくない人の割には、ずいぶん推測をしているみたいだけれど」

「それは前の話さ」デイヴは答えた。「きみが、事件に巻き込まれるまでのね。ぼくにはわからないよ、きみが何を知っているのか、殺人犯が、きみが何を知っていると思っているのか、きみのメモ帳が、事件全体にどう関わっているのか。だが、何らかの理由で、そいつがきみに興味を持っているかぎり——そのう、そいつを捕まえるのを、法だけに任せてはおけない。自分は自分、人は人、などと言っている暇はないんだ——きみが危険を脱したとわかるまではね」

「明日には、そうなっているわよ」こう言い切ったあと、殺人事件に意識を集中しているのは難しかったが、何とか集中した——少なくとも、意識の一部を。「わたしのメモが見つかったという噂が流れたらすぐにね」

「見つかったの？」

わたしはうなずき、リッグズの話を繰り返した。

「それは妙だな」デイヴは、目を細めて考え込んだ。「紙は簡単に処分できるんだから——きみも、そいつが永久に見つからないようにしただろうと思っただろうね。でも、誰にも油断はつきものだと思う。ともかく、これで安心した。警察がきみのメモを持っている以上、誰も、きみの知っていることを排除するためにきみを亡き者にするような真似はしないだろうからね。それにしても、メモ帳に何が書いてあったんだい？　送ってきたとき、やけに話し渋っていたが、リッグズが、きみの秘密を片っ端から繋ぎ合わせているんだから、そろそろぼくにも打ち明けてくれてもいいんじゃないのかな」

「話し渋っていたわけじゃないわ。わたしが重要な情報を握っていたなんて、ほんとに信じられなかったの。今もそうよ。警察が、メモの断片を張り合わせれば、何人かの人たちがスコッティを嫌っていたこと、スコッティが、彼らの仕事の成功を邪魔していると、彼らが信じていたことが明らかになるでしょうけれど、それは、みんながもう知っていることだわ」

「たとえば、ぼくのような人間」

「まあ、そうね」わたしは、彼と目を合わせられず、ピロークッションのほつれた糸をひたすら引っ張っていた。「あなたたちについてのメモはたくさんあるわ、だって——そのう、殺人事件が起きるなんて知らなかったし、わたしは——もう説明したように——調査係でしかないから、ちゃんと仕事をしようとしていたの。ほかの人が削除、編集できるように何もかも書き留めろと、教え込まれてきたんですもの。番組の企画に関連することはすべて——そのために、〈エンタープライズ〉はわたしを派遣したの。番組の関係者、そして彼らがお互いをどう思っているか、それが、ネタとして重要な部分だと思えたの。だから、それを何もかも書き留めたのよ」

「当然だよ」とても物分かりのいいデイヴの声に、わたしが視線を上げると、心が和む笑みを返してくれた。「きみのメモが、スコッティへの恨みつらみだけを報告しているのなら、引き裂く価値はなかった。彼女だって、自分を嫌っている人間とその理由をすべてリッグズに説明できた――そして、間違いなく説明しただろう――からね。しぶとい調査係としての技量を中傷するつもりはないよ。だがね、スコッティ自身のほうが、ずっと完璧な得点表を持っているのに、きみが、その線に沿ってたった二日で情報を摑めたとはとても思えない」

「わかっているわ」わたしも同感だった。「さっきからそう言っているじゃないの。わたしのメモには、まったくないのよ――」

「何もかもきみに賛成しているわけではないんだ」デイヴが遮った。「ぼくが言いたいのは、殺人犯は、自分がきみに話した何かを隠すためにメモを盗んだのではないと思うってこと。将来殺人を犯そうと思っていたら用心深くなるから、自分の秘密の動機を話したり、自分の計画を漏らしたりできないものさ。そして、そんなことをしてみろ、きみなら間違いなく事の重要性を理解しただろう。だから、ぼくの思うに、そいつが恐れている情報は、別の人間から入手したに違いない。そして、今となっては自分でそれを口にできない唯一の情報源は、ポッジだ」

「でも、ポッジは、スコッティと揉めている人の話なんかしなかったわ。秘められた敵意がどれだけあったかさえ、気づいていなかったんじゃないかしら」

「そうかもしれないね。だが、ポッジは、きみに何かを話したんだ。結論を急いでいると思わないでくれよ。ぼくには、考える時間がたっぷりあった。きみと別れてからずっと考えつづけ、警察が、たった今きみのメモにしているのと同じように断片を繋ぎ合わせようとしてきた。ただね、ぼくは確信しているんだ。殺人犯は、きみが重要な事実を握っていると思っているから、きみの安全は――きみの命さえも――その事実が何なのか、どうしてそれが危険なのかをぼくが突き止められるかどうかにかかっているかもしれないと。だから、歩きに歩いて答えを導き出そうと、ない知恵を絞って必死に考えた。そしてついに、ポッジはしゃべりすぎだとベスが言っていたのを思い出して、それが鍵かもしれないと思ったんだ。きみに電話をかけて確認もできたが、いっさい話すつもりはないという断固たる姿勢が感じられたから、代わりにベスに電話をしたのさ」

「それなのに、あんなことがあったので、聞きそびれたのね」

「いや、違う」デイヴは言った。「ちゃんと聞いたよ。スコッティの件を聞いて、殺人犯が、きみに何の恨みがあるのかを突き止めるのが、なおさら重要になった。とはいえ、ベスは答えを知らなかった。ポッジは、自分はしゃべりすぎたとしかベスに言わず、それが何だったのかは明かさなかった。だが、彼女と話して、ぼくの理論が裏づけられた。ポッジが、ほかの誰にも、自分の女房にさえ話していない何かをきみが聞いたと証明された——それから、もっと大切なことなんだが、多くの人間が、ベスを通してポッジの軽率さを知ったということもね。だから、ぼくの考えは間違ってはいないと確信した。だが、もちろん、そのあとはぐずぐず考えてなどいなかった。ベスが電話を切った途端、ここに飛んできた。ああ、もしきみの身に万一のことがあったら——」デイヴは話すのをやめ、指が痛くなるほど強くわたしの手を握り締めた。「だが、何も起きていなかったし、起きるようなことはぼくがさせない。だから、ベスにはわからなかったことを、そろそろぼくに教えてくれるね」

「ええ、もちろんよ」わたしは答えた。「誰にも教えるつもりはなかったの。でも、ポッジが亡くなった今となっては、誰も傷つかないでしょうからね」

「とにかく、警察がもう摑んでいる」

「いいえ、摑んではいないの。ポッジから聞いた話をすべて書き留めたわけではないのよ」

「そうなの？」デイヴは、訝しげに眉を上げた。「ぼくたちに対してよりも、ポッジに対しては優しかったんだね」

「そうとも言い切れないわ。彼が、自分の立場を脆くしてしまっただけなの。彼との会話もたくさん書き留めたのよ。でもね、もちろん、その話をしていた時点で彼は、わたしの素性を知らなかったから、彼のキャリアを危険に晒すようなことまで書いたりしたら、公正ではなかったでしょうね」

「ふうむ、重大な内容のようだ」

「重大だったわ――ポッジが生きているあいだはね。でも、もう問題ない。それに、そのことは、殺人事件とは無関係ですもの」

「そうなの？」

「ポッジは、即興芸人としての自分の成功はでっちあげで、彼の即興コメディは、慎重に練られ、台本どおりに稽古したんだと言ったの。これが明るみに出たら、彼のファンがどんなにがっかりするか想像できるわ」

「本当にすごいスクープを物にしたね、メリッサ？　彼が話しているあいだずっと、良心のかけらもない暴露記事のコラムニストだったらどんなにいいのにと思っただろうな」

「思ったわ」わたしは認めた。「彼は、うんざりしていたみたい――ええと、彼の言葉を使うならば、操り人形でいることに。だから、わたしは、彼の憤りがつづいて、そのネタを遠慮なく使っていいと言ってくれたらと望んだわ。でも、もちろん翌日になって――わたしが、雑誌社の人間だとわかる前なのに――彼は、ベスを寄こして、あの話は忘れてくれと頼ませたの」

「つまり、ポッジのアドリブは嘘だったんだ。スコッティが仕組んだんだね？」

「ええ。一つを除いて。彼は、四週間前の番組で、独自のアドリブを試してみたら、大失敗をやらかしたと言っていたわ」

「四週間前ねえ」デイヴは考え込んだ。「ええと――そうそう、思い出した。スコッティの帽子を使った、あの演技に違いない。彼の言った内容は、あまり意味をなさなくて、言葉がなかなか出てこなかった。今夜、瓶をひったくってからの彼と同じだった。ポッジも哀れだよな。自分で台本を書いてみようなんてするべきじゃなかったんだ」

「彼は、自立したくて仕方がなかったのよ。瓶をひったくったあとの彼が、気の毒でならなかった――飲む前でさえ。だって、彼のぎこちなさを見ていて、わかったんですもの。自分は操り人形を越えられるんだと証明したくて、もう一度努力している――彼は、心の底から証明したがっていたから――そして、二度目の失敗に、一度目の失敗以上に打ちひしがれるだろうって」

「おかしいよな」デイヴが言った。「彼がそこまで内省的だったとは思ってもみなかった。それは、ハムレットを演じたがっている道化師――独自のばかげた演技を提供することしか望んでいない道化師――の、これまでにない意外な急変だ。だが、それでは、ぼくらの検討はあまり前に進まないな。ポッジは、ほかにどんなことを話したの?」

「何も。少なくとも、ほかの番組関係者が知らないことは何も。彼の話はおおむね、ファン雑誌でも読んだことがあったわ。だから、わかるでしょう、彼とのインタヴューは、わたしのメモが盗まれた原因の説明にはならないの。ただし――」わたしに、突如閃いた。「デイヴ、ひょっとすると――あなたの言ったとおり、殺人犯が心配していたのは、ポッジの暴露だったのかもしれない。何かあったのかもしれないわ――本当にその人にとって不利な何か――その人とポッジしか知らない何かがね。

そして、もちろんその人は——それが誰であろうと——ポッジのアドリブについては知らなかったのよ。だから、ポッジがつい口を滑らせて、わたしが他言するのを絶対に阻止したいと思うような何かをわたしに教えたと聞いたら、そうよ、その人は当然、そのもう一つの秘密だと思うわ。それなら、わたしのメモを手に入れて、自分が困るようなことは書かれていないとわかったら、わざわざメモが警察に見つからないようにしておく必要がなくなったことの説明もつくでしょう」

「それも一理あるね」デイヴが、判事のようにうなずいた。「きみの言うとおりだとすれば、解決に役立つようなことをきみは知らないということだね。それを殺人犯に明らかにできればいいのに。ところで、ここでちょっと考え事をさせてもらってもいいかな?」

「ここで?」

「きみは眠らないと」デイヴは優しく微笑み、わたしの額に深く刻まれたしわを二本の指で撫でた。「今夜は大変な思いをしたんだよ。明日は、もっと大変かもしれない。だから、布団に入って、何も考えずにリラックスしたほうがいい。それに、ぼくはここにいたいんだ。きみに危害はおよばないと信じているので、神経質にならなくていいからね。だが、朝まで傍にいたほうが、安心していられる。だから、きみさえかまわなければ、このソファーに横になって、頭のなかを整理したいんだけど。仮眠も取らせてもらうかもしれない。いいかな?」

「もちろんよ」わたしは答えた。「そこでは、落ち着かないかもしれないけれど」

デイヴは、いっしょに立ち上がると、わたしの顔を両手で包んでそっと唇を重ね、「おやすみ、メリッサ」と囁いた。「いつか、夜に——近いうちに——殺人以外の話をじっくりしよう」

わたしが寝室に入っていって振り返ると、彼は、ソファーに長々と横たわろうとしていた。

「帰ったの?」ドアを閉めるか閉めないうちに、ジューンが問い詰めた。

「いいえ。朝まで、見張りをしたいんですって」

「いいわよ」彼女は、満足げに言った。「アップルビーがいるから、何も持ち逃げできないでしょう」

「いい加減にしてよ、ジューン。バカなこと言わないで。デイヴがそんなこと——」

「彼の悪口を言ってるんじゃないのよ。アップルビーがここにいてくれて、嬉しいだけ。テレビであんたが関わった人が、殺人犯なのよ。誰なのかは、わからない。きっと、あんたのデイヴじゃないわ。信じてよね、ほんとにそう思ってんだから。万事、あんたにとってうまく収まってくれるといいわね。ずっと彼にべた惚れだったんでしょ、メリッサ?」

「あら、わたしは——」

「わかってるって」ジューンは、したり顔でうなずいた。「ポッジの番組のあいだずっと座ってても、耳をそばだててたのは、彼が宣伝するときだけだったじゃない。まったくもう、コマーシャルを見たくて見たくて堪んないのかと思ったら、ほんとは愛だったなんてさ。だけど、あんたをあんまり責められないよね。情熱的なタイプが好みなら、彼は、いかすもの。ほかにもいかす男がいるんだけど、誰だと思う?　アップルビーよ」

「部屋から出て、彼にサンドイッチを作ってあげたいんでしょう?」

「それもいいわね。本気よ、メリッサ。映画みたいじゃないの。デイヴがドアを叩き壊そうとしているあいだずっと——」

「彼は叩き壊そうなんて——」

「わかってるって。だけど、そのほうが話が面白くなるじゃない。とにかく、警察に見捨てられたと、あたしが思っているあいだもずっと、アップルビーは、いつでも突入してあたしたちを助けられるように、銃を手にして角を曲がったところに立ってたのよ。それで、あんたがドアを開けたんで、あたしが、彼を見つけようと飛び出したら、すかさず台所に入ってきたの。水道の蛇口を目いっぱい捻ったのは、そのせいだったのよ。彼がね、自分がそこにいることをデイヴに絶対に知られないようにしながら、どうやってあんたをずっと守っていたかを説明してたの。彼って、ほんと要領がいいんだから」

「彼があなた好みでよかった」わたしは言った。「デイヴはわたし好みなんですもの。これでくつろげるわね、二人の男性が夜通しいてくれるから——一人は居間、もう一人は台所に」

「そうね」ジューンは、ため息をついて布団にいっそう深く身を沈めた。「問題は、どちらもお目つけ役ってことなんだよね」

第十章

翌朝、朝食で四人が顔を合わせた。アップルビーが公然と姿を現し、デイヴは、彼を見て驚いたふりを立派にこなした。眠れない夜のせいで、巡査部長は、かなり浮かない顔をしていたが、デイヴは逆に、せかせかと張り詰めて興奮していた。

「解けた気がするよ、メリッサ」最初に居間に入っていったわたしを、デイヴが出迎えた。「あらゆる角度から洗い直してみて、答えが出たように思う。ちょっとした運があれば、証明できるかもしれない」

「わかったっていうことなの、誰が――」

「発表する前に、二つばかり確認したいんだ。まず、リッグズの協力がいる。彼が、ぼくの理論を重視して協力してくれるように幸運を祈っていてくれ」

そこで、ジューンとわたしが料理をしているあいだに、アップルビーの監視の下でデイヴがリッグズに電話をした。そして、食卓に加わったときの彼は、前よりも興奮していた。

「うまくいった」デイヴは報告した。「少なくとも半分は売れたも同然だ。とにかく、ぼくが自分の直感を裏づけようが、面と向かって否定されようが好きにさせてもらえる。きみの協力がいるんだけどな、メリッサ。信用してついてきてくれるかい、それともキャプテンとしてすべて説明しなければならないかな？」

「説明してほしいわ」わたしは答えた。「でも、説明してくれなくても、もちろんついていくけど」

「それなら、説明は延期させてくれ。自分の考えが正しいという自信はあるが、間違っていたとわかったときに、前もって話したことが少なければ少ないほど、謝らなくてすむ。それでも本当に――」

「メリッサ！」ジューンが、カッとなって口を挟んだ。「あんた、ほんとに分別がないみたいに行動してるわよ。あんたは、何も知りたくないのかもしれないけど、この部屋から一歩も外に出さないからね、どういうことなのかすっかり――」

「遠くへは行きませんよ」デイヴが静かに言った。「リッグズが、一時間後に病院で会おうと言っていましたから」

「スコッティが入院している病院？」わたしは尋ねた。「彼女に会うつもり？」

「できればね。医者に止められなければ。ぼくたちが知る必要のあることを突き止める唯一の確実かつ手っ取り早い方法だと、リッグズを納得させた。もちろん、リッグズは、危ない橋を渡りはしない。ぼくのペテン行為に備えて、病室に入れるだけの警察を配備すると明言していた。それでも、かまわない――うまい具合に、警官の一人が、速記ができるそうだから」

「スコッティは、よくなったの？　リッグズは、彼女の様子を教えてくれた？」

「医者は、あまり希望を抱かせていない。時間の問題で、持って二、三日だそうだ。だが、意識があるから、死ぬ寸前までその状態がつづくんじゃないのかな」

「それなら、彼女、誰にやられたか言ったのね？」

「いや。明かりをつけずに寝室に立って窓の外を見ていたら、誰かが後ろにいる音がしたと説明したそうだ。だが、振り向きざまに、頭を強打されて目の前が真っ暗になった。次に覚えているのは、病院で目を覚ましたことだそうだ」

「ついてないわね。誰なのか、彼女が確認できてさえいたら――」

「できるとは期待していなかった」デイヴは言い返した。「ぼくたちが相手にしているのは、とても賢いやつだ――倒錯した意味でね」

「賢い人ならいっぱいいるわ」ジューンが、暗い声で言った。「あなたが、リッグズと話をしたのかどうかも、わからないじゃないの」

「彼が、ぼくを大声で叱りつけたのを聞いていたら」デイヴがそっけなく言った。「きみも疑わなかっただろうに。彼は、ゆうべのことに本当に激怒していた。きみも非難の的になっているんだよ、メリッサ」

「わたしも？　どうしてわたしが――あっ！」最後まで質問する前に、答えがわかった。「あなたがここにいると、教えるべきだったわ。あなたから連絡があったら電話をすることになっていたのに。警部は、一晩中あなたを探していたの？」

「ぼくの家に警官を一人配備して、帰宅を待たせたそうだ。ほかにどんな措置を講じたのかは知らない。彼に多少迷惑をかけているのは、ゆうべからわかっていたが、今朝まで待って解決することにしたんだ。ここから引きずり出されるような危険を冒したくなかったんでね」

「ちょっと待ってくださいよ」アップルビーが、フォークを置いて挑みかかるような目でデイヴを見つめた。「警部は、あなたをずっと探していたんですか？　ぼくが、何かするべきだと思っているんでしょうか？　手配中の人間だとは言われていなかった」

「もう手配中ではありませんよ。逃げているると思っているあいだ、手配していただけです。法に背いていないと急にわかって、何となく期待外れだったんでしょうね。非常に腹を立てているのは、そのせいもあると思います。ぼくが、第一容疑者でなくなって残念だったんです。ぼくにとっては幸運ですが、きわめていい代わりを提供できました」

「しゃべってばかりいないで」ジューンが厳しい口調で言った。「あたしの質問に答えたらどうなのよ。あなたは、リッグズと話をしたかもしれないし、してないかもしれない。メリッサをおびき出して、誰にもわからないところへ連れていこうとしているだけかもしれないじゃないの。あのね、メリッサがおバカだからって、あたしの目は節穴じゃないんですからね」

「いいかい、メリッサ」――デイヴは、キラキラした目でわたしを見たが、表情は真剣そのものだった――「こんな疑り深い環境で暮らすのはよくないと思う。きみまで感染してしまうかもしれない。別の部屋と違うルームメイトを見つけられるようにするのを、ぼくの個人的な仕事にするよ」

「何ですって、このろくでなし！」ジューンが唾を飛ばした。「やれるならやってみなさいよ――」

「ジューン、やめて！」わたしは、髪の生え際まで真っ赤に火照るのを感じた。「デイヴは冗談を言っているのよ。それに、あなた、どうかしてるわ。ほら、お願いだから――」

「冗談？」デイヴは、つづける前にその言葉をじっくり考えているようだった。「半々かな。きみが引っ越す件については、本気だった。だが、この環境が嫌いだからじゃない。少しの疑いなら、好ましい場合もある――飢えをしのぐのに役立つならなおさらだ。だが、それできみが安心するなら」――デイヴは、ふざけてジューンにおじぎをした――「巡査部長にも、ぜひご同行いただこう」

「いっしょに行ってくださる？」ジューンが、アップルビーを振り返った。「メリッサから目を離さないでくれますか?」

「それが仕事ですから」アップルビーが事務的に答えた。「交代するまでは。そろそろその時間のはずですが」

「すぐにリッグズに会えますよ」デイヴが、アップルビーに言った。「そしたら、きっと任務を解いてくれます。病院での仕事が終われば、メリッサにはもう護衛はいらないでしょうからね」

その件は、デイヴの言ったとおりになった。わたしたち三人は、車で病院へ向かった。すると、病院で待っていたリッグズが、アップルビーが待ち望んでいた職務からの解放を告げた。

「面会については、医者から許可をもらいました」リッグズが、デイヴに言った。「彼女の害にはならないと思っていらっしゃる。実のところ、今さら彼女にどんな大きな害が——大きな効果もですが——あるというのか。損傷を受けているのはおもに脊椎で、体は麻痺していますが、意識はまだはっきりしていて、話もできます。注射を打ちましたから、痛みはあまり感じていません。ですが、長くは持たないと思います。彼女の持っている情報は、今日中に聴取したほうがいいでしょう」

「それでしたら、さっそく始めましょう」デイヴが提案した。

リッグズが、疑わしげにわたしを見た。「彼女も部屋に入れるつもりですか?」

「彼女から聞いた内容にこの考え全体の根拠を置いているんです。ぼくの話を裏づけ、抜けがあったら埋めてもらい、事実が歪められないようにしてもらう必要があるかもしれません。これが、スコッティと話すぼくの最後のチャンスになるのでしたら、彼女と別れる前に何としてもすべてを確認しなければなりません。疑問を残したまま、ここを離れたくはありません。ですから、メリッサにもいてもらうべきだと思います」

「わかりました」リッグズは、廊下を案内してくれた。「これは、あなたの面会です。進行はお任せします――限度を超えなければ」

わたしは、ついていったが、心の緊張が耐えられないほど高まった。するとデイヴが、腕にそっと手を押し当てて励ましてくれ、「こんな思いをさせてすまない、ダーリン」と小声で言った。「だが、ほかに方法が思いつかないんだ。失敗は許されないからね」

スコッティの病室に、ちょっとした人だかりができた。すでに看護師一人と、「ペテン行為」を未然に防ぐのが職務と思しい警官一人がいた。病室に入ると、メモ帳と鉛筆を持った警官がもう一人加わった。スコッティを見てショックを受けた。頭をすっぽり包み込むように頭全体に包帯がしっかり巻かれ、顔が白く小さくなったように感じた。だが、目は、油断なくキラキラ輝いており、落ち着きなく視線を次から次へと動かした。

リッグズが、スコッティの脈を取っていた看護師を問いかけるような目で見た。看護師は、うなずいた。

「あといくつか質問があります」リッグズは言った。「時間はかかりません」

「申し上げたはずです」――スコッティは、荒い息づかいでこの短い言葉を発したが、声は、弱々しいながらも落ち着いていた――「知っていることはすべて。見なかったんです――突き飛ばした人の顔は。暗かったから。わたしは――」

「もう結構です」リッグズが言った。「それについてお尋ねするために来たのではありません。あなたが手がかりを与えてくださされると思われることが、二つほどあります」リッグズは、「あとは任せた」とでも言うように親指をデイヴに向けた。

「ある大事なことを知ったばかりなんだ」デイヴは、彼女に少し近づいて切り出した。「ゆうべの演技のイメージが変わることをね。ポッジがメリッサに、彼の即興コメディはすべてきみが計画していると言ったそうなんだ」

「嘘よ！」スコッティは、必死に頭を上げようとしていたようだが、やがて諦めたらしくリッグズに目を向けた。「ポッジにかぎって——ご存じでしょう——彼が、そんなことを言うはずがないと」

「その言い方は、興味をそそられるな、スコッティ」デイヴが、目を細めて唇を少し歪めたが、笑顔を作ろうとしたのではなかった。「きみは、ポッジのアドリブがいかさまだったとは主張していない。彼が、メリッサにそんなことは言わなかったはずだとしか言っていない。しかも、きみは、そのことを確信している。彼女のメモを読んで、ポッジとのインタビューでそのことに触れていないのがわかったからだ」

「わたしは——」

「やめろよ、スコッティ。ノートを盗んだのは自分ではないと言うために、力を使い尽くすのはよせ。そんなことは、どうでもいいんだ。本当に重要なのは、きみがそれを盗んだ理由だけなんだ。その理由が、今ではとてもよく理解できるような気がするよ」

「そうですか？」リッグズが疑った。「そのう、わたしには、わかりませんが。だが、そこをはっきりさせたい。とても苦労しましたからね、あのページが引き裂かれて」

「スコッティは、メリッサが雑誌社の人間だと知るのが遅かった」デイヴが説明した。「その件が明らかにされた昨日の朝早く、彼女は劇場におらず、誰も彼女に伝えなかった。ベスに確認しました」

——彼は、スコッティを振り返った——「そして、彼女が言うには、彼女が〈エンタープライズ〉について警察に話したと言ったら、きみはとても驚いた。きみは、ベスに詳しい事情を尋ね、そして、そのときになってはじめて、ポッジが秘密を話しすぎてしまったと知った。きみは、彼が話したのが、アドリブについてだったのかを知ろうと半狂乱になったに違いない。すると、メリッサがバッグを落とした、メモ帳を入れたままのバッグを、きみの足元のあたりにね。そして、彼女の徹底したメモの取り方を知り、聞いていないから書き留めていないのだと確信したに違いない」

「では、なぜ引き裂いたのですか?」リッグズが詰め寄った。「わたしを手こずらせるだけのためですか?」

「それよりも多少巧妙でしてね。彼女は、何者かが、それを破棄しようとしたという印象を与えたかったんです。だが、番組関係者に敵がいるという自分の作り話の裏づけとなる、外部者による証拠書類があるという考えも気に入っていた。だから、また繋ぎ合わせられるように、細かくは千切らなかったんです。もっと頭を働かせてさ、スコッティ、その裏づけを犠牲にすればよかったんだ。そんなに復元しやすくしておいたら、きみが隠したい秘密が、そこには書かれていなかったとわかってしまうじゃないか。メリッサが、ゆうべ、ポッジが彼女に話した何かを泥棒は恐れていたが、メモに書かれていないので無事だと思ったんじゃないのかと言ってくれたんで、ぼくは、手がかりを掴んだんだ。午前二時ごろ、ポッジのアドリブについての話が、彼女の説明に答えてくれると閃いたんだよ」

「もう少し具体的にお願いします」リッグズが促した。「アドリブについての話はずいぶん聞いていますが、今回の事件にどう当てはまるのか、どなたも言ってくださいません。ギャグを思いつくのが速く、それで生計を立てていた男の評判を存命中に台無しにしないことが大切なのはわかりますよ。それですが、メモ帳についてのこのでっち上げが始まった時点で、彼はすでに死亡していたんです。それなのに、何が問題なのですか?」

「実は、大問題なんですよ」デイヴが、ゆっくりと言った。「ポッジが、即興芸人でなかったのなら、彼の最後のアドリブも計画的な演出だったに違いありません。そう、演出されたんですよ――ほかの演技同様――スコッティに」

「でも、そうじゃなかったのよ」わたしは否定した。デイヴに反論はしたくなかったが、彼は、自分が間違いを犯さないためにわたしを連れてくると言っていた。わたしは、ポッジから聞いた話で彼に話しそびれていることがあるのではないかと心配で、話し終えてからスコッティに覆される可能性のある根拠に基づいて議論してほしくなかった。「ポッジはわたしに、自分自身のアドリブを試してみたと言ったのよ――先月ね――覚えているわよね。だから、おわかりでしょう」――わたしは、リッグズを振り返った――「アドリブについて何もお話ししなかったのは、そのせいなんです。殺人事件に関係があるとは、思えませんでした。瓶をひったくったあとのポッジが、あまりにもぎこちなくて自信がなさそうで、もう一つアドリブを自分で思いつこうとしているんだとわかりましたから」

「ぼくも、まさにそう信じた」デイヴが、わたしに言った。「だが、真剣に考えはじめたら、別の説明が見つかったんだ――正しい説明がね。ポッジがぎこちなかったのは、稽古不足だったからなのさ。スコッティが、大きなストレスを感じながら書いたので、台詞が完璧ではなかった。普段の彼女なら、ギャグを練るときに一つのことだけを考えればよかった――面白いかどうかをね。ところが、ゆうべは、人を笑わせることではなく、ポッジがフルーツジュースを飲んでも理論的に筋の通った状況を工夫することに専念しなければならなかった。当然ながら、それは、彼女の標準レベルには達していなかった」

「でも、ポッジは、ショーを進めながら自分で台詞を思いつこうとしているみたいに演技していたわ」

「ああ、そのとおりさ」デイヴも認めた。「だが、彼は、思いつこうとしていたんではなくて、思い出そうとしていたんだ。完璧に覚えるだけの時間がなかったからね。夕食休憩のあいだに、スコッティが、あのシーンの改訂版をベスにタイプさせたんだ。そうすることで、しばらくのあいだベスを追い出したばかりでなく、毒入りジュースが自分を狙ったものであると、警察が自らの目で確かめられるように台本を確実に用意したんだ。そうだね、スコッティ?」

「そうなの?」スコッティは、デイヴの顔をしばらく見つめてから、その場面から自分を完全に排除するかのように目を閉じた。

「じっくり考えたんだ」デイヴは言った。「だから、抜かりがあるとは思わない。ポッジにこの演技の台詞を完璧に覚えさせる時間がないので、きみは、かなり動転したはずだ。だが、実際には、それは幸運だった。それが彼自身のアイディアだとメリッサに思い込ませ、警察が事実を摑み損ねそうになったのは、彼のぎこちない演技のせいだったんだから。きみは、あえて彼に台詞を叩き込もうとはしなかったんじゃないのかな。練習しているところへ誰かに入ってこられたり、一部を小耳に挟まれたりすることさえ危険だったからね。だから、彼にぶっつけ本番で演じさせざるをえなかった。だが、彼がどんなに台詞をつかえようが、本当はきみにとってはどうでもよかった。瓶を口に持っていってくれさえすればよかったのさ。そのあと一番重要なのは、その毒がきみに盛られたんだとみんなに思い込ませることだった。メリッサについての話を聞いて、さぞかし困ったに違いない。まさにそのとき、彼女のメモ帳を手に入れられたのは、神のお助けだと思ったんだろうね」

「だけど、どうしてなの、デイヴ？」わたしは聞いた。「そんなことをしても、わたしが知っていることをリッグズ警部にお話しできたでしょうに。それに、あのアドリブが本当だと確信できなければ、すぐにでもお話ししたわ」

「そのとおりさ」デイヴも認めた。「しかも、もちろんスコッティは、きみが話すと思っていた。きみを阻止しようとさえしなかったと思うよ。だが、きみのメモ帳を盗むことが重要だったんだ。自分が口を開く前に、きみがどこまで知っているのかを突き止められるからね。アドリブについて何か書いてあれば、彼女は、そこまでの真実を警察に告げただろう。瓶を使った演技は自分の発案だったと認めたところで、自分には大してダメージはなかった。それでもジュースを飲むはずだったのは自分だと、番組の関係者みんなに証明できただろうから、狙われた被害者としての彼女の立場に変化はなかった。そして当然ながら、警察がきみからその情報を入手し、彼女はどうしてそれを隠しているのかと思われるよりも、まるで自分には何も隠し立てすることはないかのように、自ら警察に話すほうがずっとよかっただろう」

「だけど、そのことがわたしのメモ帳に書かれていないとわかって、彼女は、わたしがそれを知らないと確信したから、何も言わなかった。そうなの？」

「ああ。自分の当初の計画を変更する理由はないと思ったんだろう。彼女がジュースを飲む予定だったと誰も疑わなければ、容疑者にされることもなかった。明らかに、その立場を弱めるような真似を自分からするつもりはさらさらなかった。まだ聞いているんだろう、スコッティ？」

スコッティは目を開けたが、何も言わなかった。

「ポッジのアドリブをいつも着想していたのはきみだったんだとわかってから」デイヴはつづけた。

「ほかにも二つ思い出したんだ。一つは、きみがポッジに約束したショーの終わりのジョークだ。自分のチャールストンの演技がカットされて、ポッジはとても不機嫌で、それを埋め合わせる何かを絶対にしてやるとむきになっていた。それなのに、何も新しい演技が加わっていないのに、とても陽気だったので、どうしたんだろうと思った人間もいた。今なら、なぜ彼の気分が変わったのか理解できるよ。きみが、彼にフルーティーファイヴを使った演技を提供したから、彼は、ショーの最後に最高の爆笑を買えると確信していたのさ。もちろん、ポッジはそれで満足していた。だが、彼の満足感をぼくたちに納得させられる、リハーサルで彼が使えたかもしれないギャグを考えたら賢明だっただろうに。きみは、ぼくにも不可解な別のことをしたんだ――ポッジを殺すというきみの計画だけが理解できるようなことをね」

「どんなこと？」その問いを、彼女は、自分の意思に反して思わず発したようだった。

「ポッジが、ヴィヴィアンと一曲歌うのを認めたことさ。きみがヴィヴをどう思っているか、彼女ならきみを締め出しかねないと恐れていたのを、ぼくたちみんなが知っていた。きみは、ポッジがほかの人間、とくに彼女と仕事をするのに反対していた。ぼくのコマーシャルでは、きみをポッジと別れさせようとする広告代理店からの強い圧力があったが、ヴィヴには、そういう後ろ盾はなかった。それなのに、きみは、彼女にポッジとデュエットさせることにした。ずっとコンビを組ませろという需要を生むかもしれなかったのにね。アルは自分を買い被り、自分のうまい駆け引きのおかげでそれがかなったと思ったが、きみのことをわかっちゃいなかった。降参するなんて、まったくきみの柄ではなかった。それを信じさせるのは、ただ一つ――曲が始まる前にポッジが死ぬとわかっていたから、彼女と争う必要などなかったという事実だ」

「でも、デイヴ」わたしは言い返した。「あなたの言ったとおりに事件が起きたのだとしたら、どうしてスコッティをバルコニーから突き落としたがる人がいたの？」

「誰もいなかったのさ」デイヴが答えた。「自分で飛び降りたんだ、そうだね、スコッティ？　それが、きみの当初の計画だったのかどうかはわからない。はじめから、ポッジを殺して自分も死ぬつもりだったのかもしれない。あるいは、ポッジが死んではじめて、自分ももう生きていたくないと思ったのかもしれない。いずれにせよ、きみは、それについても非常に慎重に舞台を整えた。最初から、小道具をうまく取り入れた。きみの楽屋にあった遺書と毒入りの瓶は、きみが自殺しそうだと思わせたがっている殺人犯がそこに置いたのだという印象を与えるのに大いに役立った。そして、きみの台所の明かり、ベスの台所に通じる開かれたドアも、きみのアパートへの犯人の侵入、逃走経路を示す働きをした。それなのに、きみの計画のなかの一つだけが失敗してしまった。あらゆる困難にもかかわらず、きみは転落しても死ななかった。きみは、事情聴取を受け、どうして――何者かが数時間前にきみを殺そうとしたときのことさ――何者かがきみのアパート、さらには寝室に侵入できるかもしれないと警戒もせず、その人物に襲いかかられるまで気づかなかったのかと説明する羽目になろうとは思ってもみなかったんだ」

「あなたの話――面白いわね」スコッティが弱々しく言った。「でもすべて――推測だわ」

「そう、当て推量さ」デイヴは認めた。「だが、一つの推測が次の推測に繋がり、ぼくたちがすでに知っていて証明できる事実とすべて符合するのは驚きだ。合理的な疑いの余地なく、陪審員を納得させる証拠は、まだ不充分かもしれない――だが、証拠集めの時間はたっぷりある。必要なのは、ぼくの理論を警察に受け入れてもらうことだけで、今はそれで充分だと思う。残りは、警察の仕事だ」

「我々が対処します」リッグズが慎重に言った。

「必ず証拠は見つかる」デイヴはつづけた。「探している物が何なのか、警察にわかったんだからね。たとえば、きみのスケート事故。あれは、もちろん本当に事故だった。だが翌日、ポッジを殺し、きみの命が狙われていたと思わせることができると判断したきみは、自分の転倒を最初の殺人未遂に見せかけるのに利用できると認識した。そして、スケート靴の切れた紐を取り去り、犯罪だったというきみの主張を補強した。紐をどうしたかを聞こうとは思わない。だが、革は処分しにくいし、事故後にきみがいた場所もかぎられている。だから、すぐに出てくるさ。ほかにもあるだろう。探り当てが多少いるかもしれないが、きみの裁判に必要な動かぬ証拠を警察が摑んでくれると期待している」

「裁判」口元の微かな笑みが、彼女が目に浮かべた苦悩の色と妙な対比を見せていた。「わかっているでしょう――ないわ――裁判なんて」

「思っているんだね」――デイヴは、ベッドに身を寄せた――「自分が死ぬと？」

「わかっているわ」

「それがわかっているのなら」――デイヴの声は低かったが、熱意がこもっていた――「自供しろよ。言わないでいる理由はないだろう」

「理由がない？」彼女の声も口調も無表情だった。「わたしは、思っているのかもしれないわ――ないと――自供する理由なんか」

「だが、どうしてなんだ？　失うものなどないだろう。それに、関係者みんなの汚名をそそげるんだよ」

「そうね」スコッティは、語尾を引きずるように伸ばした。そして、秘密のジョークに今にも笑いだしそうな、それでいて泣きだしそうな歪んだ顔をしていた。「そそげるはずね——みんなの汚名を——その気になれば」

「だが、その気がない」デイヴは考え込んだ。「それも、最初から計画の一部だったんだね？ ポッジを殺して自分も死にたかったが、それ以上のことを望んでいた。きみがばら撒いた偽りの手がかりは、きみの試みを隠蔽するためだけではなかったんだ。いずれにしても自殺するつもりだったんだから、それは大して重要ではなかった。だが、きみはぼくたちを忌み嫌っていた、全員をね。だから、ポッジの死を復讐の道具に使えると思ったんだ。それが、きみの慎重な計画全体の裏にあったのさ」

デイヴが言葉を切ると、スコッティは彼を半開きの目で見つめたが、何も言わなかった。

「ぼくたちの一人に不利な証拠を仕込むこともできたはずだ」デイヴはつづけた。「だが、それは、きみが望んでいた方法ではなかった。ひょっとすると、ぼくたちが結託してきみへの陰謀を企んでいると思ったのかもしれないね——あるいは、ともかく、ぼくたち全員が同じようにきみの敵だと。だから、みんなに押し並べて疑いがかかるようにしたかった。誰か一人が殺人容疑で告発されるのに充分なだけの証拠などなくても、かまわなかった。誰も有罪判決を受けないから——だが逆に、誰も無罪にもならない。事件は迷宮入りし、全員が、一生その影に脅かされる。きみが、どれほどの恨みをぼくたちに抱いていようと、すべて満たされる」

デイヴは言葉を切り、哀れみの目で彼女を見た。彼女は、ぼうっと遠くを見るような目をしていた。

「きみは失敗したんだよ、スコッティ。現実を直視したほうがいい。きみの目論みはすべて、ポッジではなく、きみが殺人の標的だとみんなに信じさせておくことに基づいていた。そうすれば、きみは捜査対象から外れ、きみに反感を抱いている人間全員を捜査対象にできたからね。だが、ことを急ぐあまりミスを犯した。そして、きみに注目が集まった以上、そのミスが暴かれる。きみの明確な迂回工作にもかかわらず、ぼくたちが本来の道に戻るのに一晩しかいらなかった。必要な証拠をすべて暴くのに、数日はかかると思っているのかい？　ぼくらは、その数日を省けるんだよ。きみには、どうでもいいのかもしれないね。だが、大事なんじゃないのかい、世間の人たちに――きみやポッジのファンに――なぜきみが、そんなことをしたのか知ってもらうのが。これが、きみに残された最後の説明のチャンスかもしれないよ。それに、コラムニストに勝手に作り話をされるよりも、彼らに自分の本当の理由を知ってもらったほうが、いいんじゃないかと思うが」

　スコッティは、長いこと黙っていた。だが、徐々に焦点がしっかり定まっていき、途轍もない大仕事のために力を振り絞ろうとしているかに見えた。ようやく口を開いたとき、彼女の声は、面接が始まってから一番大きかった。

「ええ」彼女は言った。「そうね。世間の人たちに、真実を話してちょうだい。わたしがポッジを殺したんだと話すときには伝えてね、わたしが、ポッジの頭脳、才能、精神だったのだと。彼は俳優でも、コメディアンでも、芸能人ですらなかった。でも、そのすべてでいられたのは、わたしが、彼をそうさせたからなの。ポッジは、わたしが創造したの。わたしが援助しなければ、取るに足りない男だったでしょうね。はじめのうちは、彼にもそれがわかっていた。それなのに、ほかの人たちが彼に言い寄り、わたしがいなくても一人でやっていける、わたしがしていることを何もかも、きっとそれ以上のことを自分たちが彼のためにやってやると言った。そしたら、彼は、その言葉を鵜呑みにするようになったの」

　スコッティは話を中断し、長い沈黙が流れ、警察官が鉛筆を走らせる音しかしなかった。

「昨日、わたしがリハーサルに行くと」スコッティは、遠くを見るような目をして再び話しはじめた。その姿は、まるで場面を思い出しているかのようだった。「彼は、わたしが書いたのではないジョークを言い、わたしが聞いたこともない歌の口真似をし、わたしが演出したのではない役を演じ、ほかの大勢の人たちの指図を受けていた。それで、彼は抜け出そうとしている、もう二度とわたしだけの人に戻ってはくれないとわかったの。体の一部が削り取られ、どこかへ飛んでいってしまうような気がしたわ。それを止めなければならなくて、知っている方法は一つしかなかった。新しい思いつきではなかった。そんなことが起こるかもしれないと、ずっとわかっていた。だから、いつでも使えるようにニコチンを常にバッグに入れて持ち歩いていた——そのう、最初は、自分が飲んでもいいと思っていた。しばらくは、それが解決策だと思えたわ。だけど不意に、ポッジが、あなたたちに使い回しにされて搾り取られた挙句、ポイと捨てられるようなことはできないとわかったの。起きていた事柄の責任は、あなたたち全員にあったのだから、責めを負って至極当然だったでしょう。でも、それを徹底できなかった。もっと時間があれば、ひょっとしたら——」言葉が尻すぼまりになり、彼女は一瞬目を閉じてから再び目を開けてみんなを見回した。「みなさんが知りたいのは、これですべてだと思います」

「ああ」デイヴが静かに答えた。「これですべてだ」

スコッティは目をつぶったきり、開かなかった。

「すべて書き留めたね？」リッグズは、記録していた男性に尋ね、その男性がうなずくと、ドアのほうを顎で示した。

「これを大至急タイプさせます」わたしたちが外に出ると、リッグズは言った。「これで一件落着にできます」彼はデイヴと握手した。「ご協力に感謝します」

警部と部下が立ち去り、デイヴとわたしは病院をあとにしたが、外に出るまでどちらも話しかけなかった。それから、デイヴは階段で立ち止まり、新鮮な空気に飢えていたかのように息を深く吸い込んだ。

「褒められたことじゃないよな」デイヴは、やっと口を開いた。「瀕死の女性をせっつくなんて。自分が情けなくなるよ」

「でも、そうせざるをえなかったのよ」わたしは言った。「どうのこうの言っても、彼女は殺人を犯したんですもの」

「彼女の有罪は、あまり重要ではないんだ。いずれにしても彼女の命は長くない。問題は、ほかのみんなが無実だということさ。スコッティが死にかけていなければ、法の成り行きに任せ、彼女の裁判ですべてが明るみに出るのを待っていられた。だが、裁判は開かれない。当局は、彼女の有罪を認めるが、死んだ女性に対して一分の隙もない立証固めをする必要はないから、彼女が死ねば、捜査は打ち切りになる。だから、ずっと未決事項が存在し、疑いの余地が残る。そして、その疑いが、事件関係者すべてに降りかかる。ぼくたちが、公に自分の身の潔白を示すには、自供しかなかった。だから、彼女に自供を迫ったんだ。わかってくれるかい？」

「もち」緊張がほぐれて、わたしの態度は軽率に近かった。「警察側に立って行動したのを、そんなに気にすることないって。そっちのほうが正しいってこともあるんだから」

「わかってるよ」デイヴは、訝しげな顔でわたしを見た。「ただね、ぼくたちほとんどの人間にとって、問題に巻き込まれないには、運が大きく左右すると思うと気が滅入ってしまってね。それに、まるでそれが正義であるかのように、自分の運を振りかざしたくはない。でも、もうすんでしまったことだ。だから、そうだな――まあ、忘れられはしないから、忘れるとは絶対に言わないが、当面はほかのことを考えよう」

「わたしの仕事のこととか」わたしは促した。「わたしがどうなったのか、会社に知らせないと」

「朝刊を読んだら、おおよその想像はつくさ。だけど、ぜひ電話をして、ネタが手に入らなかったと言ってくれ」

「手に入らなかったわ――〈エンタープライズ〉が使えるようなネタはね。これだけのことがあったんだから、ゴドフリーとバールを典型的なテレビスターにせざるをえないんじゃないかしら」

「それなら、誰かほかのやつに取材をさせればいい。電話でそう言えよ。そしたら、もうきみの仕事のことは考えなくてすむ。ぼくが、もっといい仕事を世話しようとしているんでね。少なくとも、ぼくは、もっといい仕事だと思うけどな」

「きっとそうでしょうね」わたしは言った。「とにかく、その仕事を受けるわ」

「よし。それなら、電話を見つけて、〈エンタープライズ〉なんか忘れてしまえ。オールバニー行きの早い列車に乗ると言うんだぞ」

わたしが、問いかけるような目で一瞬見つめると、彼が口元をほころばせて、ゆっくり微笑んだ。

「きっと」彼は言った。「おふくろが、きみに会いたがっているから」

訳者あとがき

本書は、アメリカの女流本格推理小説家パトリシア（パット）・マガーの"*Death in a Million Living Rooms*"の全訳です。著者マガーならびに作品の背景について詳しくは、解説者の堀燐太郎氏にお任せしますが、大学でジャーナリズムを学び、編集の道に進んで培ったマガーの経験が、この作品の随所に活かされています。

そもそも、この作品の主人公メリッサ・コルヴィンは、〈エンタープライズ〉というお堅い雑誌の調査係なのです。メリッサには、あるテレビ番組のアナウンサーをしているデイヴ・ジャクソンという大学の同級生がいるのですが、実は彼女、このデイヴとのほろ苦い思い出を四年経った今も引きずっています。そんなある日、〈エンタープライズ〉が、テレビ番組の特集号を組むことになり、デイヴの番組もその調査対象になっていると知ったメリッサは、デイヴへの積年の恨みを晴らしたいという下心から、担当にしてくれと名乗りを上げます。

こうしてメリッサが調査に向かったのは、ポッジとスコッティのコンビが演じるコメディ番組で、デイヴはその番組でスポット・コマーシャルをしています。雑誌社の人間を名乗らないほうが情報入手に都合がいいのではないかというデイヴの提案で、メリッサは、デイヴの古い友だちという触れ込みでリハーサルの見学に訪れます。すると、デイヴの目論みどおり、多くの裏情報が舞い込みました。

ところが、番組の生放送中に主演スターのポッジが、デイヴが宣伝する製品のジュースを飲んで死んでしまい、百万世帯ものお茶の間で視聴者たちが死の実況を目の当たりにします。これは、自殺なのか、他殺なのか、それとも事故なのか？

初版が一九五一年とあって、当時の番組制作の現場、今では考えられない（許されない）犯罪捜査の方法（物的証拠の扱い方）を知ることができ、私も、翻訳しながら楽しませていただきました。設定がコメディ番組の制作現場ですから、登場人物の台詞もウィットに富んでいます。

チャップリンは「人生は近くで見ると悲劇だが、遠くから見ると喜劇である」と言いましたが、この作品を読んでいて、その逆もまた真実なのではないか、とふと思ってしまうのは私だけでしょうか。

青柳伸子

WHEREDUNIN
殺害現場を捜せ！

堀　燐太郎（推理作家）

ボクたち読者にとって待望久しいマガー六冊目のパズラー『Death in a Million Living Rooms』が、刊行されました。

どのような内容なのか知りたくて、先にこのページを開かれたあなたにお断りをしておかなければなりませんが、このページの「見出し」を鵜呑みにして早合点をしてはいけません。ここで本を閉じ、あらためて最初のページを開き、古きよき時代に書かれたこの推理小説をすぐに楽しむべきかもしれません。

さて、それでも、解説もどきの、このページを読み続けるあなた。

あなたといっしょに、異色の推理作家マガーと、本書以前に書かれたマガーの作品について、少し確認をしてみましょう。

パット・マガー（パトリシア・マガー）。

一九一七年十二月二十六日水曜日―一九八五年五月十一日土曜日（享年65）。

アメリカ中西部のネブラスカ州フォールズ・シティーで生まれ、地元のネブラスカ大学を卒業した後ニューヨークのコロンビア大学でジャーナリズムを専攻し、卒業後はアメリカ道路施設協会の広報部に勤め、その後の何年かは、「建設技術」という雑誌の編集次長をしたようです。

マガーは編集のかたわら、ミュージカルやコメディの脚本を書いています。

推理小説を書くことに興味を持ったのは、ある懸賞小説の募集広告を見てからで、早速に応募したものの結果は落選でした。その体験のあと、彼女は推理小説を書くことを決意したようです。

その辺りの事情を書いているマガー本人のエッセイがありますが、後ほど紹介します。

推理小説、謎解き小説とは、一般的に最初に謎が提示され、最後に論理的に謎が明らかにされるという小説です。謎は内部から施錠された部屋の中の他殺死体でも、なぜその夜に限って犬は吠えなかったのかでも、読者が興味をひかれる謎であればどのような謎でもよいわけです。マガーがデビューする前に、世界中の推理作家たちが数多の意外な真犯人を創出し、一見、不可能だと思える謎を案出してきました。それらの小説は、すべて、犯人、あるいは犯人を中心とした周辺の謎を提示し、その謎解きをする小説ばかりでした。つまり、世界中に、様々で色々な、種々で諸々の、不可思議な謎と謎解きの推理小説がありましたが、どの小説も「探偵が犯人をさがす」という推理小説でした。

ここに推理小説を入れるおおきな壺があるとして、これまでに書かれた作品を入れるとすると、すべてが壺の中に放りこんでおける話ばかりです。しかし、一九四八年にマガーが発表した推理小説は、推理小説でありながら、その壺の中には入れられない小説でした。

それは、「犯人が探偵をさがす」という話だったからです。

推理小説とは論理的に謎が明らかにされる小説ですから、探偵さがしの謎であろうと、犯人が論理的に探偵をさがしだせば、正真正銘の推理小説となりえるわけです。古今東西のいかなる推理作家が、犯人が探偵をさがすという小説を思いついたでしょうか。マガー以前には、誰ひとりとしていませんでした。推理作家としてのマガーの存在意義が、そこにこそあります。

マガーの着想に感心するものの小説の出来栄えとしてはいまひとつ、趣向倒れだと残念がる読者もいますが、悲観することはありません。マガーの発案者としての功績にこそ意義があり、極論すれば、趣向倒れになっていたとしても、その小説を発表しただけで意義があるとボクは思うのです。そして、仮にもマガーの小説が趣向倒れだとしても後進の推理作家が「犯人が探偵をさがす」話をマガー以上に巧(うま)く書けばよいのです。それは、そして、盗用ではありません。ポーが、世界で最初に、フランスのパリ、モルグ街に新築したアパート四階を、半世紀後にコナン＝ドイルがロンドン郊外のサリー州の邸宅に移築したり、その十五年後に、ルルーが再びフランスのスタンガーソン邸の黄色い部屋に改装したとしても、誰も、盗作、盗用とは言わないでしょう。

ある意味、推理小説とはそうして進歩してきたのではないでしょうか。

さて、マガーはいかにしてそんな発想をすることができたのでしょうか。マガーは突然にそれを思いついたのではないとボクは考えています。理詰めで、そのスタイルに到達したと思うのです。

もったいをつけて、後ほど紹介すると書きましたマガー自身のエッセイを、ここで紹介します。

それが掲載されているのは、一冊の赤い本です。

『Twentieth-Century Crime and Mystery Writers, Second Edition (June 1, 1985)』。

ジョン・ライリー編のこの本の表紙は洒落た装釘で、タイトルを印刷した表紙の下半分にトレンチコート姿の男がピストルとルーペを持って立っている線画がおおきく描かれています。

その本に書かれたエッセイの内容、正確ではありませんが、大意はこんな感じです。

懸賞小説に落選した私は、そもそも本格推理小説とはどういうものかと、自分が読んだ過去の推理小説の構造分析をしました。その結果、推理小説において、登場人物のうち、犯人がひとりだというのは当然だとしても、被害者のほうもひとりだということに気づき、ここから公式をひっくり返して、つまり、小説の枠内で両者を入れ替え、冒頭一ページで犯人の名前を明かし、被害者は誰かという謎を設定してみたのです。

彼女の思考の柔軟さ、発想の非凡さに驚かされますが、彼女は主要登場人物を交換して、これまでに誰も書かなかっただろう枠組みを意識的に構築したのです。かつて「建設技術」という雑誌の編集次長をしていた経験が活かされたのかもしれません、というのはわるい冗談ですが、案外とそれまでに会得していた知識が意識下で役立った、ということも無きにしも非ずかもしれません。

誰もが読んだことがない推理小説を書く。

その思いが、マガーの執筆エネルギーだったとボクは考えています。

ここで、マガーの初期異色作、五作品を確認しましょう。

(これらは、東京創元社から創元推理文庫として刊行されました)

『被害者を捜せ!』　Pick Your Victim（1946）

『七人のおば（恐るべき娘達）』　The Seven Deadly Sisters（1947）

『探偵を捜せ！』 Catch Me If You Can（1948）
『目撃者を捜せ！』 Save the Witness（1949）
『四人の女』 …Follow, As the Night…（1950）

マガー作品の特徴を語るのに外せない、もう一冊の本があります。

一九七一年に出版された『A Catalogue of Crime』（改訂増補版：1989）というカード形式のミステリ関連書のガイドブックです。共に大学で教鞭を執っていた歴史学者ジャック・バーザンと、ウェンデル・ハーティグ・テイラーが、長編、短編集、そのほか研究書などの三千五百項目弱を取り上げて、独善的な批評を加えた書籍で、マガーについては六項目が書かれています。

特筆すべきはその中でマガーの第一作『Pick Your Victim』を「Whodunin」と紹介していることです。「Whodunin」とは「Whodunit」をもじった造語ですが、おそらくこれまで翻訳されたマガー作品解説のどこにも「Whodunin」の語源の明確な説明がなされていないので、その説明をしておきます。

「Whodunit」は「Who Done it ?」「誰がそれをやったのか？」を短縮したスラングで、「犯人当て」「犯人さがし」の趣向に重点をおいた謎解きミステリー、本格推理小説のことをいいます。

それでは、「Whodunin」とは、そもそも、どのような文章を短縮したものなのでしょうか？「do in」で「殺す」という意味（研究社『新英和大辞典』より）がありますから、受動態「Who was done in ?」で「誰が殺されたのか？」「被害者は誰か？」といった意味になります。これが「Whodunin」の語源です。

ここで、「Whodunin スタイル」の五作を発表順に紹介しますと、「被害者さがし」「被害者と犯人さがし」「探偵さがし」「目撃者さがし」、そして、再び「被害者さがし」となります。

本書『Death in a Million Living Rooms』は、一九五一年に刊行された六作目です。「a Million Living Rooms」というくらいですから、ボクは、このタイトルをひと目見たときに「Wheredunin」「どこで殺されたのか」。つまり、「殺害現場さがし」の推理小説かと思ったのです。というわけで、この思い込みが、冒頭のこの解説めいた文章の「見出し」の説明になるのですが、これは、ボクの見当違いもいいところでした。前述のマガー自身のエッセイを冷静に読み進めると、そのことも明記してあるのでした。

(五作を書き終えた私は、)六作目以降、昔からの型通りのミステリーを書いてきましたが、パズルの興味、つまり、謎解き同様、登場人物の性格描写にも力を入れてきました…

つまり、マガーの「Whodunin スタイル」のパズラーは初期の五作品だけで、彼女は、六作目以降は奇を衒(てら)わない、「探偵が犯人をさがす」という普通の推理小説を書いてきたのでした。

本書以前の作品についての確認が長くなりましたが、本書についての時代背景ほかに、すこし、ふれておきます。

主人公の女性は、〈エンタープライズ〉誌の調査係、メリッサ・コルヴィンです。

彼女が調査しているテレビ番組の生放送中に、出演者のスターコメディアン、ポッジ・オニールが番組スポンサーのジュースを飲んで死んでしまうという事件が起きます。その番組の司会者デイヴは彼女の大学時代の同級生で、実は彼女には、学生時代、彼との苦い思い出があり、四年経ったいまでも、そのことが胸中でくすぶっています。毒殺事件が起こった日の深夜には、続けて、ポッジの相方、スコッティーが八階にある自宅のバルコニーから落下しているところを発見されます。二階の日よけ部分がクッションとなり直接の落下を食い止め、即死は免れましたが、予断は許さない状態です。

Whodunit?

犯人は誰か？　誰が、そんな事件を起こしているのか？

百万の視聴者が見ているリビングルーム、お茶の間テレビ、その人気番組の生放送中に起こる事件なので、作者マガーは『Death in a Million Living Rooms』なんて題名をつけたのでしょう。ミュージカルやコメディを書いていた経験をいかしてテレビ業界を舞台とした本書を書いたのでしょうね。

23頁8行目「…だが、ヨーグルト、小麦の胚芽、糖蜜についての講演を聞きたいのなら、…」

登場人物のアル・ウェイマーのこの軽口には、説明が必要でしょう。

実は、「ヨーグルト、小麦の胚芽、糖蜜」、この三要素のほかに「酵母、脱脂粉乳」という二要素が加わって、ワンセットです。

というのも、本書刊行の前年一九五〇年に『Look Younger, Live Longer』という本が出版されました。『いきいき、長生き』といった感じでしょうか、アメリカの栄養学者ハウザー博士が著した本です。ビタミンEの供給源として小麦胚芽油が注目され、博士は、「ハウザー食」と称する五つの栄養補助食「ヨーグルト」「小麦胚芽」「糖蜜」「酵母」「脱脂粉乳」を紹介して、本国で注目を浴び、この著書は世界三十七カ国で翻訳されるという大ベストセラーになりました。

翌年、わが国でもすぐに『若く見え長生きするには―アメリカ式健康法』(雄鶏社)という書名で翻訳出版されました。ホームズの延原謙や、井上一夫、作家の向田邦子が在籍していた出版社です。


五〇年代初めに書かれた本書には、ほかにも、当時の風俗、チャールストンなどが登場します。クラブハウスサンドイッチや、ベーコンエッグ。

ペプシとサンドイッチに、当時のアメコミの漫画家。

ボクが特に懐かしく思い出したのはお湯を湧かしてコーヒーを抽出する「電気パーコレーター」(73頁17行目)でした。一見したところ、何の変哲もない黒い樹脂製の取っ手がついた縦長の金属製ポットですが、内部に運動会の玉入れの竹籠みたいな蓋つき金属パーツがあります。ふつう「穴あき中子(なかご)」、あるいは単に「バスケット」と呼ぶらしいのですが、そこに、紅白の玉の代わりに粗挽きのコーヒー粉を入れておいて、玉入れ籠中央の竿の部分、細い管から沸き上がって噴水のように降り注ぐお湯で、香り豊かなコーヒーを抽出します。コーヒーの濃さはお好み次第、湯を繰り返し循環させ、香り高いコーヒーとなります。

アメリカ海軍の基地がある西九州の小さな港町で生まれたボクは、街中に、ふつうに外国人がいる環境で育ちました。一九五〇年代後半、ボクは就学前の子どもで、高台の家に住むアメリカ人の父親を持つ同い年の子と、よく遊んでいました。彼の家で日本人の若い母親が銀色のポットで淹れる飲み物の独特の香りが好きでした。訳知り顔の近所のガキ大将が言うにはそれがどうやらパーコレーターで淹れているコーヒーだったようです。

美しいマニキュアをした母親の掌からもらった色鮮やかなマーブルチョコレートの甘さとともに、忘れられない幼時の香りです。子ども時代の思い出が「ディゾルヴ」（26頁10行）します。当時、身近に数多くいた、陽気で気のいい、ジョーク好きのアメリカ人たちのことも思い出します。

七十年近く前に書かれたお話ですが、ひとびとが生き生きとしているのは、「登場人物の性格描写にも力を入れてきた」と自負するマガーの筆力でしょう。


さて、このお話には、お終いまで読んでも分からないことが、ひとつあります。

スポンサーからの飲み物、「フルーティーファイブ」の原材料です。グレープ果汁、プルーン果汁、ライムと三種は書いてあるので分かるのですが、あとの二種類は、何なのでしょう？

ボクは、あれとあれだと思うのですが、あなたは、どれとどれだと思いますか？


末尾ながら、ボク唯一の著書、本格推理短編集『ジグソー失踪パズル』（フリースタイル刊）は、おもちゃ探偵・物集修（もずめおさむ）がブリキ玩具のジープやドールズハウスなどのおもちゃにまつわる殺人事件の謎を解き明かすパズラーの連作です。

そのシリーズで、「誰が殺したのか？」ではなくて、「誰が産ませたのか？」という父親さがしを、おもちゃ探偵に依頼しようと考えています。バービー人形が重要なモチーフとなるので、タイトルは『バービー出産ドール』といったところでしょうか。

世界中の「殺人事件」に関する謎をおさめたおおきな壺。その壺には入らない「出産事件」の謎。

いままでに、推理作家の誰もが書いていませんが、ボクが知らないだけで、どこかのへそ曲がりの推理作家がとうの昔にそのアイデアを思いついたもののあまりのバカバカしさに書くのをやめたのかもしれません。マガーに助言を乞うと、茶目っ気たっぷりにウィンクをして、肩をすくめながらも、書くことを勧めてくれるような気がします。

(Jul. 6 2018)

〔著者〕
パット・マガー
本名パトリシア・マガー。アメリカ、ネブラスカ州フォールズ・シティー生まれ。ネブラスカ大学を卒業後、コロンビア大学でジャーナリズムを専攻。アメリカ道路施設協会の広報室長、建築雑誌の副編集長を務める。1946年「被害者を捜せ！」で、推理作家としてデビュー。1950年、カソリック・プレス・アソシエーション賞受賞。52年には、エラリー・クイーンズ・ミステリー・マガジン賞を受賞している。

〔訳者〕
青柳伸子（あおやぎ・のぶこ）
青山学院大学文学部英米文学科卒業。小説からノンフィクションまで、幅広いジャンルの翻訳を手がける。主な訳書に『老首長の国——ドリス・レッシング　アフリカ小説集』、『蝶たちの時代』、『原子爆弾　1938～1950年』、『ビガイルド　欲望のめざめ』（いずれも作品社）、『友だち殺し』、『パーフェクト・アリバイ』、『殺しのディナーにご招待』（いずれも論創社）、『砂州にひそむワニ』（原書房）など。

死の実況放送をお茶の間へ
——論創海外ミステリ　215

2018年9月20日　初版第1刷印刷
2018年9月30日　初版第1刷発行

著　者　パット・マガー
訳　者　青柳伸子
装　丁　奥定泰之
発行人　森下紀夫
発行所　論　創　社
〒101-0051　東京都千代田区神田神保町2-23　北井ビル
電話　03-3264-5254　振替口座　00160-1-155266

印刷・製本　中央精版印刷
組版　フレックスアート

ISBN978-4-8460-1743-9
落丁・乱丁本はお取り替えいたします